퀼트 탑

퀼트 탑

홍영숙 소설집

작가의 말

『퀼트 탑』은 저의 첫 소설집입니다. 등단 후 10년 안에 책을 내려 했던 계획이 별 무리 없이 이루어져 다행입니다. 작가는 글로 말해야 한다지만 저는 아직 그 말을 자유롭게 할 정도로 글밭을 가꾸지 못했습니다.

소설집에 등장하는 여러 주인공의 모습은 제가 살아오는 동안 외면했거나 무관심했던 삶에 대한 존중이며 안타까움입니다. 삶의 고비마다 죽을힘을 다해 자신의 생을 개척해 나가는 이의 모습은 아름답습니다. 그 아름다움 또한 지나가리라는 것을 알기에 제 소설이 모든 유한한 것에 대한 아쉬움을 잊게 해 주는 도구가 되길 바랍니다.

냇가에 가면 바람이 지나가는 소리가 들립니다. 그 바람 소리는 고향 냇가에서 듣던 바람 소리와 닮았습니다. 그리운 그 소리를 듣고 있으면 유년 시절이 떠오르고 과거를 지나온 영령의 소리도 들리는 듯합니다. 그 그리움을 소설로 풀어내는 일이 현재를 사는 저의 소명이요 미래에 이르는 길이라 생각했습니다. 삶의 기로에 선 누군가에게 제 소설이 끝까지 읽힐 수 있다면 영원에 이르는 길에 한 발짝 더 다가선 것이라 여기겠습니다.

저보다 더 예술적인 가족과 제 소설에 도움을 주신 모든 분께 감사드립니다.

이 책을 돌아가신 아버지 영전에 바칩니다.

2014년 여름

홍 영 숙

차례 퀼트 탑

퀼트 탑

꼭짓점이 희미하게 보인다. 정삼각형의 두꺼운 종이 본을 다시 천 위에 올려놓고 모서리를 맞춘다. 한 변이 10센티미터인 첫 번째 조각의 꼭짓점이 머물고 있는 자리는 활짝 핀 빨간 장미 꽃잎이다. 연보라색 바탕에 빨갛고 노란 장미가 사방으로 이어진 무명천은 무늬 때문인지 재단 선이 선명하게 나타나지 않는다. 한 손으로 본을 누르면서 모서리 부분에 연필을 대고 힘을 준다. 순간 도톰한 면직물의 감촉이 뾰족한 연필심을 타고 올라왔다 사라진다. 노란 장미 삼각 하나와 연보라색 삼각 두 개를 더 그린 다음 종이 본을 상자에 넣는다. 상자에는 삼각과 사각, 마름모 같은 본이 가득 들어 있다. 바느질 순서대로 조각에 번호를 붙인 후 천 밑에 받쳤던 사포를 빼내고 시접 선을 따라 가위를 놀린다. 가위 끝에서 잘려 나온 삼각 조각이 바람결에 꽃잎이 떨어지듯 마루 위로 흘러내린다. 조각을 모아서 가지런히 포개 놓은 뒤 시침 핀을 찾아 든다. 겉을 마주 댄 1번 조각과 2번 조각의 모서리에 못을 박듯 시침 핀을 꽂는다. 겹쳐진 조각 가장자리도 핀으로 땀을 떠서 고정시킨다. 벌써 6시다. 아이가 일어나기 전에 블록을 완성하려면 서둘러야 한다. 급한 마음에 시침은 생략하고 곧바로 연보라색 패치워크 실을 찾아 든다. 내가 쓰는 12호 바늘은 길이가 짧고 바늘귀가 작다. 초보 때는 9호를 썼다.

장딴지와 마주 닿은 허벅지에 땀이 배어 끈적거린다. 수건으로 땀을 닦은 다음 다시 바늘을 집어 드는데 오른쪽 등이 따끔하다. 동시에 가벼운 한기가 지나가는 것도 같다. 개미다. 반사적으로 손이 등으로 향한다. 나는 아차 싶어 손을 내린 뒤 안방으로 들어가 티셔츠와 브래지어를 벗고 등에 확대경을 비춘다. 허리 바로 위의 등은 물린 자국만 벌겋게 남아 있을 뿐 개미 그림자도 보이지 않는다. 눈꺼풀에 힘을 주고 홀랑 뒤집어 놓은 티셔츠를 이 잡듯 샅샅이 훑는다. 티셔츠에도 개미의 자취는 찾을 수 없다. 부릅뜬 눈망울만 시큰거린다. 잠이 부족해서다. 밤색 몸 판에 퀼팅 솜을 누비느라 새벽 1시에 잠들었는데 눈을 뜨니 5시였다. 상처에 소독약을 바르고 새 티셔츠를 꺼내 입는다. 다시 거실로 나온 나는 양 손바닥을 마주 대고 여러 번 비빈 다음 감은 눈 위에 갖다 댄다. 손바닥의 따스한 기운이 눈꺼풀로 옮겨 온다. 눈을 감은 채 목도 뒤로 젖히고 한 바퀴 돌린다. 우두둑, 뼈마디가 제자리에 맞춰지는 소리가 들린다. 개미에게 물린 부위가 계속 근지럽고 스멀거려서 손톱으로 박박 긁는다. 손가락 끝에 피가 묻어난다. 근질근질하던 살갗이 화끈거린다.

느릿느릿 들어 올리는 눈꺼풀 밑으로 환한 빛이 스며든다. 창문을 넘어온 햇살이 때 묻은 벽지 위를 헤집고 있다. 눈길이 창문 오른쪽 벽에 걸려 있는 가족사진에서 멈춘다. 가족사진은 네 평 남짓한 거실 벽을 다 차지하다시피 걸려 있다. 3년 전, 아이가 초등학교에 이름을 올리던 해 찍은 사진이다. 나는 남편보다 더 나가는 몸무게를 감추기 위해 몸을 옆으로 살짝 돌려서 두드러진 배를 아이의 어깨 너머로 감추고 있다. 큰맘 먹고 사 입은 자주색 투피스가 몸에 붙지 않아 어색해 보인다. 지금 그 투피스는 허리가 커서 입지 못하고 장롱 속만 채우고 있다. 남편은 회색 양복에 파르스름한 넥타이를 맸다. 양복을 불편해하던 평소와 달리 넥타이도 비뚤어지지 않게 잘 맨 걸 보면 어지간히 정성을 다한 차림새다. 새신랑 때보다 더 멋스러워 보인다. 그해 남편은 공장에서 헤어날 새 없이 바빴다. 그가 가공한 원단은 색상이 선명하고 세탁에 강해 외국 무역업자들에게 인기가 좋았다. 쉬지 않고 기계를 돌리는데도 물량을 대기가 어려웠다. 나는 그가 짧은 영어 실력으로 구매자의 주문을 받는 것이 신통했다. 이런 게 사업하는 재미지. 남편은 주문량을 적으며 신명이 나는 듯 상기된 표정으로 말했다. 남편과 나는 아이의 어깨 위에 한 손씩을 얹고 서로 15도쯤 고개를 기울인 채 앞을 보고 있다. 아이는 셔터를 누르기 전 사진사가 웃기기라도 했는지 환한 표정으로 입을 벌리고 있고 남편과 나도 미소를 띠고 있다. 아이의 그 웃음이 좋았던 것일까. 남편은 내 입꼬리가 조금 더 올라간 다른 사진을 제쳐 두고 그 사진을 벽에 걸었다.

사진을 찍은 날은 아이의 초등학교 입학식 날이었다. 친애하는 학부모 여러분 하면서 교장 선생님이 인사말을 시작했을 때 나는 입가에 번지는 웃음을 억지로 참느라 애를 썼다. 어린이는 나라의 보배라는 말에 이르러서는 가슴 한쪽이 뭉클해지며 눈 끝에 눈물방울이 맺혔다. 나는 누군가 내 꼴을 보고 보배를 품 안에서 내놓기 싫어하는 어미로 오해할까 봐 얼른 눈가를 닦았다. 말없이 서 있는 남편의 눈가에도 물기가 반짝였다. 입학식이 끝난 후 남편은 입학식 기념사진을 찍자며 사진관으로 차를 몰았다. 그는 성능 좋은 카메라를 가지고 있었다. 아이의 유치원 졸업식을 앞두고 주문한 카메라였다. 졸업식에서 카메라는 제 기능을 다하지 못했다. 남편이 찍은 한 통의 필름 중 구도가 제대로 잡힌 사진은 두 장뿐이었다. 그는 그때의 아쉬움을 만회하려는 듯 사진사의 지시대로 김치를 따라 하며 미소를 지었다.

깊은 한숨을 토해 내며 바늘을 든다. 홈질을 할 때는 1센티미터 안에 세 땀 정도가 보기 좋은데 자꾸 바늘이 빗나간다. 가슴도 돌이 얹힌 것처럼 답답하고 바늘땀을 뜰 때마다 움직이는 어깨의 근육도 무겁기만 하다. 삼각 블록은 삼각 조각 하나를 중심에 놓고 그 조각의

각 변에 삼각 조각을 하나씩 이으면 된다. 부분적으로는 네 개의 삼각이지만 그것이 합쳐진 패턴의 모양은 하나의 큰 삼각이다. 아얏! 빗나간 바늘이 엄지손가락 끝을 찌른다. 제법 깊이 들어갔는지 바늘이 들어갔다 나온 자리에서 피가 뚝뚝 방울져 흐른다. 검붉은 피다. 나는 얼른 바늘을 내려놓고 손가락을 힘껏 눌러 피를 뽑는다. 피는 점점 선홍색으로 바뀐다. 손끝은 아린데, 검붉은 피가 나오고 나니 속은 좀 시원해진 것 같다. 체기가 있었던가 보다. 엄지손가락에 일회용 밴드를 감는다. 꼭짓점이 자꾸 어긋난다. 블록은 어느 한 변이라도 재단 선에서 벗어나면 서로 길이가 달라져서 중심에 있는 삼각이 정삼각형이 안 된다. 오늘따라 바느질이 수월치 않다. 이번 손가방은 주문을 받을 때 일주일의 여유를 두었는데도 금방 나흘이 지나버렸다. 들고 나는 날은 그렇다 쳐도 원장이 협회에 보낼 표본을 갑자기 부탁해 오는 바람에 이틀을 더 날려 버린 것이다. 마지막 조각으로 가운데 들어갈 삼각 조각의 세 번째 변을 잇는데 자명종이 7시를 알린다. 보통 때 내가 일어나는 시간이다. 아이는 30분이 더 지나야 일어난다.

블록을 대충 마무리 짓고 아이를 깨우러 아이 방으로 들어간다. 남편이 떠난 후 나는 아이에게 엄마하고 같이 잘까, 물어보았지만 아이는 아니요, 고개를 가로저었다. 아이는 러닝셔츠와 팬티만 입고 이불도 차 던진 채 깊은 잠에 빠져 있다. 옆으로 누워서 어깨를 움츠린 모습이 남편의 자는 자세와 닮았다. 나는 아이의 몸을 이리저리 살펴본다. 다행스럽게도 개미가 문 자국이 눈에 띄지 않는다. 이름을 부르며 몇 차례 어깨를 두드리자 눈을 비비며 일어나 앉아 하품을 한다. 아이는 남편처럼 피곤해한다. 잠 좀 실컷 자 봤으면 좋겠어. 남편은 아침마다 뇌까리던 그 말을 지금은 누구에게 하고 있을까. 나는 잠이 덜 깬 아이를 화장실로 밀어 넣고 밥상을 차린다. 싱크대 앞에서 뾰족하고 단단한 물체의 촉감이 발바닥에 전해진다. 열흘 전 개미 퇴치를 위해 싱크대 앞에 뿌려 놓았던 소금 찌꺼기이다.

"낡은 집이라 바퀴벌레도 많고, 그게 없는 집은 개미가 있어요."

며칠 전 현관을 나서다 마주친 앞집 여자는 소금으로 효과를 보았다는 말을 하고도 무슨 말인가 더 하고 싶은 듯 입을 움찔거렸다. 출근하는 남편을 배웅한 듯 얇은 티셔츠 차림이었다. 나는 그늘진 여자의 눈 주위를 지나 눈망울에 눈을 맞추었다. 순간 여자는 눈동자를 돌려 내 등 너머로 눈길을 보냈다. 나도 여자를 따라 고개를 돌리고 뒤를 돌아다보았다. 반쯤 닫히다 만 현관문 사이로 어두컴컴한 실내가 눈에 들어왔다. 나는 언제 차나 한잔하자는 말을 건성으로 건네고 황급히 현관문을 닫았다.

아이는 세수를 마친 뒤 상 앞에 와서 책상다리를 하고 앉는다. 아이가 앉은 자리는 예전에 남편이 앉았던 나와 마주 보는 자리다. 익숙한 몸짓이 남편을 떠올리게 한다.

"콩나물 좀 더 줄까?"

반찬 없는 밥도 잘 먹는 아이가 신통해서 나는 말을 건넨다.

"됐어요."

아이는 시큰둥한 얼굴로 퉁명스레 내뱉는다. 아이에게서 연한 배 같던 어릴 적 모습은 사라진 지 오래다.

아이를 학교에 보내고 청소기를 돌린 다음 진드기와 개미 약을 주방과 거실 곳곳에 놓아두고 집을 나선다. 깃 없는 블라우스 위로 드러난 목덜미에 시원한 아침 바람이 부딪쳐 온다. 이곳은 산등성이까지 주택과 연립 주택이 뒤섞여서 산골짜기의 천수답처럼 층을 이루고 있다.

"등산 온 것 같아."

1년 전 집을 계약하러 왔을 때 아이는 숨을 헐떡이며 말했다. 평지의 아파트 놀이터에서 유아기를 보낸 아이는 산동네는 와 보지 못했다. 유치원 셔틀버스를 기다리는 아이들과 보호자 곁을 지나 큰길로 나서니 언덕 아래 찻길이 까마득히 멀어 보인다. 언덕 거의 정상에 위치한 연립은 전세가 싼 것 말고도 비슷한 높이에 있는 아이의 학교와 가깝다는 이점이 있다. 주택가를 가로지르는 지름길로 가면 아이의 걸음으로도 5분 안에 학교가 보인다.

찻길을 10분쯤 걸어 내려와 전철을 탄다. 시간은 9시 20분, 전철 안은 사람들이 빼곡하게 들어차 있다. 일터인 퀼트하우스가 있는 강남역까지는 여덟 정거장이다. 계단을 오르내리는 시간을 합해도 30분이면 충분하다. 9시 50분경에 도착해도 강의 시간인 10시까지는

10분 이상 여유가 있다. 차 한잔 마시면서 강의 내용을 점검하고 나면 식전에 쌓였던 피로가 절반은 가실 것이다. 느긋한 기분으로 전철 안을 둘러본다. 시간대로 보아 방금 전 집에서 나와 일터로 향하는 사람이 대부분일 텐데 표정이 굳어 있다. 야근을 마치고 오는 사람처럼 피곤한 기색으로 앉아 있는 사람도 여럿 눈에 띈다. 후줄근한 차림의 남편 얼굴이 그 위에 겹쳐진다.

"조금만 기다려 줘. 곧 좋은 소식이 올 거야."

새벽녘, 벌겋게 핏발이 선 눈으로 들어선 남편은 주문을 외우듯 그 말을 반복했다. 사무실 팩스 옆에서 밤새 주문을 기다렸을 남편의 잠든 얼굴에서 서글픔이 배어 나왔다. 부도의 불안감을 떨쳐 버릴 수 없었던 막바지 두세 달 동안 그는 넋이 나간 사람 같았다.

원장이 문을 활짝 열며 사무실로 들어선다. 그녀는 예순이 가까운데도 젊은이 못지않은 감각과 경쟁력으로 퀼트하우스를 이끌어 가고 있다. 반드레한 피부와 잽싼 몸놀림만 봐서는 나이를 가늠하기가 쉽지 않다.

"이번 겨울 방학에는 퀼트로 동화 나라를 전시할까 하는데……."

겨울 방학이라면 12월 중순경으로 잡아도 앞으로 딱 3개월 남았는데 원장은 남의 말 하듯 한다. 절반은 재봉틀을 이용한 머신 퀼트로 한다고 쳐도 여러 개의 대작을 만들기에는 빠듯한 기간이다. 전시회 때마다 그녀는 의견만 내놓고 나머지는 내 몫이다. 내가 선뜻 대답하지 않자 원장은 특별 수당을 주겠다는 말로 나를 유혹한다. 언제나 말은 그렇게 하지만 원장은 내게 제대로 특별 수당을 주지는 않는다. 지난여름 퀼트로 만든 장난감 전시회를 준비할 때도 그랬다. 그때도 아이들 여름 방학에 맞춰 꼬박 한 달을 장난감 만드는 일에 파묻혀 있었는데 원장이 쥐여 준 돈은 고작 10만 원이었다. 그녀는 퀼트 전시회에 내보내는 찬조 작품도 2년째 내 손을 빌리고 있지만 제값을 쳐주는 것은 말뿐이다. 나는 내일 고급반 수강생들과 다시 상의하기로 하고 매장을 나가 강의실로 향한다.

퀼트하우스가 세 들어 있는 건물은 버스 길 옆에 있는 상가의 1층이다. 30여 평 공간을 반으로 나누어 유리창이 있는 앞쪽은 매장으로 꾸미고 매장 한쪽에 원장실 겸 사무실을 들였다. 매장 진열대를 걸레질하고 있던 미스 김이 원장을 보고 목례를 한다. 하얀 진 바지를 입은 엉덩이가 배구공처럼 팽팽하다. 나는 매장 거울에 비친 내 얼굴을 새삼 들여다본다. 까칠한 얼굴이 신산한 삶을 대변하는 것 같다.

"퀼트에서 가장 중요한 것은 퀼트 탑입니다. 탑이 성공하려면 색깔의 선택과 조각의 배치 그리고 패턴이 정확하게 살아야 됩니다. 이 세 가지 요소가 조화롭지 않으면 무분별하게 늘어놓은 혼합물에 불과합니다. 여러분도 기초를 마친 다음에 자기만의 패턴을 만들어 보세요."

원장은 말을 마치자 일이 있다면서 강의실을 나간다. 그녀는 초급반이라도 이론 수업은 꼭 자신이 한다. 그녀의 강의를 듣고 있으면 퀼트가 세상에서 제일 고급한 일인 것 같은 생각이 든다. 나는 중급반 이론 수업도 할 수 있지만 시켜 주지 않으니 실기만 가르친다. 경기가 어렵긴 어려운가 보다. 내가 퀼트하우스 강사를 한 뒤로 수강생이 이렇게 적은 것은 처음이다. 내가 배울 때는 취미로 배우는 주부가 많았는데 지금 배우는 수강생들은 나중에 퀼트 가게를 운영하겠다는 사람이 대부분이다. 연령층도 20대 아가씨부터 50대 주부까지 다양하다. 원장은 해외 입상 경력 때문인지 외국 작가들에게 더 알려져 있다.

대구에서 열리는 경진 대회에서 내가 우수상을 받은 것은 2년 전이다. 원장은 퀼트를 배운 지 3년 안에 그런 상을 받는 것은 드문 일이라며 내 등을 두드렸다. 그때 나는 남편의 사업이 내리막길로 가고 있어서 더 이상 퀼트를 할 형편이 아니었다. 고급반을 그만둘 뜻을 밝히자 원장은 내게 월급 80만 원과 함께 실기 강사라는 호칭을 달아 주었다.

나는 여섯 명의 초급반원들을 눈여겨보며 홈질을 살핀다. 강의실 책상은 ㅁ자형으로 배열되어 있어 바느질하는 반원들의 모습이 한눈에 들어온다. 저마다 헝겊을 들고 바느질에 몰두하고 있는 모습이 수험생만큼 진지해 보인다. 저들도 바늘을 잡고 있는 동안 나처럼 모든 것을 잊을 수 있을까. 나는 눈으로 바느질을 쫓으며 머릿속으로는 동화 나라에 전시할 작품의 범위를 대충 잡아 본다. 전래 동화와 명작 동화 그리고 창작 동화로 정리가 된다. 이렇게 몇 날을 궁리해도 막상 일을 벌여 놓고 보면 빠진 것이 많다. 지난봄 고급반 전시회 때도 열흘 동안 시장을 돌면서 탑을 구상했지만 마음이 흡족하지는 않았다. 문득 내 옆에 앉은 반원이 홈질해 놓은 검은 실의 바늘땀이 개미가 줄을 지어 기어가고 있는 것처럼 보인다.

초급반 수업을 마치고 사무실에 들어서자 바지 주머니 속의 휴대전화가 부르르 떤다. 여고 동창 미연이다. 점심이나 같이하자고 힘없는 목소리로 말한다. 나는 동대문시장 근처에서 만나기로 하고 전화를 끊는다.

점심시간을 맞은 음식점은 앉을 자리가 없을 정도로 붐빈다. 2층에 자리가 있다는 안내 도우미의 말이 떨어지기도 전에 미연은 뒤 한번 돌아보지 않고 계단을 성큼성큼 올라간다. 출입구에서 마주 보이는 벽 앞쪽으로 빈자리가 보인다. 도우미가 뒤따라와 차림표를 앞에 놓았을 때에야 미연은 내 얼굴을 마주 보며 먼저 주문하라는 눈짓을 보낸다. 나는 비빔밥을 주문한다. 미연도 같은 것으로, 짧게 말하고는 도우미가 등을 돌리자마자 한숨을 푹 쉬며 혼잣말처럼 한마디 한다.

"정말 길이 안 보인다."

"왜? 더 심해?"

미연이 고개를 끄떡이며 양미간을 모은 채 얼굴을 일그러뜨린다.

나는 그녀의 얼굴을 찬찬히 들여다본다. 화장기 없는 푸석한 피부가 나이보다 5년은 더 늙어 보인다. 그녀는 결혼할 때 경제력 있는 시부모에 박사 과정 남편을 만났다고 동창들의 부러움을 샀었다. 미연의 남편이 병원에서 우울증 판정을 받고 약물 치료에 들어간 것은 석 달 전이다. 박사 학위를 받을 때만 해도 학문에 대한 의욕이 넘치고 시간 강사 자리도 줄을 이어서 곧 전임이 되는 줄 알았는데 그것으로 끝이었다. 나이와 비례해서 강의 시간도 줄어들더니 올봄부터는 그것마저 없어졌다는 말을 지난번에 들었다.

우울증에 걸린 것을 알게 된 것도 멍하니 벽만 쳐다보고 앉아 있는 것을 우연히 보았기 때문이었다. 하루 종일 방 안에만 들어박혀 있는 것도 사람들 보기에 창피해서 그러는 줄 알았지 우울증이라고는 상상도 못했다며 당시에도 그녀는 울먹였다. 입원 치료는 지난주 정기 검진 때 의사가 권했다고 한다. 밥맛이 뚝 떨어진다. 입에 떠 넣은 비빔밥 한 숟가락이 모래알을 섞은 것처럼 서걱거린다. 그래도 너는 먹고사는 걱정은 없으니 그나마 다행 아니냐고 나는 그녀를 다독인다. 그녀는 지금도 생활비 걱정은 하지 않는다. 시아버지가 매달 생활비를 보내 주기 때문이다.

"아직 시댁에 애 아빠 병원에 다닌다는 소리도 못했는데 입원을 시키라니……. 어떻게 해야 할지 모르겠어. 우리 시어머니는 이런 줄도 모르고 남편 보약 지어서 보내시고. 이제는 포기할 때도 되었건만. 남편은 다른 일을 하고 싶다는데……."

미연은 남편의 병도 중하지만 시아버지가 받을 충격도 걱정이라며 한숨을 내쉰다. 어쩌면 그녀의 시아버지는 아들이 아픈 것보다 아들이 교수가 아니라는 사실을 더 받아들이기 어려울지도 모른다는 생각이 든다.

"애 아빠도 불쌍하고 그런 남편에게 인생을 건 나도 한심하고."

그녀는 지금 건강식품 외판원이다. 돈벌이보다는 가슴이 답답해서 시작했다는 것이다. 내가 보기에도 미연은 판매 실적에는 별 관심이 없는 듯 보인다.

"너도 건강식품 한번 해 볼래? 우리 지점에도 월수 300씩 올리는 베테랑이 많아. 앞으로 그 월급 가지고 당해 내겠어?"

미연은 이제 내게로 화제를 옮긴다. 누구 이야기를 해도 답답하기는 마찬가지다. 그녀는 내가 집 얻을 돈을 빌려 달라고 했을 때에도 건강식품 외판을 강력하게 권했다.

"나는 지금 하고 있는 퀼트가 좋아. 바늘을 손에 쥐고 앉아 있으면 그 순간만큼은 아무 생각도 안 나. 어떤 날은 한 땀 한 땀 떴을 뿐인데 날밤을 새우기도 하고 작품이 완성돼 있기도 해. 그때의 희열이랄까 충족감은 어떻게 설명이 안 돼."

"어쩔 수가 없다, 너는."

미연은 가슴을 치는 시늉을 한다. 미연을 보내고 단골 가게로 발걸음을 옮긴다. 3층 계단을 올라가자 딸의 이름을 따서 지었다는 혜주상회의 간판이 보인다. 다른 가게보다 천의 색상이 다양해서 찾아

오기 시작한 것이 벌써 3년째다. 주인 송 여사는 다른 손님과 계산 중이다. 그녀의 남편이 의자를 내주며 앉길 권한다.

"녹차 한잔할래요?"

어느새 옆으로 다가온 송 여사가 수화기를 들고 묻는다. 나는 미안해서 사양하지만 송 여사의 카랑카랑한 목소리는 벌써 주문을 마친 뒤다. 송 여사는 내가 강의를 맡은 것을 안 다음부터 더 친절하다. 내가 녹차만 마신다는 사실도 기억하고 있다. 수금이 안 되네, 매상이 줄었네, 하면서도 혜주상회에는 정기적으로 새 물건이 들어온다. 나는 원단에 무늬를 넣어 짠 면 혼방과 순면을 샅샅이 훑은 다음 동화 나라에 전시할 퀼트 탑을 상상하면서 집으로 향한다.

전화벨이 울린다. 보습 학원 원장이다. 나는 습관적으로 벽에 걸린 시계를 본다. 시계는 막 5시를 넘어서는 중이다. 원장은 아이가 왜 학원에 안 왔느냐고 묻는다.

"학원에 안 갔어요? 심부름 마치면 곧장 학원으로 가라고 했는데……."

말 한마디 잘못했다가는 금방 문제아가 된다던 미연의 충고가 생각난다. 미연의 아이는 우리 아이와 같은 학년인데 입학하고 한 달쯤 되었을 때 갑자기 학교고 학원이고 다 가기 싫다고 해서 난리가 났었다.

"우리도 살다 보면 힘든 날이 있잖아. 애들도 그런 날이 있나 봐.

갑자기 모든 것이 힘겨워져서 꼼짝도 할 수 없는 날 말이야. 그런데 그것을 이해 못하고 나는 집에서 혼내고 담임은 학교에서 야단을 치니 아이가 설 자리를 못 찾고 우왕좌왕하는 거지."

나는 우선 아이의 방으로 들어가 책상 위를 둘러본다. 학원을 안 갔으면 어디로 간 것일까. 자기 마음대로 학원을 빠진 적이 한 번도 없던 아이다. 못된 아이들과 어울려 다니는 쪽으로 생각이 미치자 머리가 터질 것 같다. 이런 때를 대비해서 휴대 전화를 사 주는 건데, 때늦은 후회가 가슴 가득 밀려온다. 매년 10만 원씩 올라서 100만 원이 된 월급과 퀼트 판매 이익금 20만 원을 합친 생활비로는 아이와 생활하기도 벅차다. 거기다 3년 만기에 1000만 원 타는 적금을 대출 받아 미연의 빚을 갚았는데 그것도 월급에서 나간다. 상여금이 없으면 적자를 벗어날 길이 없는 살림이다. 책상 위에는 사진 몇 장이 흐트러져 있다. 아이가 다섯 살 때의 사진이다. 아이는 세발자전거에 올라앉아 있고 옆에는 가방을 든 남편이 서 있다. 사진을 찍던 날, 나는 자전거 뒤에 배추 한 단도 너끈히 싣고 달리는 아이가 대견스러워서 퇴근하는 남편을 아이 옆에 세운 뒤 사진을 찍었다.

남편은 후일을 대비해서 신제품 개발에 심혈을 기울였다. 그가 만든 원단은 나오자마자 외국 무역업자들에게 인기가 좋았다. 그런데 열 달쯤 지나자 날개 돋친 듯 팔리던 신제품의 주문량이 줄어들기 시작했다.

"주문이 줄고 있어. 신제품을 발주한 지 한 해도 안 지났는데 이상한 일이네."

남편은 땅이 꺼질 듯 한숨을 쉬며 말했다. 남편은 백방으로 수소문한 끝에 덤핑 물건이 들어온다는 사실을 알아냈다. 젊었을 때 대기업에서 남편과 같이 근무했던 사람이 인건비가 싼 중국에 공장을 차린 것이었다. 시간이 지나면서 국내로 나간 물건도 제 가격에 수금이 어려워지는 사태가 발생했다. 제품에 자신 있던 남편은 덤핑 물건에 맞춰 가격을 낮추었다. 회사 규모를 줄이자는 내 말은 무시한 채 앉아서 주문을 받던 과거와 달리 발로 뛰어서 주문을 받았다. 주문량은 절반가량 회복되었지만 생산은 하면 할수록 손해만 늘어났다. 남편은 평생 벌어 놓은 돈을 1년 동안 인건비로 다 쏟아부었다. 생산직 사원들은 한 달이라도 월급이 안 나오면 바로 다른 회사로 옮겨 가기 때문에 그들을 붙잡기 위해선 빚이라도 얻어야 했다. 그들이 의리 없어서가 아니라 빠듯한 살림살이가 그렇게 만든다는 것을 남편도 알고 있었다.

남편은 잠시 한숨을 돌리는 듯했다. 그는 그 무렵 한 달에 한 번도 집에서 가족과 함께 저녁을 먹기가 어려웠다. 사흘이 멀다 하고 술집과 노래방에서 손님 접대하느라 양말에 구멍이 날 정도로 바쁘게 뛰었다.

"차라리 노래방을 하는 게 낫겠어."

나는 새벽녘이 되어서야 술 취한 얼굴로 나타나는 남편에게 불만을 토로했다. 그리고 얼마 안 가 선적한 물건이 배상 청구에 걸렸다는 소식이 날아들었다.

"3000만 원어치야."

남편의 풀 죽은 목소리는 전화기 너머에서 떨림으로 전해져 왔다. 나는 사장이 허구한 날 술에 절어 사니 제품이 잘 나올 턱이 있겠느냐며 쏘아붙였다.

부도가 나기 전, 남편은 술 냄새를 풍기며 들어온 뒤 무슨 말인가 꺼내려다 말고 내 기색을 살폈다. 한참 뜸을 들이더니 어렵게 말문을 열었다. 나는 그때까지도 설마 부도까지야, 하는 심정으로 하루하루를 버티고 있었다.

"집을 팔아야겠어. 그런데 은행 대출을 빼면 전세 얻을 돈이나 남으려는지 모르겠네."

남편은 내가 상상하기 싫었던 최악의 시나리오를 선택했다.

"은행 대출이라니 언제 대출을 받았는데?"

나도 모르게 목소리가 계속 올라갔다.

"저번에 배상 청구 당했잖아. 인건비 때문에 회사도 계속 적자였고……."

"그러면 진작 회사를 접었어야지. 이 집이 어떤 집인데 당신 마음대로 저당을 잡혀?"

나는 소리라도 지르면 속이 후련할 것 같았지만 목이 메어 큰 소리도 내지 못한 채 흘러내리는 눈물만 닦았다. 살점이 잘려 나간 듯 없어진 돈도 억울하지만 한마디 상의도 없이 마음대로 집문서를 들고 나갈 수 있었던 남편의 이기심이 더 미웠다. 내게 상의를 했어도 결과는 마찬가지였을까, 하는 생각이 머릿속에서 지워지지 않았다.

엄격히 구분하면 집의 절반은 내 몫이었다. 결혼할 때 시어머니가 방을 얻으라며 내놓은 돈은 전세방 한 칸도 얻기 어려울 정도로 액수가 적었다. 시어머니는 청춘에 홀로 되어서 네 마지기 남았던 논을 팔아 대학을 가르치고 남은 땅이라곤 선산에 딸린 조그만 밭이 전부였다. 나는 처녀 때 모아 두었던 비상금을 합쳐서 전세를 얻었다. 신혼 초부터 시어머니의 생활비도 도맡아야 하는 형편으로는 목돈 만들기가 너무 어려울 것 같았다. 집을 살 때도 마찬가지였다. 방이 두 칸 있는 아파트를 보러 다닌다는 말을 전해 들은 친정아버지가 아이가 컸을 때를 대비해서 아예 세 칸짜리를 사라며 피 같은 돈 5000만 원을 내놓았다.

신용 불량자가 될 수는 없다며 남편이 회사를 정리하던 날, 나는 아끼느라 쓰지 않던 그릇들을 들었다 놨다 하고 있었다. 그동안 푼돈이 생길 때마다 사 모았던 예쁜 그릇 중에는 한 번 써 보지도 않은 것들이 많았다. 집을 판 돈은 남편의 카드 빚과 은행 융자를 정리하고 나니 방 두 칸짜리 연립을 얻기에도 부족했다. 남편은 그냥 월세를 가자고 했지만 나는 미연에게 돈을 빌리고 아이의 돌 반지와 패물을 팔아서 산동네에 전세를 얻었다. 남편은 더 이상 나와 아이의 보호자가 아니었다. 냉랭한 나날이 흘렀다. 하루의 절반은 누워서 지내고 절반은 술에 취해 지내던 남편이 어느 날 베트남에 가겠다는 통보를 해 왔다.

"조금만 기다려 줘. 내가 베트남에 가서 아무도 흉내 낼 수 없는 신제품을 만들어 올게."

기약 없는 약속을 남기고 남편은 아는 선배가 있다는 베트남 공장으로 떠났다.

나는 사진에서 아이의 기억 속에 남아 있을 남편을 본다. 그는 아무도 덤핑할 수 없는 가정을 잊은 것일까. 불현듯 남편 소식이 더 궁금해진다. 그는 지난번 전화에서 이제 다 되었다고, 마지막 실험을 한 번만 더 하면 덤핑 물건을 만들 수 없는 신제품이 나온다고 말했다. 나는 거실로 나와 수첩을 펴고 남편이 불러 준 베트남 전화번호를 입속에 되새기며 또박또박 누른다. 신호음이 여러 번 울려도 받지 않는다. 나는 불안해지는 마음을 누르며 수화기가 들리기를 기다린다.

"알로(여보세요)."

높고 가는 남자 목소리가 전화선을 타고 전해 온다. 남편의 목소리가 아니다. 나는 그동안 베트남으로 전화를 한 적이 없다. 전화는 늘 남편이 걸어왔다. 남편의 소식이 궁금한 것만 생각했지 다른 사람이 받을 것을 예상하지 못했다. 나는 용감하게 코리안 플리즈, 만 반복한다.

"응뗀지(이름이 무엇입니까)?"

"박.경.수. 박.경.수."

말뜻은 몰라도 남편의 이름을 가르쳐 주어야 할 시점인 것 같아 나는 목소리에 힘을 실어 남편의 이름을 한 자 한 자 또박또박 불러준다. 전화선 너머에선 잠시 아무 소리도 들리지 않는다.

"노, 노."

남자는 그사이 남편의 거취를 알아봤는지 완강한 어조로 노를 외친다. 남편이 그곳에 아예 없다는 말인지 볼일 보러 나가서 없다는 말인지 나는 해석이 불가능하다.

평상복 바지 위에 망사 재킷을 걸치고 현관을 나선다. 집 안에 앉아 있기 어렵게 조바심이 나고 마음이 불안하다. 후들후들 떨리는 다리를 내리누르며 찻길로 내려가니 아이가 다니는 학원 앞 골목의 피시방이 먼저 눈에 들어온다. 피시방은 상가 건물 지하를 온통 다 차지하고 있다. 계단을 내려가 피시방 입구에 다다르자 혼탁한 공기가 코를 자극한다. 담배 냄새에 퀴퀴한 곰팡이 냄새까지 섞여서 숨을 쉬기가 곤란하다. 먼지와 합쳐진 탁한 공기가 뿌연 전등 불빛 아래 안개처럼 끼어 있다. 나는 의자 사이를 비집고 다니며 아이들을 확인한다. 뒷머리가 비슷해도 얼굴을 보면 다른 아이다. 아이들은 눈을 흘끔거리며 나를 쳐다본다. 손님 중에는 20대로 보이는 청년도 있고 나이 든 남자도 있다. 청년 곁을 지나는데, 에이 씨, 하며 의자를 끌어당긴다. 나는 참담한 기분으로 청년을 한 번 돌아본 뒤 피시방을 나온다. 재킷을 벗어 왼팔에 걸친다. 아이에 대한 분노가 밀물처럼 밀려오면서 갑자기 온몸에 열이 솟구친다. 어디에 있단 말인가, 나는 다시 골목으로 발을 옮긴다.

떡볶이와 김밥집의 유리창을 기웃거리고 분식집까지 돌고 나니 다리가 아프다. 한 시간도 넘게 돌아다닌 것 같다. 배가 홀쭉해지고 온몸에 힘이 빠져서 허리가 자꾸 구부러진다. 저녁 먹을 시간이다. 아이가 밥을 먹으러 집에 가지 않았을까, 생각하니 잠시 안심이 된다. 아이는 아빠를 닮아 배고픔을 참지 못한다. 그렇게 생각하니 다시 마음이 조급해진다. 휴대 전화를 꺼내 집에 전화를 건다. 받지 않는다.

나는 급히 언덕길을 오른다. 몸을 굽힌 채 언덕길을 오르자니 숨이 차다. 찻길에서 집까지 가는 길이 천 리나 되는 것 같고 몸이 물먹은 솜처럼 무겁다. 현관문을 열기가 두렵다. 조심스레 현관문을 여는데 아이의 운동화가 제일 먼저 눈에 들어온다. 아이는 아무렇지도 않은 표정으로 나를 반긴다. 내가 저를 찾아 헤매느라 이제야 들어온 것을 모르는 눈치다. 아니, 내 얼굴 표정을 살피는 품이 눈치를 보는 것 같기도 하다. 나는 아이가 무사한 것을 확인하니 기쁘기도 하지만 새삼 부아가 치솟는다.

"너! 학원 안 가고 어디 갔다 왔어?"

"……."

"너! 설마……."

나는 가슴 한쪽이 무너지는 듯한 절망감에 휩싸여서 다음 말을 잇기가 어렵다. 눈시울이 뜨거워지는 것을 아이에게 들키지 않으려고 짐짓 큰 소리를 쳐 본다.

"바른대로 말하지 못해!"

나는 화를 이기지 못하는 사람처럼 아이의 방으로 가서 아이의 가방부터 연다. 아이는 기겁을 하며 가방을 붙잡는다. 아이와 내가 실랑이를 하는 사이 가방 속에 있던 종이 뭉치가 우르르 쏟아진다. 학원 광고지다. 그때서야 아이는 형들 따라서 전단지를 돌리러 다녔다고 쭈뼛거리며 털어놓는다.

"누가 너한테 돈 벌어 오라고 했어?"

나는 아이의 어른스러움에 자존심이 상해서 더 악을 쓰듯 묻는다.

"나도 다른 아이들처럼 피시방에도 가고 인라인스케이트도 타고 싶단 말이야!"

아이는 끝내 울음을 터뜨린다. 한 시간에 4000원을 준다고 해서 6학년 형하고 둘이 한 조가 되어 세 시간 동안 다녔다는 것이다. 나는 어이가 없어서 말이 안 나온다. 평지도 아닌 산동네를 헉헉거리며 뛰어다녔을 것을 상상하니 저절로 목소리가 잦아든다.

아이와 늦은 저녁을 먹고 일찍 자리에 누웠지만 잠이 오지 않는다. 머리도 묵지근하다. 아이는 제 방에서 잠이 들었는지 기척이 들리지 않는다. 나는 자리에서 일어나 가만가만 걸어서 아이의 방으로 간다. 아이는 불도 끄지 않고 보던 책을 뒤집어쓴 채 잠들어 있다.

아이의 발을 살펴본다. 발가락에 조그만 물집이 잡혀 있다. 가슴속에서 뜨거운 것이 목울대를 타고 넘어온다. 나는 물을 마시기 위해 부엌의 전등 스위치를 올린다. 순간 싱크대 위를 기어가고 있는 개미가 눈에 들어온다. 나는 개미를 따라가다가 싱크대 틈 사이로 사라지기 직전 손끝으로 누른다. 개미가 다니는 길을 따라 마스크를 하고 액체로 된 개미 약을 뿌리던 남편의 얼굴이 떠오른다.

"개미가 다니는 길은 따로 있어."

"어떤 길?"

"자신들의 보금자리를 지키기 위해 그들만 아는 물질을 방사해서 길을 만드는 거지. 동료들을 위험한 현장에서 구해 낼 때나 새로운 보금자리로 이동할 때도 그 줄을 따라 찾아가지. 그래서 개미를 잡지 말고 약을 물어 가게 해야 여왕개미를 죽일 수 있는 거야."

남편은 회사를 정리한 후 집에서 쉬는 동안 등과 목 주변에 쌀알만 한 발진이 돋았다. 그는 온몸이 가렵다며 따뜻한 곳에서는 잠을 자지 못했다. 의사는 남편에게 약 처방 외에 마음을 편히 하라는 처방도 했다.

"피부염은 기본적으로 집 안의 해충이나 진드기가 원인이지만 스트레스나 알레르기가 원인일 수도 있습니다."

그는 베트남으로 떠나기 전까지 마루에서 잠이 들었다. 새벽녘 싸늘해진 몸을 덥히려 방에 들어왔다가도 몸이 근질거린다며 다시 마루로 나가곤 했다.

안방으로 건너와 밀쳐 놓았던 바느질감을 집어 든다. 아이가 안심하고 학교를 다닐 수 있게 나는 퀼트를 해야 한다. 천과 바늘만 있으면 패턴은 무궁무진하게 만들어 낼 수 있다. 종이 본과 블록 속에는 가 보지 않은 여러 갈래의 길이 숨어 있다. 그 길을 가는 상상만으로도 나는 언제나 즐겁다. 다양한 패턴으로 많은 길을 누비며 새로운 집, 강, 들과 낯선 사람들을 만나게 될지도 모른다. 나는 세상에서 하나밖에 없는 퀼트 탑을 마술처럼 펼쳐 보이며 앞날을 열어 갈 것이다. 보금자리를 사수하는 개미처럼.

전화벨이 울린다. 시계를 보니 11시다. 남편일지도 모른다는 생각에 얼른 거실로 나가 수화기를 든다.

"정희야! 어떡해! 아! 이 일을 어떡해!"

다급한 목소리는 미연이다. 종내 그녀는 엉엉 울고 만다.

"왜? 남편에게 무슨 일 있어? 말해 봐! 무슨 일이야?"

그녀의 말은 울음으로 마디마디 끊어진다. 그러나 나는 가슴이 덜컥 내려앉은 채 울음 속에 섞여 띄엄띄엄 이어지는 미연의 말로 사태를 파악한다. 그녀의 남편이 아파트에서 뛰어내려 119로 병원까지 갔는데 손도 못 써 보고 숨을 거두었다는 것이다. 다리에 힘이 빠지면서 수화기를 든 손이 부들부들 떨린다. 머리끝이 송곳으로 찌르는 것처럼 아프다. 천진스럽게 웃던 미연 남편의 얼굴이 떠오른다. 미연은 전화기 너머에서 계속 통곡이다. 그 소리가 내 심장에 얼음이 되어 박히는 것 같다.

수화기를 내려놓으며 나의 시선은 거실 벽에 걸린 가족사진에 머무른다. 아이의 어깨에 손을 얹은 남편과 복스럽게 웃고 있는 아들, 사진 속의 가족은 각자 제자리를 잡고 가정이라는 퀼트 탑을 구성하고 있다. 너무 행복해 보이는 구도다. 나는 빨리 미연에게 달려가야 한다고 생각하면서도 손으로는 수첩을 편다. 수첩을 든 손이 덜덜 떨려서 숫자가 잘 보이지 않는다. 숫자 하나하나를 확인하며 전화 버튼을 누른다. 신호음 가는 소리가 길게 들린다. 그러나 한참을 기다려도 신호음은 그대로다. 불길한 예감이 머리를 스친다. 마냥 신호음을 듣고 있기엔 나의 인내심이 한계에 다다른 것 같다. 목이 바짝 마른다. 냉장고에서 물병을 꺼내 물을 한 모금 마신다. 알약을 삼키듯 허둥지둥 마신 물이 목젖을 자극하며 인절미처럼 꿀떡 넘어간다. 문득 개미가 떠오른다. 나는 깜박 잊고 있던 중요한 일처럼 얼른 손전등을 찾아 들고 싱크대 앞으로 달려간다.

개미는 온도와 습도가 알맞은 벽 틈새나 나무 틈새에 집을 짓는다고 남편은 말했다. 더 많은 집을 짓기 전에 개미 떼를 찾아야 한다. 그것이 급선무다. 손전등을 벽에 가까이 대고 갈라진 틈새를 찾는다. 틈새는 쉽게 발견되지 않는다. 틈새를 찾기 위해 싱크대 앞의 벽지를 뜯는다. 때 묻은 겉벽지가 뜯겨 나간 바람벽은 간신히 누르스름한 초벌지로 알몸을 가리고 있다. 망설이지 않고 초벌지도 뜯어 낸다. 푸르스름한 형체를 드러낸 벽면에는 틈새는커녕 금 간 흔적도 나타나지 않는다. 눈시울이 뜨거워진다.

손등으로 눈가를 꾹꾹 누르고 심호흡을 한 뒤 나는 다시 안방으로 건너온다. 습관처럼 바느질감을 끌어당긴다. 홈질하다 만 3번과 4번 조각을 겹쳐 쥐고 바늘을 꽂는다. 바늘은 1번과 2번 조각을 홈질할 때처럼 힘차고 매끄럽게 꽂히지 못하고 땀의 간격도 일정하지 않다. 이어진 실이 삐뚤삐뚤한 것 같기도 하다. 처진 어깨로 굴곡진 언덕길을 걸어 내려가던 남편의 얼굴이 떠오른다. 실에서 바늘을 뺀 뒤 땀이 들쭉날쭉한 부분의 조각 천 위에 한 땀 한 땀 되돌려 꽂는다. 삐뚤어진 땀이 모두 풀려 버린 홈질은 촘촘히 이어져 일정한 점선처럼 보인다. 나는 패턴 속의 새로운 길과 만나기 위해 다시 무명천 위에 바늘을 꽂는다.

숭어

오늘도 숭어는 보이지 않았다. 물결이 일렁일 때마다 반사된 햇살이 숭어의 비늘처럼 반짝였지만 숭어는 아니었다. 우툴두툴한 수면은 일렁임이 미세해서 물속에 가라앉은 회색 진흙이 투명하게 들여다보였다. 교각의 그림자가 드리워진 곳은 물빛이 더 진해서 서늘한 기운마저 감돌았다. 냇물은 둥그스름한 줄무늬를 만들며 구불구불 멀어지고 있었다. 다리 위는 한적했다. 간간이 자전거를 탄 사람이 지나갈 뿐이었다. 햇빛이 깊이 스며든 상판에서 열기가 번져 나와 한낮의 나른함을 더해 가고 있었다. 성준은 몸을 돌려 반대쪽 난간으로 갔다. 아무리 오래 들여다보아도 숭어는 나타나지 않았다. 숭어가 회청색 등줄기 위로 지느러미 두 개를 세우고 은백색 배를 드러내며 물 위로 힘차게 뛰어오르는 것은 상상으로만 그쳐야 했다.

냇가에서 잔바람이 불었다. 성준은 목덜미가 보송보송해져서 잠시 바람을 맞으며 서 있었다. 광명시 쪽 다리 끝에서 운동복을 입은 중년 남자가 다가왔다. 다부진 체격의 중년 남자는 얼굴이 상기되어 보였다. 새벽 산책 때나 둑 옆 정자에서 쉴 때 서너 번 말을 섞은 적이 있어서 성준은 입 끝을 올리며 알은체를 했다.

"숭어가 없지요?"

"그러게요. 그 많던 숭어가 한 마리도 안 보이네요."

성준은 눈을 크게 뜨며 중년 남자를 바라보았다. 새로 계약한 공사장에 나가느라 점심시간에만 숭어를 보러 온 것이 나흘째였다.

"며칠 전 시내 나가다 봤는데 전철역 다리 밑에서 사람들이 낚시를 하고 있더라고요."

"이 근처는 모두 철새 보호 구역인데요."

성준은 철새 보호 구역에서는 야생 동물 포획 행위가 금지되어 있는 것을 떠올렸다. '물고기를 잡지 마세요'라고 적힌 빨간색 팻말이 다리 주변에 꽂혀 있었다. 그 문구를 보고도 낚시를 하는 파렴치한들을 그대로 두었다가는 숭어 씨를 말리게 생겼다며 숭어 보호회라도 조직해야겠다고 중년 남자는 큰 소리로 말했다. 중년 남자가 목소리를 높일 때마다 목 옆선에서 파란 핏줄이 불거져 꿈틀거렸다. 성준은 중년 남자에게서 힘찬 생명력이 전해지는 것 같아서 무거웠던 기분이 가벼워졌다. 성준은 일요일에 다시 만나 대책을 세우기로 하고 다리를 벗어났다.

한때 죽음의 하천으로 불리던 안양천에 숭어가 다시 돌아온 것은 3년 전 봄이었다. 여느 때와 달리 사람들이 다리 위에 삼삼오오 모여서 있었다. 그들은 물살을 가르며 오가는 숭어를 내려다보고 있었다. 성준은 마스크를 해야 천변에 올 수 있었던 10년 전을 떠올리며 가슴이 벅차올랐다. 방송과 신문도 앞다투어 숭어 소식을 보도했다. 숭어의 출현은 냇가 주변의 아파트촌을 인기 없던 동네에서 살기 좋은 동네로 변화시키기에 충분했다. 당신이 돌아올 때면 숭어가 더욱 많아질 거야. 성준은 숭어 사진을 곁들여서 캐나다에 있는 아내에게 메일을 보냈다.

달팽이 모양의 육교 앞에 왔을 때 성준은 점퍼 주머니에서 윙윙거리는 휴대 전화를 꺼냈다. 액정에 나타난 것은 동료 김의 번호였다.

"어디 간 거야, 오늘 우리 야리끼리잖아."

"다 왔어."

성준은 외치듯 말했다. 6차선 길을 오가는 차 소리 때문에 김의 말소리는 커졌다 작아졌다 반복해서 들렸다. 며칠 못 본 숭어를 만날 기대감에 성준은 야리끼리는 까맣게 잊은 채 이동식 식당에서 점심을 먹자마자 낮잠 자는 시간을 쪼개 냇가로 달려왔다. 성준이 일하는 현장과 냇가는 걸어서 10분 정도 거리였다. 반장은 일주일에 한 번씩 일을 마치는 대로 퇴근하는 규칙을 만들어서 인부들의 사기를 북돋우고 있었다.

찻길 옆은 디지털 산업 단지였다. 성준은 육교 밑 간선 도로에는 버스 정거장이 없으므로 걸어가는 편이 빠를 것 같아 지름길로 접어들었다. 예전 굴뚝 산업의 상징이던 공단은 이름도 디지털 단지로 바뀌고 대부분의 공장이 중국이나 동남아로 옮겨 가서 그 자리에는 성준이 계약직으로 일하는 건설 현장과 같은 대형 건물이 속속 들어서는 중이었다. 시골 출신의 여공들로 붐비던 버스 승강장과 전철역 풍경도 예전에 그가 직장을 다니던 때와는 많이 달라져 있었다. 거리를 오가는 사람 중에는 벤처 기업의 상징인 젊은이 외에 얼굴색이 다른 젊은이도 보였다. 여공들이 살았던 벌집촌으로 불린 낡은 단독주택은 조선족이라 불리는 재중 동포들이 살고 있었다. 성준은 격세지감을 느끼며 거리를 걸어갔다. 높다란 건물 사이로 골목 바람이 불어와 성준의 머리카락을 흩날렸다.

사거리 건널목 앞에서 성준은 발걸음을 멈추었다. 건널목 맞은편 광고판 밑에 '아직도 무료 노동 하고 계신가요'라고 적힌 현수막이 매여 있고 그 옆에는 근로 기준법 지키기와 연락처가 적혀 있었다. 성준은 갑자기 20년 전으로 돌아간 듯 가벼운 한숨이 나왔다. 공단으로 불리던 때나 디지털 단지로 바뀌고 나서나 조금도 변하지 않은 것은 근로 기준법 지키기인 것 같았다.

성준은 공돌이로 불리던 때 근로 기준법 지키기 운동에 적극적으로 참여하지 못했다. 언제 정상화될지 모르는 법보다 어김없이 보내야 하는 고향 집으로의 송금이 그에게는 더 중요했다. 근로 기준법 지키기 서명 운동을 할 때도 몇 번의 망설임 끝에 이름을 적어 넣었다. 동료에게 이끌려 시위 대열에 끼였을 때도 사진에 찍혀 직장을 그만두게 될까 봐 슬금슬금 뒷걸음질 쳐서 동료에게 욕을 먹었다. 그 와중에도 사람은 서울로 보내라 했으니 모든 식구와 함께 상경하겠다는 아버지의 편지는 성준을 긴장시켰다. 그의 만류에도 불구하고 아버지는 어머니와 동생 둘을 포함한 네 식구의 상경을 강행했다. 단칸 월세방에 다섯 식구가 다리도 못 뻗고 누워도 아버지는 서울 사람이 된 것만 다행으로 여겼다. 성준은 고향에서도 대책 없이 살던 아버지에게 어떤 기대도 하지 않았다. 동생들의 학비는 주방 보조로 취직한 어머니와 성준의 몫이 되었다. 잡역부 일이라도 계속 이어 가길 바랐던 아버지가 술타령만 하다가 세상에서 사라졌을 때 성준은 눈물 흘릴 여유도 없이 앞날을 걱정해야 했다. 동생들을 잘 보살펴야 한다는 부담감과 어머니의 탄식이 그의 어깨를 짓눌렀다.

"근로 기준법이 지켜지기를 기다리느니 노동자가 없는 세상이 오기를 바라는 게 더 빠르겠네요. 사장 말이 법대로 했다가는 남는 것이 없다는데 언제 그런 날이 오겠어요."

근로 기준법 얘기가 나올 때마다 아내의 대답은 한결같았다. 아내는 성준이 전자 회사에서 라디오 부품을 끼울 때 옆 건물의 봉제 공장에서 재봉 보조로 일했다. 야근을 마치고 포장마차에 들러 요기라도 할 때면 아내도 동료와 혹은 혼자서 떡볶이와 어묵을 먹었다. 여러 번 마주치는 일이 반복되자 어느 날 둘은 예전부터 알아 왔던 사람처럼 자연스레 말을 텄다. 아내가 상경한 이유는 야간 고등학교를 다니기 위해서였다. 밥은 먹고살았지만 나이 많은 부모에 여러 형제의 막내다 보니 아무도 자신의 진학을 적극 밀어 주지 않아 서울로 왔다고 했다. 당시 아내는 시골 본가에서 학비를 지원받고 있었다.

공사장에 도착하자마자 성준은 승강기를 타고 숫자 8을 눌렀다. 성준에게는 오전에 하다 만 화장실 타일 붙이기의 마무리가 남아 있었다. 20층 아파트형 공장은 30평이 넘는 방들로 나뉘어 있어 잔손가는 일이 많지 않았다. 가장 공들여야 하는 부분이 화장실 인테리어 정도였다. 승강기에서 내리는데 앞에 건설 회사 대리가 서 있었다. 30대 후반의 대리는 나이보다 서너 살은 더 어른스러워 보였다.

"별일 없으시지요?"

대리는 고개를 까딱 숙이더니 얼른 승강기 안으로 들어갔다. 성준은 아파트형 공장 일 바로 전, 두 동짜리 아파트 공사장에서 일할 때 대리를 만났다. 계약한 일이 끝나고 다시 인력 소개소로 나간 길이었다. 안면이 있던 소개소 소장은 성준을 마감 공사 하는 곳으로 보냈다. 그곳에서 성준은 벽체에 단열재를 넣는 작업을 보조했는데 대리는 전화번호를 물었다. 대리처럼 직접 계약을 하는 경우는 소개소에 수수료가 안 나가서 성준도 환영하는 바였다.

화장실로 들어가자 벽면을 줄자로 재고 있던 조장이 성준을 힐끗 쳐다보며 빨리 접착제를 개라고 말했다. 접착제는 시간이 지나면 굳어져서 쓸 수 없으므로 필요할 때마다 개야 했다. 김은 타일 붙일 벽면을 걸레로 닦고 있었다.

성준은 작은 공사를 할 때는 조장도 하지만 큰 공사를 할 때는 경험 많은 조장 밑에서 보조를 해야 마음이 편했다. 보조를 해도 대리는 성준의 자격증을 인정하여 자격증 없는 보조보다는 나은 임금을 쳐주었다. 성준은 고무 대야에 방수용 접착제 분말과 물을 같은 비율로 섞고 반죽했다. 물을 먹은 접착제는 치약같이 질퍽질퍽하고 찐득거렸다. 손바닥에 감이 올 때까지 성준은 접착제를 잘 섞었다. 친환경 제품이어선지 레몬 향 비슷한 냄새가 났으나 심하지는 않았다. 조장은 타일 붙일 자리에 타일 크기만큼 금을 긋고 타일과 타일 사이를 3밀리씩 띄었다. 나중에 줄눈 넣을 자리였다. 줄눈을 넣어야 타일이 단단하게 붙었다. 성준은 맨 아랫단부터 미장용 칼로 접착제를 발랐다. 접착제는 얇게 바르면서 톱니처럼 줄눈을 내었다. 반죽이 잘되었는지 접착제는 밑으로 흐르지 않고 잘 붙어 있었다.

조장은 성준이 발라 놓은 접착제 위에 타일을 눌러 붙였다. 성준은 조장이 붙여 놓은 타일이 더 잘 붙게 고무망치로 살살 두드렸다. 조장은 손아귀 힘이 셌다. 고무망치로 두드리지 않아도 될 만큼 타일은 잘 붙어 있었다. 접착제는 타일 두께의 반 정도까지 올라왔다. 성준은 숨을 크게 내쉬었다. 접착제를 너무 두껍게 발라도 타일 옆으로 번져서 지저분한데 알맞게 된 듯했다. 성준은 숙련된 기능사가 된 것 같아서 기분이 우쭐했다.

7년 전, 근무하던 회사가 중국으로 옮겨 갈 거라는 소문이 돌자 성준은 서둘러 건설 기능사 학원에 등록했다. 회사를 그만두면 특별한 재주도 없어서 먹고살 길은 막막했지만 직장에 매이지 않은 삶도 살아 보고 싶다는 생각이 들었다. 평생 고생만 하다 죽은 어머니처럼 허망하게 스러질까 두렵기도 했다. 고단하고 남루했던 어머니의 삶이 원통해서 일을 하다가도 멍하니 하늘을 쳐다보곤 했다. 가진 것이 없던 어머니는 아무리 피곤해도 자식을 위한 기도는 거르지 않았다. 천주교 신자였던 어머니는 몸살이 나서 일어나지 못할 때도 자리에 누워서 기도문을 외웠다. 어머니는 자랄 때도 다른 이모보다 외할머니 속도 안 썩이고 외할아버지가 시키는 대로 중매로 만난 아버지에게 시집을 왔다는데 왜 한평생 편한 날이 없었는지 지난봄 천변에서 벚꽃 축제가 열렸을 때도 성준은 안타까웠다. 대형 건물들이 숲을 이룬 디지털 단지를 배경으로 벚꽃은 뭉게뭉게 분홍 꽃구름으로 피어났다. 카메라에 담긴 디지털 단지는 분홍 띠를 두른 성곽 같았다. 성준은 꽃구경 여행 한 번 못 가고 생을 마감한 어머니가 불쌍해서 셔터를 누르던 손이 떨렸다. 너 하나 잘살면 더 바랄 것이 없다던 어머니의 목소리가 들리는 것 같았다.

회사를 그만두고도 학원을 1년 더 다녀 성준은 미장 기능사 자격증을 땄다. 공부에 전념할 수 있었던 것은 결혼과 동시에 의류 수선 일을 시작한 아내 덕분이었다. 성준은 처음에는 경험을 쌓기 위해 기능사 보조로 출발했다. 인력 소개소에서 소개해 준 일은 큰 책임이 필요한 일은 아니었다. 직장을 다닐 때보다 몸은 고달팠지만 마음은 자유로웠다. 다른 자격증에 도전해 보고 싶은 의욕도 생겼다. 일이 없는 날은 도서관에 가서 시집을 읽었다. 오랜만에 읽는 시는 그동안 메말랐던 감성을 일깨웠다. 시를 쓰고 싶은 충동이 일었다. 초등학교 때 성준은 교내 백일장에서 상을 탄 적도 있었다. 그는 아들의 동화책을 살 때 저절로 어깨가 펴졌다.

침착한 성품의 아들을 볼 때마다 성준은 가슴 한쪽이 아리면서도 한편으론 흐뭇했다. 아들은 유아원에 가기 전부터 바느질하는 아내 옆에서 장난감을 가지고 혼자 노는 방법을 익혔다. 게임에 중독되기 쉬운 초등학교 때도 아들은 약속 시간을 거의 다 지켰다. 그는 아들이 따돌림을 당한다는 사실이 믿어지지 않았다. 중학생이 된 뒤 사색하는 시간이 많아진 것은 그도 아는 터였다. 어릴 때도 제 방에 혼자 있는 시간이 많았던 아들이라 이상하게 생각하지 않았다.

담임에게 불려 갔다 온 아내가 유학 얘기를 꺼냈을 때 그는 화부터 치밀었다. 사춘기만 넘기면 괜찮을 거라고 아내의 말을 잘랐다.

"아이들이 때리고 괴롭혀도 비폭력자라며 대항을 못한대요."

아내는 울먹였다. 그는 아들이 남과 어울리지 못하는 것이 자기 탓인 것 같아 마음이 편치 않았다. 왜 괴롭히는 자들이 남고 아들이 떠나야 하는지 억울했다. 그냥 두면 될 것을 아이들은 무슨 권리로 아들을 괴롭히는지 참담했다. 내 나라에서 누구는 편안하고 누구는 불편한데 외국에서는 그렇지 않다면 우리나라에 문제가 있는 것 아니냐고 소리쳐 항의해도 속이 풀릴 것 같지 않았다.

"요즘은 어학연수가 기본인 시대잖아요. 일부러 유학도 보내는데 발전의 기회로 삼자고요."

아내는 수선집에 놀러 온 여인네들의 수다 속에서 온갖 정보를 모았다. 유학은 비용이 많이 드니 아예 이민을 가자고 아내가 말했을 때 그는 청춘을 바쳐 산업화에 이바지한 세월이 물거품 되는 것 같아 안타까웠다. 아내는 언니가 캐나다에서 식당을 하고 있으므로 우선 그 일을 거들면서 세탁소를 차릴 준비를 하자고 그를 졸랐다. 아파트를 처분하자는 아내에게 그곳에서 몇 년 살아 본 뒤 결정하자고 설득했다. 그는 힘들면 돌아오리라는 희망을 숨긴 채 아내와 중학교 2학년이 되는 아들을 비행기에 태웠다.

그때 왜 아내를 따라가지 않았는지 성준은 지금도 명확한 답을 대기 어려웠다. 우선 낯선 곳에 가서 다시 시작해야 한다는 사실이 엄두가 나지 않았다. 남은 생은 경쟁에 시달리지 않고 평화롭게 지내고 싶었다. 지난 세월 힘들게 살았는데 무슨 복에 외국에서 편안한 여생을 보낼 수 있을지 기대되지도 않았다. 어차피 삶은 자신이 원하는 대로 이루어지지 않는다는 것을 진작에 깨달은 결과인지도 몰랐다. 노스님의 설법이 떠올랐다. 사람이 평등하다는 말은 태어날 때 알몸으로 태어나고 마음속에 진심이 있는 것이 같다는 것이지 저마다의 복은 절대 평등하지 않다고 스님은 말했다. 성준은 아내와 아들을 사랑했지만 자신의 행복이 우선인 것 같았다. 아들마저 떠나

보내고도 살 수 있을까 걱정할 때와 달리 성준은 어김없이 밥도 먹고 꽃도 보았다. 처음에는 아내와 아들 옷만 봐도 눈물이 나서 멍하니 하늘만 쳐다보다 하루가 가곤 했다. 한 달쯤 그렇게 보낸 뒤 아내와 아들의 물건을 간추려 작은방에 보관했다. 시간이 지나자 격한 감정도 가라앉고 안정도 되찾았다. 일상의 잡다한 일에 능률이 오를수록 혼자 지내는 생활에 점점 자신감이 생겼다. 이제는 혼자 밥 먹고 텔레비전 보는 일에도 익숙해져 있었다. 아내는 그동안 한 번 다녀간다 하면서 해만 넘긴 것이 벌써 5년째였다. 성준은 아내가 과연 돌아올까 의심이 들 때도 많았다.

타일 붙이기는 50분 일하고 10분 쉬기를 두 번 반복하자 끝났다. 간식 먹는 시간도 없애고 강행군한 결과였다. 조장은 손이 잰 편이었다. 성준이 했으면 배나 걸렸을 일을 정해진 시간보다 한 시간은 일찍 끝냈다. 조장은 만족스러운 표정이었다. 성준도 공사의 후유증이 없을 것 같은 예감에 마음이 뿌듯했다. 겨울이 지난 후에도 하자보수는 많지 않을 것 같았다. 성준과 김은 도구를 정리하고 비로 바닥을 쓸었다. 타일 줄눈 긋기는 접착제가 다 마른 이틀 후로 계획되어 있었다. 조장이 성준과 김을 둘러보며 말했다.

"내일은 9층에서 만납시다."

"야리끼리가 좋군요."

겨우 한 시간 일찍 끝났는데도 성준은 학창 시절 단축 수업을 했을 때처럼 마음이 홀가분했다. 김도 이제는 우리가 헤어져야 할 시간이라며 얼굴 가득 웃음을 지었다. 조장은 먼저 복도로 나갔다. 성준이 배당받은 화장실 일은 1층에서 10층까지였다. 사무실 옆 탈의실에 가기 전 김이 성준의 팔을 잡았다.

"좋은 데 있으면 나도 같이 데리고 가요."

"어딜?"

"저번에 보니 식당 아주머니가 관심 있어 하던데."

"……."

어중간한 나이에 혼자 산다고 하면 호기심 어린 눈초리를 보내는 것이 부담스러워서 성준은 어디서나 신변에 대한 질문은 피했다. 외출복으로 갈아입은 김은 저녁에는 성당에 가야 한다며 성준에게 한 손을 어깨 높이까지 쳐들어 인사를 대신한 뒤 발길을 돌렸다.

김은 성준이 공사장에서 사귄 유일한 친구였다. 같은 인력 사무소를 이용하다 보니 일을 함께 할 때도 많았다. 성준은 공사장에서도 혼자였지만 일을 마친 뒤에도 사람들과 어울리지 않았다. 대부분의 혼자 사는 인부들은 일당이 손에 들어오면 술을 마시러 가거나 노래방으로 몰려갔다. 끝나자마자 집으로 돌아가는 사람은 성준과 김 외에 몇몇이었다. 김은 사무소 소장과 잘 아는 사이여서 그 사무소를 이용한다고 자랑했지만 성준이 보기에는 꼭 그런 것 같지도 않았다. 김은 붙임성이 좋아 성준 외에도 아는 사람이 많았다. 성준은 아는 사람이 있어도 좋고 없으면 없는 대로 견딜 만했다. 다른 사람에게 먼저 말을 걸고 싶지도 않았다. 이동식 식당에서 밥을 먹을 때도 구석에서 조용히 먹고 일어섰다. 화젯거리에 오르는 것도 싫었다. 성준이 편하게 말을 놓는 사람은 김 한 사람뿐이었다.

성준은 디지털 단지 입구 쪽으로 걸어갔다. 해는 마지막 힘을 다해 세상 모든 것에게 자신의 아름다운 뒷모습을 알리고 있었다. 해가 등 뒤를 줄곧 따라와서 성준은 등이 뜨듯했다. 가족은 가장 마지막까지도 따뜻함을 나누어야 하는 관계인 것을 아들은 알고 있을까. 성준은 문득 목이 메었다. 어쩌면 아무도 모르는 임종을 맞을지도 모른다는 예감에 성준은 갑자기 등이 서늘해지며 어깨가 떨렸다. 성준은 머리를 한 번 흔들어 어둠을 떨쳐 버린 뒤 달팽이 모양의 육교를 건너 벚나무와 잡목이 우거진 둑길로 올라섰다. 둑길에서는 경기도 쪽의 둔치까지 내려다보였다. 둑길 바로 옆 산책로에는 한 아름 되는 철쭉이 변색되어 가고 있었다. 철쭉은 겨울에도 푸르스름한 채 말라 버린 잎을 매달고 있다가 봄이 오면 푸른 새잎으로 바뀌곤 했다. 성준은 겨울을 이겨 낸 철쭉이 작은 꽃망울을 조롱조롱 매달고 있는 모습이 너무 장해서 눈물을 흘린 적도 있었다. 냇가에는 산책 나온 사람과 자전거를 타는 사람이 긴 행렬을 이루며 이어지고 있었다. 성준은 비스듬히 뻗어 있는 흙길을 걸어 둑을 내려가 자전거 길을 가로질렀다.

서둘러 다리를 걸어가 중간쯤에서 성준은 멈춰 섰다. 언제나 숭어를 보던 자리였다. 숭어는 보이지 않았다. 울컥 아들을 향한 그리움이 솟구쳐서 성준은 얼른 다리 난간을 붙잡았다. 휴대 전화에 저장해 놓은 숭어 사진을 눌렀다. 아들이 떠나기 전 숭어 축제에 놀러 가서 찍은 사진이었다. 80센티쯤 되는 숭어는 머리 앞쪽이 약간 납작한 것이 큰 눈에 기름 눈꺼풀과 두 개의 콧구멍이 있었다. 입은 경사졌고 위보다 아래가 약간 긴 턱을 가졌다. 등은 회청색이고 배는 은백색인데 등지느러미가 두 개이고 첫째 지느러미의 가시는 네 개였다. 가슴지느러미는 배 가운데쯤 있고 꼬리지느러미 뒤 가장자리는 안쪽으로 깊게 패어 있었다. 각 비늘의 중앙에는 청색 반점이 있어서 몸에 세로줄이 있는 것같이 보였다.

축제 기간 동안 도시 곳곳에는 숭어가 넘쳐 났다. 성준은 태어나서 그렇게 많은 숭어를 본 것이 그때가 처음이었다. 수족관을 가득 채운 커다란 숭어들이 입을 뻐끔거리면 무섭기도 했다. 성준은 가족과 숭어회도 먹고 숭어 매운탕도 먹었다. 아들은 숭어회를 잘 먹었다. 성준은 아들의 권유로 숭어 맨손으로 잡기 체험 대회에 출전했다. 다른 사람들도 많이 출전해서 비닐을 깔고 물을 채운 경기장은 사람 반 물 반이었다. 그 경기에서 성준은 다른 사람에 비해 숭어를 많이 잡지 못했다. 간신히 한 마리를 낚아챘을 뿐이었다. 성준은 몸 좋고 기운 센 사람들에게 떠밀리고 무엇보다 숭어가 날쌔게 도망가는 바람에 잡았다가 놓치곤 했다. 숭어도 위험을 감지하고 몸부림을 치는 것 같아 성준은 숭어가 불쌍하기도 했다. 아내와 아들은 목청이 터져라 성준을 응원했다. 아들이 실망한 것 같아서 성준은 아들의 눈치를 살폈다. 게다가 아내는 아들 운동회의 어머니 달리기에서 상품을 타 온 적도 있어서 성준은 아내와 아들을 보기가 민망했다. 그때 아들이 말했다. 아빠 걱정 마. 내가 얼른 커서 많이 잡아 줄게. 우리 아들 최고! 성준은 아들을 번쩍 안아 올리며 외쳤다. 영문을 모르는 주변 사람들이 의아한 눈초리를 보냈어도 성준은 아들이 대견스럽기만 했다.

일주일 전 만남에서도 숭어는 성준의 팔 반만큼 자란 놈들 열댓 마리가 떼 지어 몰려오며 수면 위로 머리를 내놓고 입을 뻐끔거리기도 하고 둥근 원을 만들면서 물살을 거슬렀다. 성준은 숭어를 더 잘 보기 위해 냇물이 스며들어 물렁거리는 흙을 밟고 냇가에 서 보기도 했지만 숭어는 다리 위에서 제일 잘 보였다.

교각이 열두 개이고 난간이 1미터 높이의 작은 다리는 광명시 둔치와 서울의 둔치를 연결해 주었다. 놓인 지 80여 년이 다 된 허름한 다리지만 예전에는 광명시에서 서울을 이어 주는 유일한 콘크리트 다리로 불렸다. 그 다리가 유년 시절 고향의 다리를 닮아서 성준은 산책을 나오면 다리부터 둘러보았다. 초등학교 시절 고향의 다리 밑에서 수영도 하고 물고기도 잡다 보면 어느새 긴 여름날이 붉게 물들곤 했다. 땅거미 지는 저녁나절 어머니는 송사리 서너 마리 건져 온 성준을 어부라도 된 듯 기특해했다. 성준은 숭어가 부러웠다. 바다도 가고 캐나다도 갈 수 있는 숭어가 되고 싶었다. 그는 자식을 떠나보내듯 멀어지는 숭어를 하염없이 바라보았다.

둑 위로 오른 성준은 곧바로 이어진 산책로로 들어섰다. 산책로는 길 안쪽으로는 철쭉과 개나리 등이 심겨 있고 길 바깥쪽으로는 단풍나무 · 은행나무 · 벚나무가 병풍처럼 둘러쳐져 꽃나무의 바람막이 역할을 하고 있었다. 산책로는 무성한 나뭇잎에 가려 한낮에도 햇빛이 비치지 않았다. 어릴 때 떠나온 고향에도 그런 길이 있었다. 중학교로 이어지는 성당 옆길은 아카시아 잎이 우거져서 성준은 그 길을 지날 때면 친구와 장난도 치고 아카시아 꽃잎 따기 시합도 하면서 한눈을 팔았다. 어쩌면 야성미가 그대로 남아 있는 둔치며 고향의 냇물을 닮은, 원시적인 형태로 흐르고 있는 안양천이 자신의 발목을 잡는 것은 아닐까 성준은 생각에 잠겼다.

그늘진 길이 갑자기 답답해져서 성준은 시멘트 계단을 한 칸씩 걸어 내려가 둑 아래 둔치로 내려갔다. 둔치는 절반은 꽃나무 단지와 창포 단지로 조성하고 나머지는 농구장과 게이트볼 경기장으로 만들어져 있었다. 성준은 농구장 옆에 있는 등의자에 앉았다. 낮에 만났던 중년 남자가 게이트볼 경기장 쪽에서 걸어왔다. 성준은 옆자리를 권했다. 남자는 한숨을 쉬며 털썩 주저앉았다.

"무슨 방법을 찾아야지, 이대로 뒀다가는 내년에도 숭어 구경하긴 틀렸어요."

"뭘 좀 알아보셨나요?"

"밤에 숭어를 잡아다가 음식점에 넘기는 몹쓸 인간들이 있다는구려."

"구청 직원에게 밤에도 근무하라고 강요할 수는 없지요. 경찰이라면 모를까."

"경찰도 바빠서 손이 달린대요."

중년 남자는 소일거리가 없는 듯했다. 성준이 일 다니느라 잘 몰랐던 동네의 잡다한 소식을 종합 뉴스로 편성하여 쉬지도 않고 전했다.

"공단에 땅이 조금 있는데 디지털 단지로 바뀌니까 값이 오르더라고요."

중년 남자는 부인이 살았을 때는 그 땅값이 안 올라서 이 동네를 떠나지 못했는데 부인이 병사하고 홀아비가 되고 나니 땅값이 올랐다며 쓸쓸하게 웃었다. 어릴 때는 냇물에서 고기도 잡고 아파트가 들어서기 전 논밭에서는 밀 서리를 한 추억도 있다고 했다.

"땅 팔아서 강남으로 이사 갈까 했는데 숭어 도둑을 잡아야겠어요."

성준은 숭어 보호회를 조직하면 꼭 들겠다고 중년 남자에게 말했다. 중년 남자는 동지를 만났다며 악수를 청했다.

전철역이 가까울수록 냇물은 폭이 좁았다. 성준은 조경 사업이 끝난 큰 다리 아래의 둔치에서 발걸음을 멈추었다. 내년 봄 축제를 대비해서인지 가파르던 냇가는 바위로 비스듬한 계단이 만들어져 있었다. 성준은 바위 틈새에 심어 놓은 꽃나무들을 들여다보았다. 바람이 불 때마다 갈색 잎이 듬성듬성 달려 있는 꽃나무의 잔가지가 부러질 듯 흔들렸다. 쉼터에 있는 정자에서 잠시 머문 뒤 성준은 둑 아래로 내려갔다. 초겨울에도 피는 여뀌를 비롯한 온갖 야생화들이 심어져 있었다.

분홍색 좁쌀이 매달린 듯한 여뀌 꽃이 앙증맞아 보여서 성준은 잠시 그 앞에 머물렀다. 보리밥이라도 실컷 먹기를 소원하던 유년 시절이 그리움으로 다가왔다. 눈시울이 붉어질 것 같아서 성준은 얼른 발걸음을 옮겼다. 그 옆은 강아지풀 꽃이었다. 성준은 강아지풀을 목덜미에 넣고 간질이던 동네 친구 순이를 떠올렸다. 이제는 한 가정의 주부가 되었을 순이와 고향 소식이 궁금했다. 중학교를 졸업하고 서울에 와서 라디오 부품 공장을 다닌 뒤론 성준은 어릴 적 친구들 소식을 알지 못했다. 고등학교 졸업장을 얻기 위해 야간에는 산업체 특별 학급에서 공부하고 주간에는 시간 외 근무까지 하다 보면 항상 잠이 부족하고 온몸이 저렸다.

작년부터 조성된 억새와 갈대밭은 누르스름한 빛이 가득했다. 추석이 가깝도록 비가 잦았던 탓인지 갈대는 지난해보다 더 웃자라서 숲을 이루었다. 억새 꽃술들은 약속이나 한 듯 남쪽을 향해 고개를 숙이고 있었다. 바람이 불 때마다 갈댓잎이 흔들리며 서걱서걱 베어지는 소리를 냈다.

갈대밭을 지나 성준은 냇가 가까이 있는 산책로로 내려갔다. 그 산책로는 비가 많이 오면 물에 잠기기도 하지만 우기를 빼고는 언제나 사람이 끊이지 않았다. 성준은 고개를 빼고 냇물을 주시하면서 걸었다. 숭어는 보이지 않았다. 청둥오리들이 V 자 행렬을 이루며 물살을 가르고 있었다. 떼 지어 옮겨 다니는 오리가 부러워서 성준은 시선을 거두지 못하고 주춤거렸다. 그때 앞에서 60대쯤으로 보이는 여자가 걸어왔다. 여자는 무슨 말인가 계속 중얼거리고 있었다. 여자가 손이라도 닿을 듯 가까이 와서야 성준은 그 여자가 누군지 알아보았다. 언젠가 동사무소 앞 인도를 오가며 아무에게나 마구 소리치던 여자였다. 성준은 정신이 이상한 여자를 혼자 두면 어쩌느냐고 사람들이 수군거리던 말을 떠올렸다. 여자는 자식들을 모두 외국으로 떠나보낸 뒤 그렇게 되었다고 했다. 성준은 여자가 소리치지 않을까 조마조마하며 지나쳤다.

"욕심을 버려야 돼."

여자는 누구에겐지 앞을 보고 걸으며 말했다. 성준은 속을 들킨 것 같아 몸을 움츠리고 빨리 걸었다.

"배 속에 있는 악마를 몰아내야 된다고, 이 영감탱이야."

갑자기 들려온 여자의 고함 소리에 성준은 발걸음을 멈추고 뒤를 돌아보았다. 여자는 머리가 허연 할아버지에게 삿대질까지 하며 고함치고 있었다.

"나 원 참, 별 미친 여자를 다 보겠네."

할아버지는 기가 막힌 듯 나직하지만 분노에 찬 음성으로 맞받아쳤다. 할아버지가 뛰다시피 걸어서 여자로부터 멀어지는 것을 성준은 아릿한 심정으로 바라보았다.

성준은 번호 키의 숫자를 누르고 아파트 현관문을 열었다. 조심스럽게 열었는데도 문소리가 복도를 울렸다. 복도에는 옆집에서 새어 나온 된장찌개 냄새가 진하게 퍼지고 있었다. 성준은 갑자기 배가 고팠다. 혼자 사는 기간이 늘어 갈수록 냄새로 알 수 있는 찌개 종류도 많아지고 있었다. 집 안 곳곳에서 눅진한 방향제 냄새와 함께 냉기가 묻어났다. 성준은 가방을 거실에 내려놓고 소파에 앉았다.

조르륵조르륵, 뒤쪽 베란다에서 하수도 배관을 타고 흐르는 물소리가 들렸다. 성준은 위층 사람과 알고 지내는 사이는 아니지만 물소리를 들으면 사람이 있는 것이 확인되어 마음이 편안했다. 복도에서 문 여닫는 소리가 나고 누군가의 헛기침 소리가 들렸다. 옆집은 드나드는 사람이 많았다. 지난주에도 승강기 앞에 서 있는데 옆집에서 자그맣고 젊은 여자가 문을 열고 나타나는 바람에 얼른 목례를 하고 같이 승강기를 탔는데 다음 날 저녁에는 키 큰 여자가 음식물 쓰레기를 들고 승강기 앞에 서 있어서 성준은 당황스러웠다. 그는 아내 외의 다른 여자는 얼굴을 빤히 보기가 쑥스러워서 승강기 안에서도 돌아서 있거나 벽만 바라보아 아파트 밖에서 만나면 몰라보기 일쑤였다.

아내 덕에 예정보다 일찍 집을 장만했지만 성준은 재테크에 관심 많은 아내가 목동이나 강남으로 이사를 가자고 할 때도 선뜻 동의가 되지 않았다. 내년에 보자며 미루다 보면 한 해가 다 가곤 했다. 그

때마다 아내는 이해할 수 없다는 듯 한숨을 내쉬었다. 자신이 이해되지 않기는 성준도 마찬가지였다. 공장 다니던 시절을 그리워하는 것도 아니고 억척스러웠던 그 시절을 훈장처럼 여기는 것도 아닌데 왜 이 동네를 떠날 수 없는지 이유가 떠오르지 않았다.

교통비라도 아끼자는 성준의 의견을 존중해 처음 아파트를 보러 왔을 때 아내는 불만이 많았다. 단지 안에 초 · 중 · 고등학교가 있는 것을 빼고는 어느 것도 마음에 들지 않는다고 했다. 우리 아이가 고생을 덜면 되지. 성준은 아내를 달랬다. 시골에서 20분쯤 걸어 중학교를 다닌 경험이 있는 성준은 어디서든 학교가 가까운 것을 우선시했다. 아내는 그때 가진 돈으로 강남의 아파트를 사려면 대출이라도 받아야 했으므로 순순히 성준의 말을 따랐다.

지난주 성준은 다른 동네로 이사 가는 옆집을 배웅했다. 아이들이 이사 가자고 졸라서요. 옆집은 나중에 자식의 혼사가 걱정이라며 겸연쩍어 했다. 부동산 투기가 심해지면서 성준의 이웃들은 이사가 부의 상징이었다. 형편이 조금만 좋아져도 사람들은 자녀의 앞날을 핑계 삼아 동네를 떠났다. 성준은 비슷한 시기에 입주했던 이웃이 모두 떠난 자리에서 터줏대감 격이 되었어도 냇물을 볼 수 있는 지금의 동네가 좋았다.

텔레비전을 켠 뒤 성준은 옷을 갈아입었다. 혼자 생활한 뒤로는 텔레비전도 식구였다. 남들은 반려 동물을 길러 보라고 했지만 그는 동물을 보살피는 일은 내키지 않았다. 성준은 냉장고에서 먹다 남은 반찬을 꺼내 식탁에 놓았다. 김치와 시금치나물, 김, 오징어무침 등 모두 아침에도 먹었던 반찬이었다. 옆집처럼 된장찌개라도 있어야 밥이 넘어갈 것 같았다. 성준은 가게에서 사 온 조미 된장을 물에 풀어 냄비에 담고 가스레인지의 불을 켰다.

된장찌개가 끓기 시작하자 성준은 찌개를 숟가락으로 조금 떠서 입에 넣었다. 아내가 끓여 줬던 것만은 못하지만 비슷한 맛이 그의 입안을 적셨다. 어머니의 된장 맛이 그리웠다. 다 끓은 된장찌개를 식탁에 퍼 놓고 텔레비전이 잘 보이는 자리의 의자에 앉았다. 밥 한 숟가락 떠 넣고 텔레비전을 보고 반찬을 입에 넣고 우물거리며 텔레비전 소리를 들으면서 성준은 밥 반 공기를 다 먹었다.

식탁을 정리하면서도 성준은 텔레비전에 귀를 기울였다. 아랫녘에서 늦가을 숭어 잡이가 제철이라는 아나운서의 목소리가 집 안을 울렸다. 성준은 갑자기 숭어가 보고 싶었다. 내년 봄 다시 숭어가 나타날 때까지 기다릴 수 없을 것 같았다. 방법을 찾아야 했다. 점퍼로 바꿔 입고 집을 나섰다.

“어디 가세요?”

경비실 앞에 서 있던 같은 동에 사는 반장이 성준의 아래위를 훑어보며 알은체를 했다. 그녀는 실태 파악을 위해 성준의 집을 방문한 적도 있었다. 반장의 호기심을 충족시키려면 애인을 만나러 간다고 해야 하나 생각하니 성준은 헛웃음이 나왔다. 반상회에 참석 안 한 지 오래되었지만 혼자 지내는 남자는 모두 경계 대상이자 보호 대상임을 성준은 알고 있었다. 어느 날 밤에는 샤워를 하다가 옆집이 신경 쓰여서 그만둔 적도 있었다. 아내와 살 때는 당연시되던 일상의 일들이 혼자일 때는 특별한 사건으로 비치는 것이 성준은 견디기 어려웠다. 그는 동네 주민과 마주치기 싫어 어두컴컴한 샛길로 아파트를 빠져나왔다.

저녁 시간이어선지 수산 시장은 회를 떠서 음식점으로 배달해 가는 사람이 많았다. 성준은 물고기들이 가득 들어찬 수족관 사이를 천천히 걸으며 물고기를 구경했다. 광어, 농어, 민어 등 모든 물고기가 이제나저제나 죽을 날만 기다리고 있었다. 성준은 숭어가 느릿느릿 헤엄치는 수족관 앞에서 걸음을 멈추었다. 크고 작은 숭어는 냇물에서 보았던 것과 생김새가 비슷했다. 늠름한 위용을 자랑하며 작은 숭어들을 제압하는 큰 숭어들은 냇물에서 떼 지어 다니던 것과 아주 비슷했다. 성준은 커다란 숭어 두 마리를 사서 양동이에 넣었다. 숭어는 양동이 뚜껑에 부딪치며 철퍼덕거렸다. 전철이 혼잡한 시간이라 성준은 택시를 잡았다.

어둠이 짙어 가는 냇가에는 사람이 드물었다. 성준은 양동이를 둑 위에 내려놓고 이마의 땀을 두 손으로 번갈아 훔쳤다. 둑 위에는 가로등이 있었지만 둔치는 깜깜했다. 숭어는 조금 잠잠해져 있었다. 성준은 물과 숭어가 든 양동이가 무거워 세 번이나 쉬면서 시멘트 계단을 걸어 내려갔다. 자전거를 탄 사람들이 휙휙 바람 소리를 내며 지나갔다. 성준은 자전거 길을 가로질러 다리 가까운 산책로로 걸어갔다. 흙길이 희미하게 보이는 산책로에는 아무도 보이지 않았다. 멀리 전철역 다리에 설치된 오색 조명등이 냇물에 길게 그림자를 드리우고 있었다. 성준은 구두와 양말을 벗어 돌계단에 놓고 아래로 내려갔다. 냇물은 무릎 밑까지 올라왔다. 냇물이 차가워서 성준은 발가락을 움츠리며 한 발 두 발 천천히 발을 떼어 놓았다. 불빛에 드러난 물빛은 거무스름했다. 숭어도 무거운 데다 깊이를 알 수 없는 냇물에 두려움이 느껴져 성준은 다리가 후들거렸다. 그때 위쪽에서 인기척이 느껴졌다. 머리 모양이 남자였다. 성준은 둑 옆 찻길에서 올라오는 차 소리 때문에 가까이 와서야 들을 수 있었다.

양동이 뚜껑을 누른 채 성준은 몸을 웅크리고 귀를 기울였다. 남자가 무엇인가 냇물에 던졌다. 허연 그물망이었다. 남자는 냇물에 퍼진 투망을 다시 모아 쥐더니 냇가로 나왔다. 그때 전철역 다리 위로 철거덕 소리를 내며 열차가 지나갔다. 열차 불빛에 남자의 얼굴 윤곽이 드러났다. 성준은 숨이 멎는 것 같았다. 가슴이 벌렁거렸다. 낮에 숭어 보호회를 조직하자던 중년 남자였다. 남자가 볼까 봐 성준은 얼른 고개를 숙였다. 남자는 투망을 접어서 어딘가에 넣는지 버스럭 소리가 들렸다. 물고기를 얼마나 잡았는지 어두워서 보이지 않았다.

중년 남자가 냇가를 떠나기를 기다려 성준은 양동이 뚜껑을 열었다. 자식을 이별하듯 눈시울이 뜨거워져서 성준은 손가락으로 눈가를 훔쳤다. 성준은 면장갑을 끼고 양동이에서 숭어를 한 마리씩 붙잡았다. 숭어는 몸을 좌우로 흔들며 나부댔다. 성준은 집어 던지듯 숭어를 냇물에 넣었다. 철버덕, 숭어는 물에 떨어지는 소리만 들렸을 뿐 어디로 가는지 어두워서 보이지 않았다.

중독

여자는 자명종 소리에 잠이 깬다. 창이 훤하다. 유리창의 우윳빛 줄무늬는 욕실의 타일을 연상시킨다. 그녀는 실눈을 뜨고 타일의 줄눈 같은 틈새로 조각나 보이는 창밖을 바라본다. 아파트 앞 언덕 위 공원의 나무들은 연초록 잎이 더 무성해지고 멀리 철도를 오가는 전동 열차도 여전히 기운차 보인다. 여자는 아침에 보이는 것은 무엇이든 새롭고 뿌듯하다. 이불을 젖히고 팔을 위로 올려 기지개를 켠다. 온몸이 찌뿌드드하다. 속옷 밖으로 나온 팔다리의 피부도 푸석하다. 봄에는 빠뜨리지 말고 보약을 먹으라던 어머니의 얼굴이 떠오른다. 식탁에는 지난밤 여자가 마신 물 컵이 그대로 놓여 있고 널어 놓은 행주도 마른오징어를 접은 것처럼 개수대 선반 위에 걸쳐져 있다.

심호흡을 하며 여자는 거실로 간다. 햇빛이 가득 쏟아져 들어오는 거실 창문 앞에서 여자는 해바라기를 하듯 서 있다. 2년째 혼자 지내는 여자에게 햇빛은 가장 좋은 친구이다. 햇빛을 받고 있으면 몸도 따뜻해지고 마음도 느슨해진다. 동향인 여자의 아파트는 오전 내내 햇빛이 깊이 든다. 재채기가 나올 것 같아서 여자는 코에 힘을 주고 어깨를 올렸다 내리기를 반복한다. 알레르기 비염은 여자의 오랜 지병이다. 직장에 다닐 때는 수시로 비염 약을 복용했지만 시간이 자유로워진 뒤론 중독될까 두려워 운동으로 극복하는 중이다.

책상다리로 앉은 여자는 폐에 공기를 가득 넣고 숨을 참는다. 늑골이 올라가고 배도 불룩 나온다. 여자는 하나, 둘, 셋, 숫자를 세며 숨을 참는다. 눈이 튀어나올 것처럼 고통스럽다. 열을 세고도 셋을 더한 다음에야 여자는 참았던 들숨을 날숨으로 바꾼다. 후~, 격하고 빠른 숨 뒤에 가늘고 긴 숨이 이어진다.

복식 호흡으로 몸을 푼 여자는 전기 주전자에 물을 받고 전원을 누른다. 쉭쉭 소리와 함께 전기 주전자에 김이 오른다. 여자는 식탁에 앉아 홈쇼핑에서 산 곡물차 한 봉지를 컵에 넣은 다음 주전자의 물을 붓는다. 열다섯 가지 곡물로 만든 분말은 뜨거운 물과 섞이면서 고소한 냄새를 풍긴다. 여자는 곡물차를 후후 불며 한 모금씩 넘긴다. 걸쭉하고 뜨거운 차는 메마른 입안을 적시고 미식거리는 위를 가라앉힌다. 어제보다 조금 더 속이 편한 것 같다. 여자는 전날 저녁 식사 시간을 점검하느라 눈을 지그시 감는다. 7시 전에 식사가 끝났고 텔레비전을 보다가 11시쯤 잠들었음을 확인한다.

여자가 위염 증세로 병원을 찾은 것은 아동복 디자인 3년 차로 접어들 때였다. 노처녀 소리를 듣던 팀장이 결혼과 동시에 회사를 그만둔 뒤였다. 새 팀장은 획기적인 아이디어를 원했다.

"상상력을 동원해서 개성 있는 옷을 만들어 보세요."

소비가 미덕이라는 시대를 살고 있는 젊은 엄마들에게 고정 관념을 바탕으로 한 여자의 아동복은 더 이상 매력적이지 않았다. 다른 회사의 디자이너가 기능성을 앞세워 만든 남녀 공용의 유아복은 매출을 좀먹는 원인 중 으뜸이었다. 아무리 새 팀장이 독려해도 디자인실에서는 눈이 번쩍 뜨일 만한 디자인을 개발하지 못했다. 여자는 디자인실에 있으면 사장의 한숨 소리가 들리는 것 같아서 사무실을 서성거렸다. 사장은 대학 때 지도 교수의 친구였다. 지도 교수는 장학금도 추천해 주고 의상실 아르바이트도 알선해 주었다. 대기업 원서를 쓰려던 여자를 마침 인재를 구하던 사장에게 보낸 것도 지도 교수였다. 여자는 한계를 뛰어넘기 위해 점심시간에도 사무실을 지키며 일에 매달렸다. 배가 고프면 김밥이나 빵으로 허겁지겁 허기를 달랬다. 어느 날 여자는 저녁도 굶은 채 사무실에 남아 외국 디자인 책을 샅샅이 훑고 있었다. 초저녁에 동료가 사다 준 김밥은 식어서 싸늘했다. 여자는 속이 쓰린 것을 깨닫고서야 옆에 있는 김밥을 꾸역꾸역 입안에 밀어 넣었다. 눈은 여전히 책을 보느라 김밥이 맛있는지 없는지는 관심 밖이었다. 텅 빈 위를 채우는 것이 우선 급했을 뿐이었다. 여자는 9시 반에 사무실을 나와 버스를 탔다. 집으로 가는데 몸이 으스스 떨리면서 자꾸 하품이 나왔다. 감기가 오려는가 보다 싶어 집에 도착해 씻자마자 곧장 자리에 누웠다. 여자가 잠을 깬 것은 새벽 4시를 막 넘어서였다. 잠옷이 축축하도록 온몸에 식은 땀이 흘렀다. 어깨가 서늘했지만 화장실에는 가야겠기에 몸을 일으켰다. 똑바로 서기도 전에 눈앞이 어질어질하면서 속이 울렁거렸다. 여자는 간신히 화장실로 기어가 변기를 붙잡고 토하고 쉬었다 또 토하기를 반복했다. 토하지 않으면 그대로 죽을 것처럼 속이 느글거리고 답답했다. 문 여닫는 소리에 잠이 깬 어머니는 하얗게 핏기가 가신 여자의 얼굴을 보더니 바늘을 꺼내 여자의 엄지손가락 첫 마디 바로 아래를 찔러 검붉은 피를 한 방울 짜냈다.

여자는 한동안 김밥을 못 먹었다. 김밥 생각만 해도 속이 미식거리고 신물이 올라오는 것 같았다. 어머니는 죽도 끓여 주었지만 여자는 죽을 좋아하지 않았다. 속이 더부룩한 아침이면 밥을 먹이려는 어머니와 실랑이를 하는 것이 짜증스러울 정도로 음식이 입에 당기지 않았다. 계속 체기가 남아 있는 것 같아 내과에 갔다.

"인간이 스트레스를 받으면 뇌가 움직이고 그 영향은 위장으로 가지요. 위장의 활동이 둔화되는 것을 막으려면 과로하지 말고 스트레스도 줄여야 해요."

의사는 속이 많이 거북할 때는 약을 먹어야겠지만 근본적인 치료는 아니라고 말했다. 여자는 만성 위염도 위가 스트레스에 중독되어 일어난 현상이 아닐까라고 생각했다.

수련복이 든 가방을 들고 여자는 집을 나선다. 승강기 앞을 지나쳐 비상계단으로 통하는 문을 연다. 계단을 오르내려야 하는 자신의 상태를 고려하여 여자는 아파트를 세 들 때 3층 이상은 보지도 않았다. 똑, 똑, 계단을 내려오는 여자의 구두 소리가 계단 아래위층에 울려 퍼진다. 여자는 아파트의 자동문을 나서면서 앞문으로 가서 버스를 탈까 뒷문으로 가서 전철을 탈까 망설인다. 아직 전철을 타는 것은 무리일 것 같아 버스를 타는 것으로 머리가 결정짓는 사이 여자의 발은 이미 버스 정거장이 있는 앞문을 향해 걸어가고 있다.

30여 평 수련장은 남쪽 벽면이 온통 유리창으로 되어 있어 앉아서도 바깥 풍경이 보인다. 창문 밖 나뭇잎을 바라보며 간신히 평상시 호흡으로 돌아온 여자는 옆자리의 중년 부인을 곁눈질한다. 여자가 앉는 자리는 언제나 같은 자리이다. 지각했을 때 다른 자리에 앉았었지만 집중이 되지 않아 자꾸 주변만 돌아보다 한 시간이 다 지나갔다. 중년 부인은 송장 자세이다. 허리선이 거의 일직선에 가까운 펑퍼짐한 몸이 매트 위에 편안히 누워 있다. 다리도 어깨 넓이만큼 벌리고 손은 엉덩이 옆에 두었다. 송장 자세는 짧은 시간을 수련해도 긴 시간 숙면한 것처럼 피로를 풀어 주는 효과가 있다. 중년 부인은 수련복 위로 도드라진 아랫배가 가슴 높이와 비슷해서 옷 속에 감춰진 다른 군살들이 짐작된다.

후유~, 숨을 참지 못한 수련생 몇 명이 수련장의 정적을 깬다. 여자는 그들 속에 끼지 않으려고 이를 악물고 숨을 참는다. 요가 강사 경민이 다시 하나, 둘, ……열. 숫자를 센다. 숨을 셀 때 그의 어조는 단호하다. 여자는 전남편에 대한 증오가 섞여 고르지 못한 자신의 날숨 소리가 귀에 거슬린다. 다른 수련생들도 경쟁하듯 길고 짧은 숨소리를 휘파람 불듯 토한다.

"지우고 버리기로 들어갑니다."

경민의 차분한 목소리가 여자를 긴장시킨다. 갑자기 울화가 치밀면서 가슴이 답답해진다. 불임 판정을 받은 뒤론 시도 때도 없이 가슴속에서 뜨거운 것이 치밀어 오른다. 결혼 전 여자의 소원은 아이를 낳아 자신이 디자인한 옷을 입히는 것이었다. 이제 그 소망은 물거품이 된 지 오래이다. 마음을 진정시키느라 왼손으로 두근거리는 가슴을 누른 여자는 오른손 손등으로 이마의 땀을 훔친다.

"잡념 망상을 하려면 차라리 일을 하러 나가시오."

경민의 질책에 여자는 어깨를 움찔하며 호흡에 열중한다. 들어가서 하나 되기는 명상의 세 번째 단계이다. 누구든 이 단계를 넘어야 명상의 문에 다다를 수 있다고 강조하던 그의 말을 여자는 되새긴다. 수련은 거친 바람과 절벽을 마주하고도 흔들림 없는 호흡과 마음을 유지하기 위함인데 여자는 마음을 다스리기가 힘겹다.

얼마나 지났을까. 여자는 가슴속에 싱그러운 기운이 감도는 것을 느낀다. 풀밭 한가운데 나무 자세로 서 있는 누군가가 보인다. 오른쪽 무릎을 구부려 발뒤꿈치를 허벅지 안쪽에 대고 왼발로 서 있는 사람은 경민이다. 나무 자세는 다리 근육을 발달시키는 효과가 있어서 여자도 즐기는 자세이다. 그는 합장하듯 마주 대고 있던 손바닥을 머리 위로 쭉 올린 후 팔과 다리를 내리고 두 발로 선다. 가슴을 당당히 편 채 척추 전체를 똑바로 세워서 정면을 보고 있는 얼굴이 잡념에서 벗어난 듯 편안해 보인다. 경민에게 가까이 가고 싶어 여자는 한 발 앞으로 내딛는다. 순간 일그러진 전남편의 얼굴이 눈앞을 가로막으며 환영이 사라진다.

경민은 눈을 뜨고 두 팔을 위로 쭉 뻗는다. 마무리 운동으로 어깨를 풀어 주는 동작을 할 모양이다. 수련생들도 모두 기지개를 켜고 있다. 잡념에 빠졌던 티를 감추기 위해 여자도 앉은 자리에서 가슴을 펴고 팔을 힘껏 위로 올린다. 두 번째 기지개는 두 발을 앞으로 가지런히 뻗고 몸을 앞으로 숙인다. 발가락에서 손가락 끝까지 온몸이 날아갈 듯 개운하다.

여자가 명상 기초반에 등록한 것은 여섯 달 전이다. 1년 동안 다녔던 정신과 의사는 약물 치료가 효험이 없자 여자에게 요가를 권했다.

"아직 의학적으로 받아들여지진 않았지만 병이 나은 경우를 여러 번 보았습니다."

여자는 희망에 부풀었다. 날밤을 새워도 끄떡없던 예전의 몸으로 회복된 미래를 상상했다. 건강을 찾으면 초등학교 때까지 살았던 고향에 갈 계획도 세웠다. 동네 어딘가에 남아 있을 어릴 적 기억을 확인하고 나면 언제나 허전하던 마음 한구석이 채워질 것 같았다. 여자가 태어난 만월동은 도덕봉에서 이어져 내려온 작은 산을 병풍처럼 뒤에 두르고 있는 산촌이었다. 마을 전체가 정남향을 향하고 있어 달이 뜨면 온 동네가 대낮같이 밝았다. 여자는 달빛이 마당 가득 쏟아지는 밤이면 툇마루에 앉아 달구경을 했다. 제 그림자에도 놀라는 겁쟁이였지만 달빛이 비치면 은빛 주술에 걸린 듯 대문 밖을 내다보기도 했다. 달빛이 내려앉은 동네는 낮보다 훨씬 포근하고 환상적이었다. 잠자는 공주라도 된 듯 툇마루에 앉아 꾸벅꾸벅 졸고 있으면 아버지는 여자를 살포시 안고 방으로 갔다. 어렴풋이 아버지의 기척을 느끼면서도 여자는 눈을 뜨지 않았다.

여자는 버스 정거장에서 서울대 쪽 호젓한 언덕길 가에 있는 요가 수련원이 마음에 들었다. 수련원 창가에 서면 멀리 보이는 관악산의 푸른 잎들이 내 집 정원수인 양 한눈에 들어와서 기분이 상쾌해지고 피로가 풀렸다. 수업이 있는 날은 겨우 시작했나 싶은데 어느새 하루 해가 저물었다. 요가 수련장은 오전 · 오후 구분 없이 수강생이 들어차서 빈자리가 드물었다. 거의가 중년 여성인 그들은 간혹 무료한 시간을 메우기 위해 오는 사람도 있지만 병을 치료하기 위해서 오는 사람이 많았다. 나이도 많지 않은 여성이 병마에 시달린 이야기를 들을 때마다 여자는 병이라도 나지 않고는 견딜 수 없었을 그들의 환경과 상대에게 진저리쳤다. 어쩌다 시끌벅적한 거리에서 가슴이 답답할 때도 수련원을 떠올리면 머리가 맑아지고 새 기운이 솟아올랐다.

"요가는 육체와 정신의 잠재력을 개발하는 자기완성의 한 방법입니다."

등록하던 날 경민은 책상 서랍에서 신상 카드를 꺼내며 사무적으로 말했다. 수련원 창틈으로 아직 찬 바람이 스며들던 초봄이었다.

"불임이에요."

여자는 빠르게 말한 뒤 경민을 바라보았다. 군살 없는 등과 허리가 꽃망울을 맺기 시작한 벚나무 등걸 같았다.

"아, 네."

경민은 고개를 숙인 채 볼펜만 놀렸다.

"폐쇄 공포증도 있어요."

여자는 짧게 말을 쏟았다. 그때서야 경민은 고개를 들고 여자의 얼굴을 쳐다보았다.

"병은 정지된 상태의 중독이라고 볼 수 있지요. 중독은 썩습니다. 변화해야 새로운 삶을 살 수 있습니다."

경민은 굵직한 목소리에 힘을 실었다. 경민의 맑은 눈동자가 가슴 속까지 꿰뚫어 보는 것 같아서 여자는 두 눈을 내리깔았다.

무릎을 꿇는 수업을 받던 날, 한 시간가량 진행된 원장의 강의를 자세를 바꾸면서도 못 견뎌 한 사람은 여자뿐이었다. 경민은 쉬는 시간에 여자의 자세를 바로잡아 주었다.

"수련은 몸이 기억하는 것이므로 규칙적으로 하는 게 좋아요. 지금은 몸 수련보다 명상 수련이 더 급해 보이는군요."

한 달이 지나도록 팔 돌리기도 제대로 못하는 여자를 관찰한 뒤 경민은 면담을 자청했다.

"힘을 빼고 몸을 허공에 맡기세요. 욕심도 버리고요. 동작도 명상을 잘하기 위한 것이니 무리하지 마시고요."

경민은 첫 강의 때부터 명상이 얼마나 좋은 영향을 주는가를 설명하느라 수업 대부분이 지나갔다

"존재는 다섯 개의 층을 가지고 있는데 명상은 가장 마지막 층에 도달한 상태를 의미하고, 에너지가 완벽하게 조절되어야 이루어질 수 있습니다. 옆 사람과 비교하지 말고 호흡도 편한 대로 하며 잡념도 억지로 물리치지 마세요."

최선을 다하되 물 흐르듯 자연스럽게 이루어져야 한다고 경민은 강의했다. 여자는 자신이 살고 싶었던 삶의 형태도 물 흐르듯 사는 것이었음을 알았다.

기초반은 점심시간에 맞닿아 있어선지 수련생들은 매트를 정리하기 무섭게 돌아갈 준비에 바쁘다. 그들을 따라 여자도 탈의실로 향한다.

"점심 같이해요."

맞은편에서 오던 경민이 여자를 스쳐 가며 속삭인다. 여자가 저녁식사 대접으로 물꼬를 튼 뒤 그는 스스럼없이 군다. 다른 여성과 음

식점에 있는 것을 여러 번 보았다고 수군대던 일이 마음에 걸려 여자는 잠깐 마음을 다잡는다.

서둘러 옷을 갈아입은 뒤 여자는 먼저 수련원을 나선다. 전성기가 지난 9월의 햇볕은 뜨겁긴 해도 습기가 적어서 그늘로 들어가면 금방 시원해진다. 몸이 기억하는 9월의 기후이다. 얼굴에 비치는 햇살이 눈부셔서 여자는 미간을 찡그린 채 찻길을 따라 걷는다. 병을 앓을 때 여자는 어디서건 사방이 툭 터진 곳에 있어야 마음이 놓였다. 지하철역 출구가 보이는 사거리에서 여자는 무의식중에 도망가는 사람처럼 발걸음이 빨라진다. 직장에 다닐 때 터널이나 지하철역 계단만 내려가면 가슴이 답답하고 심장 박동이 빨라져서 결국 사표를 냈던 일이 떠오른다. 디자인 팀장과 가사 노동이 힘에 부치기도 했지만 전남편의 새삼스러운 아이 타령이야말로 자신을 병들게 한 가장 큰 원인이 아니었을까, 여자는 되돌아본다.

언젠가 곤죽이 되도록 술을 마신 전남편은 잠꼬대처럼 중얼거렸다.

"나도 아빠가 되고 싶어."

여자는 각오는 했지만 그렇듯 쉽게 그 말이 나올 줄은 상상도 못 했다. 너무 분해서 숨이 막히는 것 같았다. 그는 이미 예전에 여자가 알고 있던 남자가 아니었다.

결혼할 당시 그는 결혼 예식비가 가진 것의 전부였다. 힘겨운 세월을 달려온 그가 안쓰러워서 여자는 함도 생략하고 결혼반지도 자신이 준비했다. 여자는 제일 먼저 아이를 낳고 싶었지만 그는 아이를 원하지 않았다. 자신이 살아온 길을 아이에게 대물림하고 싶지 않아서라고 했다. 여자는 직장을 다니며 7년 동안 피임을 했다. 그럭저럭 버티다 그가 마음을 바꾸면 그때 아이를 낳을 생각이었다. 그런데 3년 전부터 그는 아이에 대한 관심을 나타냈다.

그의 열망에도 불구하고 아이는 쉽게 들어서지 않았다. 아무 이상이 없으면서 수정란의 착상이 안 되는 이유는 자궁이 오랜 피임에 중독되었기 때문이라고 의사는 말했다. 착상되는 것을 막기만 하다 보니 아기 씨를 품는 본래의 임무를 잊었다는 것이다. 다시 건강한 자궁으로 돌아오기 위해서는 스트레스를 받지 말아야 하며 새 기운을 불어넣어 줄 수 있는 에너지가 필요하다고 했다.

여자는 신선한 음식을 먹고 맑은 공기를 마시며 아이를 갖기 위해 노력했지만 남편이 주는 스트레스는 해결하지 못했다. 아이에 대한 강박증에 시달릴 때마다 미안한 기색도 없이 제 욕심만 채우려는 그에게 배신감을 느꼈다. 아이를 갖고 싶다는 선언 이후 그의 늦은 귀가는 공식화되었다. 어느 날은 술도 먹지 않은 말짱한 얼굴로 새벽에 들어오기도 했다. 폭풍 전야 같은 나날이었다.

여자는 회사에 사표를 냈다. 매일 있다시피 하는 외근이 힘겨웠다. 더구나 여자가 다니던 회사는 우후죽순 격으로 생겨난 많은 아동복 회사 때문에 매출이 곤두박질치고 있었다. 젊은 디자이너가 만든 옷은 여자가 봐도 감탄할 정도였다. 여자는 아무리 상상력을 동원해도 인기를 끌 만한 디자인이 만들어지지 않았다. 사장은 여자의 사표를 반려했다. 전에 유학파 디자이너에게 압박을 받을 때도 사장은 여자의 손을 들어 주었다. 매출이 보장되지 않은 도박과도 같은 그들의 경쟁력에 '다음에'라는 언질을 주었을 뿐이었다. 여자는 사장의 배려가 중독으로 변질될까 두려웠다. 사장은 회사의 매출이 많을 때 정해 놓은 임금과 성과급이 족쇄가 되어 자금난에 시달리고 있었다. 여자는 회사를 그만둔 뒤라도 새로운 디자인이 떠오르면 언제든 연락하라던 사장의 전화번호를 친정집 다음의 단축 번호로 저장했다.

산채 전문집은 만석이다. 문 앞 의자에도 순서를 기다리는 손님이 서너 명 앉아 있다. 한 무리의 손님이 나가고 나서야 여자는 자리에 앉는다. 혼자서도 가끔 들르는 이 집의 음식이 여자는 입맛에 맞는다. 여느 음식점과 달리 제철에 맞춰 나오는 풍성한 밑반찬만으로도 밥을 먹을 수 있을 만큼 반찬의 가짓수도 다양하다. 산채 음식에 중독되어 가는 중이라고 여자는 생각한다.

옆자리에는 계집애를 데리고 온 젊은 부부가 밥을 먹고 있다. 아이 엄마로 보이는 여자는 남자에게 밥을 덜어 주며 눈을 맞춘다. 남자의 눈꼬리에 주름이 잡히면서 입 끝이 올라간다.

"비빔밥 맛있져?"

다섯 살쯤 되어 보이는 아이가 제 엄마 아빠의 얼굴을 탁구공이 오가듯 번갈아 바라보며 앳된 발음으로 묻는다. 부부는 동시에 웃음을 터뜨리고 남자는 식탁 위로 손을 뻗어 아이의 머리를 쓰다듬는다. 따스함이 주변 사람에게도 전해지는 것 같아서 여자는 자꾸 그들에게 시선이 간다. 그런 정겨운 시간들이 여자에게는 한 번도 없었던 것 같다. 아이가 없었으니 더 그랬을 것이라 생각하지만 전남편도 자상한 편은 아니었다. 신혼 초부터 기반 잡기에 총력을 기울인 그의 구두쇠 작전 덕분에 예정보다 일찍 집을 장만했으나 심야극장 한 번 못 간 신혼은 여자의 기억 속에 상처로 남아 있다.

주변에서 들려오는 그릇 부딪치는 소리와 음식 냄새 때문에 여자는 배 속이 요동을 치는 것 같다. 마침 음식점 문을 들어서는 경민이 보인다. 반가움이 여자의 마음에 무늬를 만들며 지나간다. 손을 들어 그에게 신호를 보낸다. 그의 곁에 있으면 어린 시절 아버지 곁에 있던 것처럼 여자는 마음이 평온하다. 그는 말없이 맞은편 의자에 와서 앉는다. 여자는 빤히 쳐다보고 있기가 민망해서 시끌벅적한 음식점을 휘둘러본다. 식당은 음식을 기다리는 사람들의 초조한 표정과 식사 후의 포만감에서 오는 여유로움이 묘한 조화를 이루고 있다. 중재라도 하듯 그 사이를 오가던 도우미가 날라 온 반찬을 식탁에 옮겨 놓는다. 고소한 참기름 냄새가 식욕을 자극해서 여자는 취나물무침을 한 젓가락 입에 넣는다. 싱그러운 양념 냄새와 합쳐진 취나물 향이 입안 가득 퍼진다.

"산채는 어머니를 떠올리게 하는 음식이지요."

"산채는 몸에도 좋아요."

한 줄기 쓸쓸함이 경민의 얼굴에 그늘을 만들며 지나가는 것을 여자는 놓치지 않는다. 중학교 때 어머니를 여읜 그는 세상을 원망한 적도 많았다고 한다. 요가를 배우지 않았으면 불량 인간이 되었을지도 모른다며 희미하게 웃는다.

"마음의 문을 열면 어떤 고통도 객관적으로 볼 수가 있어요."

"고통도요?"

여자는 믿을 수 없다는 표정으로 경민의 얼굴을 본다. 대학 동아리에서 배우기 시작한 요가가 11년째지만 언제나 새롭게 느껴진다며 그는 서글서글해 보이는 눈을 반짝인다.

"누구나 자기에게만 맞는 법이 있어요. 그 방법을 터득해서 참 나를 찾아보세요."

명상을 배우고 나서야 어머니에 대한 그리움을 자제할 수 있었다며 경민은 조용히 미소 짓는다. 집중하고 있는 대상만 의식 속에 남는 경지까지 수련을 하면 명상이 가능하다는 조언도 잊지 않는다. 여자는 힘의 치우침이 없는 상태에 도달한 듯 평온해 보이는 그가 어떤 바람 앞에서도 흔들리지 않는 바위 같다는 생각이 든다.

음식점을 나서는 그를 따라 여자는 거리로 나선다. 거리는 소슬한 바람이 계절을 재촉한 듯 철 이른 낙엽이 서너 잎 뒹굴고 있다. 경민은 황량한 9월의 거리를 휘적휘적 걷는다. 어딘지 익숙한 걸음걸이다. 여자는 그의 걷는 모습에서 이제는 세상에 없는 아버지를 떠올린다. 기억해 줄 사람도 없는 미래를 상상하니 여자는 마음이 울적해진다. 여자는 심호흡으로 마음을 다잡은 뒤 벌써 네댓 걸음 앞서 가고 있는 경민을 종종걸음 치며 따라간다. 어느새 지하철역 출구 앞에 다다른 경민이 여자를 맞는다. 여자는 경민 곁을 지나쳐 발을 옮긴다. 가슴이 답답해지기 전에 지하철역을 벗어나고 싶어서다. 걸음을 재촉하는데 그가 큰 소리로 부른다.

"지하철 못 탄다고 했지요? 오늘 한번 타 보지 않을래요? 내가 집까지 바래다줄게요."

"……."

경민은 고통을 극복해야 자신감을 가질 수 있다며 여자의 손을 잡고 한 발을 계단에 내려놓는다. 여자는 이끌려 내려가면서도 빨라지기 시작한 자신의 심장 박동 소리가 그에게 들릴까 봐 신경이 곤두선다. 콧등에 솟은 진땀을 손바닥으로 닦아 내며 전철에 오른다. 차멀미가 난 것처럼 속도 울렁거리고 머릿속이 아득해지기도 한다. 여자는 오로지 그를 실망시키지 않기 위해 있는 힘을 다해 참는다. 집까지는 20분쯤 걸린다. 경민은 용케 빈자리를 찾아 여자를 앉힌다. 출발 멘트가 끝나고 전철이 덜컹거리며 출발하자 여자는 다시 어지러워서 눈을 감는다. 자포자기의 심정으로 시간이 흘러가기만 기다린다.

"승객들과 눈을 마주치지 말고 호흡에 집중해 보세요."

"자신이 없어요."

여자의 고통을 아는지 모르는지 경민은 출입구만 보고 있다. 여자는 등받이에 기대앉아 자신의 호흡을 관찰한다. 머릿속을 노란 프리지어 꽃으로 가득 채우고 자신을 괴롭히는 증상들을 잊기 위해 호흡에 집중한다. 시간이 정지된 듯 변화 없는 호흡이 견디기 힘들어서 여자의 눈은 자꾸 시곗바늘로 향한다.

"다음에 내려요."

무심한 척했어도 초조하기는 마찬가지였는지 경민이 얼굴의 긴장을 풀며 문 앞으로 간다. 여자는 진땀이 흐른 등허리가 갑자기 서늘해져서 재채기가 나오려는 것을 간신히 참으며 지하철을 나온다. 얼굴은 전철을 탈 때보다 더 창백하다. 그는 잠시 쉬었다 가자며 여자를 역 광장 의자에 앉힌다.

"이심전심이 되는 날을 기다리고 있을게요."

정말 그런 날이 오기는 할까, 라고 생각하면서 멀어져 가는 경민을 바라보는 여자의 눈앞이 흐려진다.

저녁 먹을 시간이 가까워선지 아파트 단지는 오가는 사람이 보이지 않을 정도로 조용하다. 놀이터 앞을 지나는데 유치원생쯤 되어 보이는 계집애가 모래밭에서 혼자 놀고 있다. 계집애는 하얗고 토실한 손으로 모래를 쌓느라 여자가 내려다보는 것도 모른 채 놀이에 열중해 있다. 여자는 계집애의 보드라운 손을, 팔딱이는 가슴을 한번 안아 보고 싶지만 서둘러 놀이터를 벗어난다.

울적한 마음으로 아파트 계단을 걸어 올라 현관문을 연다. 아이가 없는 집의 썰렁함이 집 안 곳곳에 배어 있다. 왈칵 서러움이 밀려온다. 여자는 옷을 훌훌 벗고 안방에 딸린 욕실로 들어간다. 욕실 안에 갇혀 있던 서늘한 기운이 온몸을 휘감는다. 샤워기의 수도꼭지를 연 다음 여자는 더운물에 머리카락을 적신다. 비누칠을 다 하기도 전에 앞머리가 무거워지면서 가슴이 답답하다. 머리 위에는 문지르다 만 비누 거품이 케이크의 생크림처럼 부풀어 있다. 여자는 한 손으로 흘러내리는 이마의 거품을 쓸어 올린 뒤 입까지 벌리고 크게 숨쉬기를 반복한다.

1분쯤 지나자 답답했던 가슴이 조금 시원해지는 것 같다. 다시 고개를 숙이려는데 이번에는 방문 닫히는 소리가 들린다. 욕실 문 쪽으로 고개를 돌리고 귀를 기울여 보지만 반만 닫힌 문 너머에선 노란 방바닥만 눈에 들어올 뿐 아무 기척도 없다. 그 순간 따뜻하게 젖어 있던 등허리에 선뜩 한기가 휘감기면서 팔뚝에 오소소 소름이 돋는다. 문틈으로 들어온 찬 바람이 샤워기 밑의 더운 공기 사이로 섞여 들고 있다.

"어디에 갇힌 적이 있었나요?"

처음 정신과에 갔던 날, 의사는 여자가 까마득히 잊고 살았던 일을 기억 속에서 끄집어낼 수 있도록 질문을 이어 갔다. 여자는 초등학교 6학년 겨울 방학 때 시골 외갓집에 갔던 일을 떠올렸다.

종가였던 외갓집은 마당도 넓고 안채와 사랑채까지 있어서 뛰놀기에는 안성맞춤이었다. 외사촌, 이종사촌 등과 술래잡기가 벌어졌던 그날, 여자는 술래에게 들키지 않으려고 아래채에 딸린 헛간에 들어가 꼭꼭 숨었다. 농기구와 잡곡을 쌓아 둔 헛간은 한낮에도 그늘져 어두컴컴했다. 한참을 기다려도 술래는 오지 않았다. 개구쟁이 이종사촌 남동생이 찾는 것을 포기하고 마을로 놀러 나갔다는 것은 나중에야 알게 된 사실이었다. 낯설고 기괴한 적막감 속에 동화책에서 읽은 여러 종류의 귀신 이야기가 여자의 머리를 어지럽혔다. 어디선가 귀신이 나와 붙들고 놓아주지 않을까 봐 여자는 겁이 나기 시작했다. 문짝을 밀었지만 그사이 누가 빗장을 질렀는지 꿈쩍도 하지 않았다. 여자는 형언할 수 없는 두려움에 땀을 흘리며 소리 내어 울었다. 마침 그 앞을 지나던 외숙모가 문을 열어 주지 않았으면 정신을 잃었을지도 모를 일이었다.

여자는 다시 샤워기 앞으로 온다. 쏴아 하는 물소리가 욕실을 가득 메우며 귓전을 맴돈다. 의사 앞에서 노래를 부르던 때가 생각난다.

"견디기 어려울 때는 잠깐 쉬든지 다른 사람과 같이 있다고 생각하고 말을 하든지 노래를 불러 보세요."

여자는 아~ 소리를 지른다. 목소리가 햇빛에 반짝이는 물비늘을 연상시킨다며 칭찬을 아끼지 않던 여고 때 음악 선생님이 떠오른다. 문득 이대로 죽을지도 모른다는 생각이 들면서 다시 가슴이 답답해진다. 물소리 사이로 묻힐 듯 말 듯 전화벨 소리도 들리는 것 같다. 얼른 수도꼭지를 잠근 뒤 안방을 향해 귀를 기울이지만 방에서는 아무 소리도 들리지 않는다. 눈물이 뺨을 타고 흐른다.

여자는 폐쇄 공포증 때문에 최면 치료도 받았다.

"당신은 지금 잠을 자고 있습니다."

의사가 아무리 잠을 유도해도 여자는 깨어 있었다.

"감성보다 이성이 발달한 사람은 그럴 수 있지요. 엄한 가정에서 자랐나요?"

"글쎄요……."

여자는 모범 가장에 가까웠던 아버지의 가정 교육이 남들보다 엄격했다고 생각하지 않는다. 결혼식 날도 짐을 덜어 후련하다고 하객들에게 웃으면서 말하던 어머니와 달리 아버지는 여자의 손을 잡고 식장으로 들어가며 눈시울을 붉혔다.

사춘기 때도 여자는 가출을 준비했지만 실천에 옮기지 못했다. 실패하고 돌아왔을 때 어른들의 따가운 시선을 감당할 용기가 부족했다. 유년 시절, 어머니가 감춰 둔 꿀을 몰래 꺼내 물에 타 먹던 여동생에게 동조하지 않았던 것도 단것을 좋아하지 않았을 뿐인데 어른들에게는 모범생으로 비치곤 했다. 대학 때는 설레다 마는 마음 때문에 접근해 오는 남학생들과의 교제가 연애로 발전하기도 전에 수그러들었다. 결혼은 어머니의 성화와 여자의 우유부단, 결혼 적령기를 넘어선 나이 그리고 전남편의 적극적인 청혼 등이 어우러져 만들어 낸 종합 작품이었다.

여자는 당시 거래처 직원이던 전남편이 특별히 좋지도 못 견디게 싫지도 않았다. 청년은 업무를 보러 온 날이면 무슨 핑계를 대서든 밥도 사고 차도 마셨다. 매번 얻어먹기가 미안해 여자는 밥도 사고 회식이 있는 날은 주춤거리는 청년을 끼워 주기도 했다. 여자는 날이 갈수록 출근 도장 찍듯 찾아오는 청년에게 차츰 길들여져 가는 자신이 신기했다. 다른 여직원들에게도 친절했던 청년은 여자의 속되지 않은 무덤덤한 성품이 좋다고 했다. 어느 비 오던 날, 여자는 집까지 바래다주고 돌아가는 청년의 뒷모습이 쓸쓸해 보여서 그의 곁에 머물고 싶다는 생각을 처음으로 했다. 비가 오나 눈이 오나 변함없는 일상 속에 붙박이장처럼 서로 의지하며 사는 것, 여자는 결혼을 그렇게 알고 있었는지도 몰랐다.

병원에 다녀온 뒤 여자는 어떤 대상이 머리에 떠오를 때마다 그 대상을 회피하지 말고 알아내야 불안감이 없어진다는 주의 사항을 명심했지만 증세는 나아지지 않았다. 수증기가 뿌옇게 끼기 시작하는 거울 앞에서 여자는 희미하게 보이는 알몸을 바라본다. 지방이 조금 붙은 허리를 빼고는 처녀 시절과 달라 보이지 않는다.

"구융젖이라 애 낳으면 고생 좀 하겠구나."

함께 목욕탕에 갈 때마다 어머니는 걱정스러운 눈빛으로 함몰된

젖꼭지를 바라보았다. 계절이 변하듯 결혼 뒤에는 당연히 아이에게 젖을 물릴 줄 알았던 그 시절이 갑자기 그리워져서 여자는 눈시울이 뜨거워진다. 차가워진 몸에 서둘러 옷을 겹쳐 입고 안방 문을 활짝 연다.

마루에서 밀려온 서늘한 공기가 덥혀진 뺨에 닿아 상쾌하다. 난방이 식어 버린 마루에서는 휑하니 황량함이 묻어난다. 냉장고에서 물병을 꺼내 컵에 물을 따른다. 쪼르르 물 떨어지는 소리가 온 집안에 퍼진다. 물맛을 음미하듯 천천히 물을 마신다. 꼬르륵 배 속에서 물 내려가는 소리가 들리고 물소리에 화답이라도 하듯 갑자기 배가 고프다. 벽시계는 6시 반에 걸쳐 있다.

여자는 밑반찬과 김치를 식탁에 덜어 놓고 보온밥통에서 밥을 퍼 담는다. 여자가 좋아하는 잡곡밥이다. 밥은 윤기가 걷히고 건조해져서 찰기가 없어 보인다. 여자는 반 숟가락쯤 뜬 밥을 입안에 밀어 넣는다. 이제는 혼자 먹는 저녁에 익숙해질 때도 되었건만 밥알을 다 넘기기도 전에 서글픔이 목젖을 타고 넘어온다. 콩밥을 잘 먹던 자신을 위해 잡곡 가게에서 좋은 콩을 고르던 젊은 날의 어머니 모습이 떠오른다. 반 공기도 못 되는 밥을 다 먹지 못하고 여자는 밥상을 치운다. 영양가 높은 음식을 규칙적으로 먹는 것도 치료의 일부분이라던 간호사의 음성이 들리는 듯싶다. 다음 진료를 예약할 때마다 간호사는 꼭 먹어야 될 음식을 주의 사항에 곁들여 주었지만 여자는 자신을 위한 음식 만들기에 익숙하지 않다.

후, 여자는 벌써 한 시간째 벽을 보고 앉아 복식 호흡에 집중하고 있다. 한 번씩 숨을 내쉴 때마다 그 양만큼 마음이 맑아지는 것 같다. 야유회를 갔던 요가 연수원의 산자락을 구석구석 되짚어 본다.

버스가 달리는 동안 경민은 여자를 비롯한, 차멀미를 하는 반원들에게 호흡을 지도하며 관심의 끈을 놓지 않았다. 연수원은 산자락 하나를 다 차지하다시피 정원이 넓었고 풍광이 빼어나게 아름다웠다. 원장은 연수원에 대한 자부심이 강했다. 10년 전부터 그곳에 정성을 쏟았다고 했다. 나무도 그곳에 없는 과일나무와 꽃나무를 찾는 편이 빠를 정도로 종류가 많았다. 저녁 식사를 마친 뒤 원장과 경민은 이론과 동작으로 특강을 진행했다.

“명상은 움직임이며 고요함입니다. 침묵이며 표현입니다. 에너지이며 절제된 기운입니다.”

연수원장은 준비와 원리 없이 명상하고 뒷마무리도 안 하는 사람들을 탓하며 제대로 된 시작이 없으면 끝을 맺을 수 없다고 열변을 토했다.

“언제쯤 지혜를 얻을 수 있을까요?”

여자는 밤바다가 올라온 것 같은 하늘을 쳐다보며 경민에게 물었다.

“집중하던 대상과 나의 경계가 사라졌을 때 그것은 가능합니다.”

풀벌레 소리를 감상하듯 침묵을 지키던 그가 시선을 하늘에 고정시킨 채 나직한 목소리로 대답했다.

여자는 가슴이 터질 것 같아서 목적지를 생각할 겨를도 없이 자리를 박차고 일어나 점퍼를 걸친다. 분홍색과 연보라색 꽃무늬가 잔잔한 점퍼이다. 남들은 아이처럼 알록달록한 옷을 입느냐고 빈정댔지만 여자는 그 점퍼가 제일 마음에 든다. 문 앞에서 무심코 승강기 단추를 누르는 자신을 발견하고 여자는 움찔 어깨를 떤다. 증상이 심해진 후론 계단을 오르내렸는데 승강기를 타던 예전의 습관을 몸은 아직도 기억하고 있다. 승강기를 탈까 말까, 여자는 잠시 망설인다. 그사이 승강기 문이 스르르 열리며 환한 불빛이 쏟아진다. 불빛이 경민의 옆에 있을 때처럼 아늑하고 정겨워서 여자는 아무 생각 없이 불빛 속으로 발걸음을 내딛는다.

"승강기도 못 타니 같이 다닐 수가 있어야지. 나 원 참 창피해서……."

전남편은 혼자 다니는 것을 변명이라도 하듯 외출할 때마다 그 말을 되풀이했다. 여자는 쯧쯧 혀를 차는 그의 목소리를 기억하고 싶지 않아 입술을 깨물며 두 발에 힘을 준다. 이승과 저승을 가르듯 승강기 문이 스르륵 닫힌다. 여자는 가슴이 답답해지는 것을 이겨 내기 위해 경민의 얼굴을 떠올린다. 그에게 기쁨을 주기 위해서라도 빨리 정상적인 몸이 되고 싶다고 여자는 생각한다.

여자는 무엇에 끌리듯 전철역으로 발걸음을 재촉한다. 싸늘하고 촉촉한 밤공기가 스며들고 있는 전철역은 다리 위 조명등 불빛 덕분에 낮보다 훨씬 휘황하다. 화려한 밤 풍경이 조금은 낯설어서 여자는 맥박이 빨라진다. 마술사의 지팡이 같은 불기둥을 보며 가슴속의 불을 가라앉히려고 숨을 고른다. 역 철로에는 요란한 기계음을 내며 전철이 지나가고 있다. 차창에 비치는 불빛이 따스해 보이고 자신의 신세가 서글퍼져서 여자는 가벼운 한숨을 내쉰다. 낮에 경민을 따라 지하철을 탔던 일이 꿈만 같다. 여자는 큰 결심이라도 한 듯 전철역으로 들어선다.

지하철은 퇴근 시간이 지났는데도 사람들이 많은 편이다. 여자는 자리에 앉자마자 주변에 신경을 쓰지 않고 복식 호흡을 시작한다.

"말을 걸어도 모를 만큼 집중해야 합니다."

머릿속에서 경민의 목소리가 이끄는 대로 나는 할 수 있다, 하고 여자는 반복한다. 호흡을 백 번쯤 하자 벌렁거리던 가슴이 차츰 가라앉는다. 앞이 안 보이는 사람처럼 조심조심 계단을 올라 지하철역을 빠져나온다. 좁고 어두운 지름길을 피해 여자는 밝고 넓은 길로 접어든다. 멀리 보이는 수련원 창문이 캄캄하다. 저녁 수업도 끝난 시간이라 경민을 만나지 못할 것이 자명한데도 여자는 서운함이 앞선다.

관리인은 여자에게 친절하다. 언젠가 개인 지도를 받느라 늦게까지 있던 여자를 기억하는 눈치다. 수련장은 적막감이 가득하다. 여자는 안방에 들어선 듯 자신이 자주 앉던 자리를 찾아 책상다리를 하고 눈을 감는다. 수련을 할 때처럼 앞에 앉아 있는 경민의 기운을 느끼기 위해 들숨과 날숨에 집중한다. 숨을 내쉴 때마다 모든 욕망을 한 가지씩 내려놓으라고 뿌연 안개 속에서 그가 외친다.

여자는 온몸의 힘을 빼고 고향 뒷산을 떠올린다. 뒷산은 봄이면 진달래가 지천이었다. 여자는 햇살이 따사로운 산기슭을 지나 진달래가 활짝 핀 능선을 오른다. 한 발 한 발 옮길 때마다 세상에서의 자신을 되돌아본다. 전남편에 대한 미움도 내려놓고 신선한 기운을 받기 위해 호흡에 집중한다. 건강만 회복되면 다시 일을 갖고 공부도 하며 새 삶을 시작할 수 있을 것이다.

"진정한 에너지의 상태는 가장 높은 층의 긍정적인 에너지가 낮은 단계로 자유롭게 내려와 조화와 균형을 이루는 것입니다. 명상은 모든 세계를 변형시키는 하나의 거룩한 에너지로 돌아가는 걸 의미합니다."

강의를 할 때처럼 자신의 숨을 이끌고 있는 경민을 여자는 환상 속에서 본다. 이윽고 안개가 걷히고 그는 환한 햇빛 속에 서 있다. 영원과 이어지는 에너지의 상태에 도달한 듯 미소를 머금고 있다.

여자는 주위를 둘러본다. 어느 결에 집으로 가는 지하철을 타고 있다. 사람들 사이에 꼭 끼여 앉아 있는데도 답답하지 않고 견딜 만하다. 마음도 허공에 뜬 듯 한없이 편안하다. 곁에서 경민의 음성이 들리는 것 같다.

"병의 치유에 집착하는 것도 중독입니다. 중독은 또 다른 중독에 의해 치유되지만 우리는 그것을 뛰어넘어야 명상과 만날 수 있습니다."

여자는 다시 복식 호흡을 시작한다. 들숨과 날숨이 물 흐르듯 이어진다.

오래된 집

2013타경5071호 사건의 물건이 있는 곳은 오류1동 온수 도시 자연 공원이었다. 나는 지도에 표시된 대로 연립 주택 앞에서 오른쪽 골목으로 접어들었다. 가파른 비포장 통나무 계단 길이 매봉산의 한 자락인 능선까지 이어지고 있었다. 경매에서 세 번씩이나 유찰된 이유를 알 것 같았다. 언덕길이 시작되는 입구에는 채소밭이 있었다. 목도리를 풀어 놓은 듯 좁고 기다란 상추밭이었다. 연초록 상추는 잎이 도톰하고 반지르르했다. 빌라에 살 때 화분에 상추를 길러 상에 올리던 어머니의 모습이 떠올랐다. 나는 숨을 헐떡이며 비탈길로 올라갔다. 10미터쯤 갔을 때 길 왼쪽에 정보지의 사진과 닮은 붉은 기와집이 보였다.

40여 년 된 집은 낡고 자그마했다. 빗살 무늬가 촘촘한 철 대문은 회색 페인트칠이 군데군데 벗겨져 있었다. 드나드는 사람이 없는 것을 확인한 다음 빗살 무늬 사이로 집 안을 들여다보았다. 축대 위에 다져진 48평 집터는 20평 기역자형 건물에 비해 앞마당이 넓은 편이었다. 마당 한쪽의 수돗가에는 감나무가 있었다. 예전의 우리 집과 흡사했다. 금방이라도 빨래를 하던 어머니가 대문을 열고 반갑게 맞아 줄 것 같았다. 대문 앞에는 황매화와 찔레꽃이 흐드러지게 피어 있었다. 우리 집에서도 보았던 꽃들이었다. 오래전부터 살았던 것처럼 나는 그 집이 전혀 낯설지 않았다. 대문을 열고 집으로 들어가고 싶은 충동을 억누르며 '오래된 집'으로 이름 붙였다.

집 앞 경사지에서는 아랫동네가 한눈에 내려다보였다. 낮은 집들이 빽빽이 들어차 있었다. 맞은편 숲에서 솔바람이 불어왔다. 목덜미가 시원해서 나는 잠시 그늘에 서 있었다. 숲에는 소나무 외에도 아름드리 아카시아 세 그루가 우거져 있었다. 나이가 100살은 되어 보이는 아카시아는 옆에 자식 나무까지 번져서 일가를 이루고 있었다. 가지가 휘도록 매달려 있는 흰 꽃송이가 힘겨워 보여서 괜히 코끝이 찡했다. 바람이 불자 아카시아 꽃잎이 눈송이처럼 쏟아졌다. 집 앞까지 꽃향기가 전해 오는 것 같아서 나는 코를 벌름거렸다. 오래된 집은 교통이 불편한 것만 빼면 내가 원하는 집에 가장 가까웠다. 경매 법정을 들락거리던 긴 여정이 마무리될 것 같은 예감에 가슴이 두근거렸다.

외출복으로 갈아입고 7평 원룸을 나섰다. 출근 시간이 지난 거리는 한산했다. 어느새 입찰 기일이 이틀 뒤로 다가와 있었다. 집을 보고 온 뒤 마음이 들떠서 일이 손에 잡히지 않았다. 집을 생각하면 아카시아도 같이 떠올랐다. 잎이 커다래진 아카시아 세 그루가 오래된 집 정원수가 되어 있는 꿈을 꾼 날도 있었다. 그동안 어떻게 살았나 싶게 방을 다 차지하다시피 놓여 있는 침대도 걸리적거리고, 어질러진 살림살이도 짜증스러웠다. 지난밤에도 집 단장 계획을 세우느라 늦게까지 인테리어 사이트를 드나들다가 침대에 누우면서 확인한 시간이 새벽 1시였다.

은행은 기다리는 사람들로 붐볐다. 그들은 극장에서 영화를 보듯 모두 텔레비전을 향해 앉아서 차례를 기다리고 있었다. 남성은 노인 두 사람뿐이고 모두 여성이었다. 빈자리는 보이지 않았다. 기둥 옆에 서서 내 번호가 뜨기를 기다렸다. 통장에는 1억 1700만 원이 들어 있었다. 오래된 집의 최저 입찰 대금은 감정가 2억 대비 51퍼센트인 1억 2000만 원이었다. 전광판에 번호가 나타나자 창구로 가서 입찰 보증금으로 낼 1200만 원을 수표 한 장으로 신청했다. 여직원이 통장과 수표를 담은 쟁반을 건네주면서 다른 볼일은 없느냐고 물었다. 여직원의 말투는 어느 때보다도 상냥했다. 통장과 수표를 점퍼 안주머니에 넣고 대출 담당 앞으로 갔다.

양복을 입은 젊은 남자가 서류를 확인해 가며 상담을 하고 있었다. 나는 빈자리를 찾아 앉았다. 5분쯤 더 기다려서야 젊은 남자는 상담을 끝냈다. 내가 1000만 원 한도의 가계 대출 통장을 신청한 것은 닷새 전이었다. 대출 담당은 결과가 나오면 연락을 준다고 했지만 마냥 기다리기도 답답했다. 안경을 끼고 얼굴이 넓적한 담당은 난처한 표정을 지었다.

"우리 은행을 이용한 실적도 부족하고, 직장인도 아니라서 통과가 안 되었습니다."

"실적이 있는데요."

저금이 들어 있는 통장을 담당에게 내밀며 말했다. 그때까지도 나는 담당이 말하는 실적이 적금을 들었던 기간과 액수인 것을 모르고 있었다. 올해는 꼭 경매에 성공하리라 결심하고 어머니와 함께 살던 22평 빌라의 전세 대금 1억 3000만 원을 돌려받았다. 원룸 보증금으로 1000만 원, 어머니 요양원비로 300만 원을 쓰고 나머지는 은행에 넣어 둔 상태였다. 언제든 낙찰만 받으면 계약을 할 수 있게 정기 예금의 기한도 한 달로 정했다. 아무리 계산을 해 봐도 오래된 집의 낙찰 대금은 1억 2000만 원을 넘을 것 같았다. 세금과 부족한 대금까지 메우려면 가계 대출이 필요했다. 보수비는 이모에게 빌릴 작정을 하고 있었다.

내가 무리해서라도 낙찰을 받으려는 것은 어머니 때문이었다. 작년부터 우울증 초기인 어머니는 시골에서 된장 사업을 하는 이모에게 갔다가 요양원에서 쉬다가를 반복하고 있었다. 의사는 편안한 환경을 조성해 주고 희망적인 일을 많이 만들어 주라고 처방했다. 서

른두 살이 될 때까지 영화감독도 못 되고 결혼도 못한 내가 어머니의 우울증에 가장 큰 원인인 것 같아 마음이 편치 않았다. 어머니는 집이 있어야 생활이 안정된다고 믿고 있었다. 살아 보니 그것도 틀린 말은 아니었다. 나만의 공간이 있다는 것은 어디서나 당당할 수 있는 가장 큰 덕목이었다.

은행을 나와 옆의 소공원으로 갔다. 50대로 보이는 여자가 젖먹이 아기를 태운 유모차를 밀며 왔다 갔다 하고 있었다. 아이는 졸음이 오는지 조용히 있었다. 6월의 훈풍이 부는 공원은 후덥지근했다. 여자는 연신 아기를 들여다보며 유모차를 밀었다. 여자의 얼굴에서 미소가 떠나지 않는 것을 나는 훔쳐보고 있었다. 여자의 환한 얼굴 위로 어머니의 얼굴이 겹쳐졌다. 그때 바지 주머니에서 휴대 전화가 떨었다. 아기의 졸음을 쫓을까 봐 나는 얼른 공원을 나왔다.

"5시쯤 우리 사무실에 올 수 있어?"

전화선 너머의 표정이 짐작될 정도로 수정의 목소리는 낭랑했다. 그렇지 않아도 나는 오래된 집의 낙찰가 때문에 수정을 만나러 갈 작정을 하고 있었다. 위탁 경매를 신청받는 고수들이 열 명도 넘는다고 수정은 자랑했다. 나이는 나보다 네 살 어린 스물여덟이지만 동그스름한 얼굴에 볼이 통통해서 어려 보이고 귀여웠다. 웃는 입은 더 예뻤다. 나는 연출부에서 일하면서 많은 여배우의 입을 보았지만 수정만큼 예쁜 입은 보지 못했다. 컨설팅 회사를 나가고부터 수정은 나를 만날 때도 강남역이나 압구정역 부근을 원했다. 수정이 사는 상도동과 내가 사는 신도림동 사이에서 보자고 해도 바쁘다며 사무실 근처로 오라고 고집을 부렸다. 강남 쪽에 갈 때 나는 수정의 퇴근 시간에 맞춰 볼일을 끝냈다. 내가 예고도 없이 찾아가면 수정은 아말감으로 덧씌운 송곳니가 다 드러나도록 활짝 웃으며 반겼다. 그 모습이 보기 좋아서 나는 우연을 가장한 채 수정의 사무실 앞을 서성거리기도 했다.

수정을 만난 것은 연출부 4년 차 때였다. 다섯 달 동안 계약했던 영화를 끝낸 뒤였다. 다음 계약 작품에 들어가기 전까지 두 달의 여유가 있었다. 해외여행을 가고 싶었지만 수입이 많지 않으니 여행은 상상으로 만족해야 했다. 선배는 뭐든 배우라고 했지만 두 달은 편의점 아르바이트는 몰라도 기술을 배우기에는 부족한 기간이었다. 온갖 사이트를 들락거리다가 공인 중개사 시험 준비 끝내줍니다, 라는 광고를 보고 있는데 그 옆에 반값이면 집을 장만한다는 경매 학원 광고가 있었다. 집이 없어도 잘 사는 시대가 온다는 사람도 있지만 나는 어머니 때문에라도 집이 필요했다. 공개 강의를 들으러 가기 위해 전철을 탔다.

학원 강의실은 경매 성공담을 겸한 강의를 듣느라 남녀노소 구분 없이 눈동자를 반짝이고 있었다. 알짜 정보만 준다는 강사의 맛보기 강의를 들을 때는 집 한 채가 금방 내 앞에 굴러 오는 것 같았다. 10만 원을 내고 속성반에 등록했다. 첫날은 자기소개 시간이었다. 30

명 반원 중 수정의 소개가 가장 재미있었다. 세 자매 중 막내인 수정은 회사원이던 아버지가 일찍 명퇴하는 바람에 등록금을 보태 준 위의 언니 둘을 부모보다 더 무서워하며 자랐다고 말했다. 공부를 게을리한 탓에 수도권 대학도 간신히 들어갔다고 해서 모두를 웃겼다. 신부 수업이나 하다가 현모양처가 되려고 했는데 아무것도 할 줄 모르면 데려가는 남자가 없다고 언니들이 겁을 줘서 나왔다고 너스레를 떨었다. 여기저기서 그 정도 인물이면 그냥 와도 좋다고 반원들이 농담을 날렸다. 그 솔직함이 마음을 움직였는지 수강생 중 하나가 수정을 컨설팅 회사에 소개해서 학원 다닌 지 한 달 만에 취직을 하는 신기록을 세웠다.

마땅히 할 일도 없어 나는 무작정 버스를 탔다. 약속한 5시까지는 네 시간이나 남아 있었다. 버스는 남대문이 종점이었다. 갑자기 더워진 날씨에 맞춰 에어컨이 가동되고 있었다. 조는 사람 일색이고 공기가 혼탁했다. 금방 차멀미가 날 것 같았다. 언젠가 멀미약을 살 때 약사는 차멀미는 몸의 반응이지 병은 아니라고 말했다. 나는 차멀미를 할 때마다 병도 아닌 것이 어째서 병보다 더 인간을 괴롭힐 수 있나 싶어 신이 원망스러웠다. 살아가는 데 필요할 뿐인 집이 삶의 근간을 뒤흔드는 것과 같았다. 차 안의 졸음이 전염되었는지 자리에 앉자마자 몸이 나른했다. 컵라면으로 아침을 때운 뒤 아무것도 먹지 않은 채 점심시간을 넘기고 있었다. 시간의 자유는 일상을 좀 먹고 나를 황폐화시킬 때가 많았다. 눈꺼풀이 자꾸 내려오는데 다음은 충무로역이라는 안내 방송이 들렸다. 나는 반사적으로 몸을 일으켰다.

영화사는 연출부 선배 한 사람만 사무실을 지키고 있을 뿐 여직원은 보이지 않았다. 떠들썩한 촬영장에 비하면 원래도 조용한 영화사는 스산한 기운마저 감돌았다. 새로 뽑은 연출부 막내가 죽을 뻔했다고 선배는 말했다. 졸면서 운전하다가 사고가 났는데 머리를 많이 다쳤다며 혀를 끌끌 찼다. 얼마나 피곤했으면 졸음운전을 했을까 싶었다. 막내 시절 구석에서 몰래 자다가 감독에게 야단맞던 일이 떠올랐다. 밤샘 촬영은 배우도 힘들지만 지켜보는 스태프는 긴장감이 덜해선지 졸기 일쑤였다. 그때는 조감독만 되면 다른 걱정은 없을 줄 알았다.

김 감독은 첫 작품을 찍으면서 나를 조감독으로 발탁했다. 말이 조감독이지 보수는 연출부 시절과 비슷했다. 김 감독의 영화를 끝낸 뒤 광고 촬영 스태프로 아르바이트를 하면서 나는 영화사의 연락을 기다리고 있었다. 영화계에서는 인맥이 제일이었다. 모임에도 빠지지 않고 행사 때도 얼굴도장을 찍어야 아는 사람도 생기고 그들을 통해 일도 들어왔다. 김 감독 소식은 선배도 모르고 있었다. 그는 다음 작품을 위해 새로운 투자자를 모으고 있는지도 몰랐다. 다행히 나랑 찍은 영화는 관객이 200만 정도 들어 원가는 건진 감독으로 출발할 수 있었다. 관객의 심판이 곧 투자로 연결되는 영화는 생물이

나 마찬가지였다. 작년에는 계약한 영화가 촬영을 중단하는 바람에 찍은 만큼만 계약금을 받은 적도 있었다. 촬영 완료를 조건으로 계약서를 썼기 때문이었다. 흥행 실패로 인한 영화사의 침몰 소식을 들을 때마다 김 감독은 팔다 남은 음식은 먹기라도 하지만 영화 필름은 삶아 먹지도 못한다면서 안타까워했다.

영화에 관심을 가진 것은 재수생 때였다. 이과를 선택했으나 대학 시험에 떨어진 나는 목동에서 입시 학원을 다녔다. 다시 이과를 선택하려니 내 길이 아닐 것 같은 생각이 들었다. 울적한 마음도 가라앉힐 겸 극장에 갔다. 코미디 영화였는데 극장을 나설 때는 기분이 한결 가벼워져 있었다. 나도 사람에게 위로가 되는 영화를 만들고 싶었다. 수능을 예체능으로 바꾸자 1등급이 나왔다. 대학생 때는 졸업 영화제 준비를 착실히 한 덕분에 공모전에서 상도 받았다. 문제는 졸업 후였다. 연출부에서 10년쯤 일하면 감독이 된다고 선배에게 들었지만 막상 영화판에 뛰어들고 보니 그것도 옛말이었다. 감독이 되는 지름길은 영화사의 시나리오 공모전 당선이었다. 나는 연출부 막내 때부터 시나리오에 매달렸다. 지도 교수에게 글재주가 있다고 칭찬받은 학창 시절을 떠올리며 완성한 시나리오는 친구도 재미있어 했지만 번번이 낙선이었다. 당선된 작품은 내가 쓴 시나리오보다 더 재기가 넘치고 참신했다. 나는 다른 분야를 전공한 이들 앞에서나 재기발랄한 존재였지 사실은 보통 사람보다 조금 특이한 사람일 뿐인지도 몰랐다. 교사 자격증처럼 연출 전공도 졸업할 때 영화 감독 자격증을 주는 제도가 생긴다면 모를까, 내게는 평생 메가폰을 잡을 기회나 있을까 싶었다.

선배는 냉장고에서 깡통 맥주를 두 개 꺼내 왔다. 한 개를 내 손에 쥐여 주며 어떻게 지내느냐고 물었다. 나는 돈이 필요한데 일이 없어서 큰일이라고 대답했다. 선배의 도움을 기대하고 사정을 털어놓은 것은 아니었다. 그냥 누군가에게 답답한 마음을 토로하고 나면 속이라도 편할 것 같았다. 집이 부자거나 대박을 터뜨린 감독이라면 모를까 영화판의 누구도 돈으로부터 자유롭지 못하다는 것을 나는 알고 있었다. 관객을 많이 동원한 감독도 계약하기 나름으로 계약사만 이익을 본 경우도 많았다. 김 감독만 해도 첫 영화는 관객이 많이 와도 계약금만 받는 조건이었다. 대부분의 감독이 첫 작품을 히트시키는 경우는 드물었다, 선배는 맥주를 단번에 쭉 들이켰다. 나도 깡통 손잡이를 잡아당겼다. 술을 좋아하지 않지만 버스에서 내린 뒤 줄곧 속이 느글거리던 터였다. 맥주를 한 모금 마신 뒤 탁자 위에 놓았다. 빈속에 찬 맥주가 들어가자 위가 찌르르했다.

"한 살이라도 젊었을 때 노년의 대책을 세워야 해."

선배는 고등학교 앞에서 분식집을 차릴 예정이라고 말했다. 아내가 조리사 자격증을 땄다고 할 때는 목소리가 기운찼다. 선배의 충고가 아니어도 나는 건강 보험과 국민연금을 지역 가입한 뒤 조금씩 불안해지고 있던 참이었다. 감독 경력을 쌓아 갈수록 부양할 가족을 만들고 집을 장만하는 평범한 일상에서 점점 멀어지는 것 같았다. 그렇다고 나보다 서너 살 어린 여자 상관 밑에 들어가서 다시 다른 일을 시작하기도 싫었다. 대학 2학년을 마치고 다녀온 군 복무도 나는 의경을 자원했다. 산간 지방으로 가면 영화에 대한 감각이 무뎌질까 봐 시위대에게 돌을 맞으면서도 서울에서 복무했다.

영화 일을 할 때 나는 가장 의욕적이었다. 새로운 인물을 창조하고 순간의 장면으로 영원을 건져 올리는 일은 내가 알고 있는 어떤 것보다 경이로웠다. 나는 영화를 찍을 때마다 주연 배우를 통해 다시 태어나고 죽었다. 관객의 기억 속에 남아도 좋지만 이름 없이 사라진다 해도 영화에 바치는 시간이 내게 가장 소중한 시간인 것만은 분명했다. 만일 감독이 못 되고 조감독으로 은퇴한다면 아쉽기는 하겠지만 촬영은 그것조차 잊게 해 줄 것이라 믿었다.

수정의 사무실은 강남역 근처였다. 5시 20분 전에 역에서 내린 나는 전에도 와 본 적이 있는 수정의 사무실로 향했다. 수정은 일찍 와서 좋다고 호들갑을 떨며 내 손을 잡았다. 나도 수정의 과한 환대가 싫지 않았다. 퇴근이 가까운 시간인데도 사무실은 냉기가 남아 있어 시원했다. 마주 보고 앉게 배치된 8인용 가죽 의자는 백화점의 진열품인 듯 고급스러웠다. 수정의 책상은 사장의 책상 옆에 놓여 있었다.

"세상의 부자는 다 이곳으로 모이는 것 같아."

큰 거래가 있는 날은 수표의 동그라미를 세느라 손이 떨린다며 수정은 호탕하게 웃었다. 그런 수정 앞에서 낙찰가 얘기를 꺼내려니 입이 떨어지지 않았다. 늙은 부자 애인이라도 만들까 봐 걱정스러웠지만 내색은 하지 않았다. 수정이 그럴 사람도 아니라고 믿지만 혹시 그런 일이 생긴다 해도 억지로 붙들고 싶지도 않았다. 내가 경쟁력 있는 여자를 원하듯 상대편도 능력 있는 남자를 선택하는 것은 당연한 이치로 알고 있었다. 나는 수정을 알기 전에도 가난한 연출부 막내를 반기는 여자는 만나지 못했다. 그것은 조감독이라고 달라질 것이 아니었다. 여자들은 입으로는 사랑이 중요하고 예술가를 이해한다고 하면서도 어느 한 가지도 그냥 지나치지 않았다. 이름 붙은 날 선물을 바라는 것은 기본이고 비싼 음식과 분위기 좋은 장소를 멀리하면 한 달을 못 넘기고 그만 만나자는 문자를 찍어 보냈다. 표면적인 이유야 촬영 때문에 연락을 게을리한 나의 성의 부족을 문제 삼았지만 남루한 내 인생에 함께 휘말리기 싫은 속마음을 나는 진작 알고 있었다.

수정을 데리고 옛정으로 갔다. 수정의 사무실 반대편 골목에 위치한 옛정은 전에 수정이 내게 버섯불고기를 사 준 한식집이었다. 방이 많아서 조용히 이야기를 나누기에 적당했다. 후식으로 나오는 식혜 맛이 달달하지 않고 어머니가 해 주던 식혜처럼 달곰해서 기억에 남아 있었다. 주인이 알은체를 하며 수정을 반겼다. 전에는 보지 못하던 광경이었다. 투자자에게 식사를 대접할 때 사장이 이용하는 음식점이라고 수정은 말했다. 치장을 좋아하는 수정은 가방도 많고 구두도 많았다. 새 옷을 자꾸 산다고 야단치던 노처녀 언니도 데이트 갈 때는 옷을 빌려 간다고 수정은 깔깔대며 웃었다. 명문 대학을 나온 언니들에 비해 학습 능력이 부족하다고 생각하는 수정은 언니들보다 나은 결혼을 꿈꾸고 있었다. 버섯불고기를 주문한 뒤 경매 이야기를 꺼냈다.

"낙찰가 좀 알아봐 줘."

수정은 고개를 끄떡였지만 낡은 집은 별로인 눈치였다. 꼭 그 동네로 가야 될 이유가 있느냐고 물었다. 나와 결혼이라도 한다면 모르지만 수정에게 세세한 이야기를 하는 것도 구차해 그냥 그 동네가 좋아서라고 말했다. 주인은 쟁반이 넘칠 만큼 버섯을 많이 얹어서 불고기를 내왔다. 사장 덕을 보는 거라며 수정이 눈을 찡긋했다.

수정과 내가 전철을 내린 곳은 구일역이었다. 안양천 가에 원두막처럼 세워진 역 주변은 사철 강바람이 불었다. 수정은 스스럼없이 내 오른팔에 팔짱을 꼈다. 나는 수정의 팔짱을 풀고 오른팔을 돌려 수정의 어깨를 감쌌다. 수정의 하늘거리는 몸이 한 팔에 들어왔다. 우리는 시원한 바람을 맞으며 둑길을 걸었다. 조명등이 빛나는 둑 아래 올레길에는 학교 운동장을 옮겨 놓은 듯 걷는 사람이 많았다. 수정은 작년에 앉았던 등의자를 찾느라 두리번거렸다. 멀리 돔구장이 산처럼 시커멓게 솟아 보였다. 주머니에서 손수건을 꺼내 의자 위에 깔고 수정을 앉혔다. 내가 앉기를 기다려 수정이 어머니의 병환에 대해 물었다.

"결혼하면 모시고 살아야겠네."

그럴 예정이라고 나는 수정의 눈치를 보며 말했다.

"영화는 언제 또 찍어?"

수정의 당연한 질문에도 나는 대답할 말이 얼른 생각나지 않았다.

"글쎄……."

나는 얼버무렸지만 정규직도 아니어서 언제 일을 할지 모르는 것이 현실이었다. 내 신세가 경매에 나온 집과 비슷하다는 것을 수정이 이해할까 싶었다. 수정은 영화에 관심이 많았다. 나와 가까워진 것도 촬영장에 데리고 간 뒤부터였다. 어렸을 때는 얼굴이 예쁘니 영화배우가 되라는 사람도 있었지만 영화를 많이 보는 사람으로 남기로 했다며 쓸쓸히 웃었다. 수정과 함께 10분 거리에 있는 나의 원룸으로 향했다. 어느 때부턴가 저녁을 먹은 날이면 수정은 원룸에 들러 놀다 가는 것을 당연한 일로 받아들이고 있었다.

한바탕 소나기 같은 격정의 시간이 지난 뒤 수정은 침대에 걸터앉아 화장을 고치고 의자에 걸쳐 두었던 겉옷을 입었다. 나는 수정을 집까지 데려다 주고 원룸으로 돌아온 뒤 어머니에게 전화를 걸었다. 어머니의 매끈한 목소리는 가라앉아 있었다. 요양원의 음식도 맛있고 봉사자도 친절하다는 말이 공허하게 들렸다. 경매로 집을 산다니까 무슨 도박이라도 하는 줄 아는지 법대로 하고 조심하라는 말을 되풀이했다. 나는 경매로 집을 사는 일도 매매의 한 형태라고 말했다. 가장 좋은 조건을 제시한 사람이 물건을 차지하는 것이 시장 원리와 같지 않느냐고 주장했다. 누군가 집을 사 줘야 빚진 사람도 빚을 갚을 수 있고 아무도 사지 않으면 계속 값이 떨어지는 이치도 설명했다. 전화기 속의 어머니는 눈물을 글썽이며 자신의 고향 산천을 설명하던 예전의 어머니가 아니었다. 어쩌면 어머니의 영혼은 이미 반쯤 고향에 가 있는지도 몰랐다. 나는 어머니와 함께 외할아버지 산소에 성묘를 갔던 고등학교 입학 때를 떠올렸다. 잎이 다 떨어진 나무들이 빼곡히 들어찬 외갓집 선산은 태초의 신비를 간직한 듯 신령스러웠다. 혼령들의 숨소리가 들리는 것 같은 두려움에 나는 숨을 죽인 채 그 자리에 얼어붙은 듯 서 있었다. 나는 오래된 집으로 이사가면 어머니의 고향을 현실화시킬 수 있을 것 같은 기쁨에 가슴이 벅차올랐다. 그 집에서 보는 달빛이, 별빛이 어머니의 고향에서 보는 것만큼 밝고 곱기를 기도했다.

친구의 빚보증 때문에 헐값에 집을 넘긴 아버지는 술로 세월을 보내며 식구들에 대한 미안함을 자책했다. 남의 부탁을 거절 못하는 아버지는 눈물샘을 자극하는 이들에게 약했다. 집을 잃은 충격으로 심신이 허약해진 어머니는 잠들었다가도 벌떡 일어나 마루로 나가곤 했다. 나는 늦은 밤까지 잠들지 못하고 셋집의 좁은 마루를 서성거리는 어머니를 보며 대학 입시 공부를 했다. 어머니는 낮에는 천변에 나가 바람에 일렁이는 강물을 보며 사계절이 지나가는 모습을 지켜보았다.

나는 어른이 된 다음에도 가끔 하늘에 있는 아버지에게 물음표를 던지곤 했다. 아버지에게 가족은 무엇이었을까. 아버지는 내가 대학 3학년 때 간암으로 우리 곁을 떠났다. 그 뒤 어머니는 시골에서 된장 사업을 하는 이모를 도우며 내 뒷바라지를 했다. 어머니가 이상해진 것은 작년부터였다. 낯선 사람과는 말도 나누려 하지 않고 집에 손님을 초대하는 일도 사라졌다. 어머니가 이야깃거리로 삼는 것은 모두 지나간 일이었다. 어머니의 이야기를 듣고 있으면 지난 시절을 살고 있는 듯싶었다.

어머니가 그리워하는 시간은 내가 초등학교 5학년 때였다. 처음 장만한, 마당이 있는 조그만 단층집에서 우리 세 식구는 모처럼 단란했다. 그 뒤 아버지의 월급을 모아 집을 늘리기도 했지만 어머니의 기억 속에 있는 우리 집은 처음 샀던 그 집뿐이었다. 그때 어머니가 아파트보다 추운 주택을 택한 것은 정원이 있는 집이 필요해서였다. 어머니는 꽃밭에 목련과 장미를 심고 여러 일년초들도 심었다. 꽃이 피면 어린 내게 꽃 이름을 가르쳐 주며 흐뭇해했다. 어느 해 장마철에는 어머니가 꽃밭 둘레에 테두리 삼아 뿌려 놓은 채송화 씨가 빗물에 대문 앞까지 떠내려가서 채송화 섬이 만들어지기도 했다. 대문 옆에는 나랑 같이 종로에 가서 사 온 감나무를 심었다.

법원에 도착한 것은 개정 30분 전인 9시 30분이었다. 입찰 기일을 맞아 경매에 참여하는 사람들의 발길이 이어지고 있었다. 그동안 수정은 1억 2100만 원의 입찰 금액을 적은 문자만 보냈을 뿐 전화도 뜸했다. 오래된 집은 워낙 구옥이라 경쟁자에 대한 정보가 별로 없는 모양이었다. 반값에 집을 마련하는 일이 가능할 것 같아서 나는 가슴이 뛰었다.

경매 법정이 있는 건물로 들어섰다. 검색대 앞에는 법원 경위가 무심한 얼굴로 사람들을 쳐다보며 앉아 있었다. 갑자기 죄인이 된 듯 가슴이 두근거리고 등줄기가 서늘했다. 허리를 쭉 펴고 어깨에 힘을 준 다음 줄 뒤에 섰다. 내 앞에는 열 명도 더 되는 사람들이 차례를 기다리고 있었다. 차림새와 나이도 다양한 그들은 인솔자가 있는 것으로 보아 부동산 학원 원생이거나 경매 동호회 회원 같았다. 그들 뒤를 바짝 따라붙으며 급히 검색대 밑을 지났다.

마침표를 찍듯 마지막 계단을 밟은 발을 번쩍 들어 복도 바닥에 내려놓았다. 들고 나는 사람들이 일으키는 미세한 바람과 그들의 얼굴에 나타난 긴장감 때문인지 좁고 기다란 복도는 더운 날씨인데도 냉기가 돌았다. 정신을 가다듬고 모자챙을 조금 들어 올렸다. 복도 끝머리쯤 204호 팻말이 보이고 그 앞에 사람들이 삼삼오오 모여 있었다. 고개를 숙인 채 그들 옆으로 천천히 다가갔다. 아는 사람이라도 만날까 봐 마음이 조마조마했다. 당분간 경매 법정에 올 일도 없을 것이라 생각하니 사람들의 기억 속에 남고 싶지 않았다.

법정 앞은 모여드는 사람들로 어수선했다. 아기를 업은 젊은 주부와 머리 하얀 할아버지까지 다양했다. 나는 어디다 시선을 둬야 할지 몰라 고개를 숙인 채 발만 내려다보고 있었다. 내가 처음 입찰 법정에 견학 왔던 두 해 전보다 젊은 사람이 많았다. 그들에게 어떤 모습으로 비칠까 궁금했다. 무심코 고개를 쳐드는데 한강동호회의 박 사장이 보였다. 중년 여성 둘과 이야기를 나누고 있었다. 여성들은 견학 온 동호인이거나 입찰을 부탁한 의뢰인 같았다. 박 사장은 옆으로 길게 찢어진 눈을 번득이며 정보를 캐고 다녀서 별명이 형사였다. 어느 입찰에서나 그의 동호회 회원이 끼여 있을 정도로 활동이 활발하다는 소문은 나도 들어서 알고 있었다. 박 사장과 인사를 나눈 사이는 아니라도 입찰 법정에서 그를 본 적이 몇 번 있었다. 눈을 마주치기 전에 얼른 고개를 숙였다.

사람이 모인 걸 보니 좋은 물건이 많은 모양이라고 누군가 말했다. 나도 오래된 집의 낙찰을 기대하고 있었다. 나는 고수들이 얼마나 왔나 주변을 둘러보았다. 아는 얼굴은 보이지 않았다. 아무리 티를 내지 않아도 두세 사람만 거치면 어느 동호회의 누가 고수인지도 알 수 있는 곳이 이 분야였다. 경매 법정에는 여유 자금을 늘리기 위한 투자자도 오지만 나처럼 모자라는 돈으로 집을 마련하려는 사람이 더 많았다. 사업에 실패했거나 일찍 명퇴를 당한 사람들이었다.

시간이 지날수록 정보지나 신문을 넘기는 소리, 여성들이 소곤대는 소리에다 휴대 전화 벨 소리도 가끔 더해져서 법정 복도는 시장

판에 나와 앉아 있는 것처럼 시끄러웠다. 한쪽 팔로 책 꾸러미를 가슴에 끌어안은 아줌마가 사람들 사이를 벗어나 내 앞으로 걸어왔다. 3000원이에요. 아줌마는 바람이 지나가듯 짧게 말하면서 인쇄물을 내밀었다. 그날의 물건을 권리 분석해서 사건 번호별로 정리한 경매 잡지였다. 오래된 집도 실려 있는 것을 나는 알고 있었다. 처음 그 집을 찾아냈을 때 나는 채권자가 새마을 금고 한 곳뿐이라는 점에 마음이 끌려 현장 답사까지 결심했다. 채무자와 소유주가 같은 사람이고 주민 등록도 집주인 한 사람뿐임을 확인했을 때는 만세라도 부르고 싶은 심정이었다. 경매에서 가장 큰 골칫거리는 거주자를 내보내는 일이었다. 예상한 범위에서 타협이 되면 다행이지만 이사 비용을 많이 요구한다든가 이사를 가지 않으려고 하는 세입자는 강제 집행이 가장 빠른 방법이었다.

개정 시간 10분을 남기고 직원이 법정 문을 열었다. 그때까지 사람들은 계속 떠들고 있었다. 조용히 법정 안으로 들어가 구석진 뒷자리에 앉았다. 10시가 되자 경매계 직원과 집행관이 입장했다. 복도에 남아 있던 사람들도 한꺼번에 우르르 몰려 들어와서 자리에 앉았다. 그래도 드문드문 빈자리가 눈에 띄었다. 전에 없이 분위기가 썰렁했다. 집행관은 종을 울리고 주의 사항을 설명했다. 나는 처음 입찰을 실습하던 날처럼 온몸이 떨려서 손으로 가슴을 쓸어내렸다.

그날, 동호회 선배는 초보들이 좋아하는 하자 없는 물건에 대해 설명하며 후배들을 이끌었다. 나는 학원에서 배운 대로 권리 분석에 이상이 없고 세가 잘 나갈 것 같으며 임차인이 전액 배당을 받아서 명도도 쉬운 소액의 물건을 찾아야 했다. 법정 벽에 붙어 있는 매각 물건을 미리 조사한 뒤 감정가 1억 5000만 원인 25평 연립 주택을 찾아냈다. 선배는 각자 찾아낸 물건의 입찰가를 마음대로 적어 보라고 나와 동기들에게 말했다. 1억 3500만 원을 적어 모의 입찰함에 넣었다. 경매가 끝난 뒤 선배의 분석 평가에서 나는 가장 높은 점수를 받았다. 동기 중에는 물건 번호도 안 적고 도장도 안 찍은 사람이 있었지만 나는 서류도 완벽했고 입찰가도 낙찰가인 1억 4000만 원과 가장 차이가 적었다. 선배는 경매에 소질 있는 후배가 나타났다며 나를 추켜세웠다. 새로운 세계에 발을 들여놓았다는 자부심으로 집에 돌아와서도 늦게까지 잠을 이루지 못했다. 아는 얼굴끼리 정보를 교환하고 몰래 입찰가를 적던 일이 첩보 영화를 찍을 때처럼 재미있어서 눈을 감아도 사라지지 않았다. 경매 놀이를 하는 동안 새로운 희망에 부풀었다. 처음 모의 경매의 성공을 시작으로 시간이 날 때마다 모의 경매에 참여했다.

입찰 표와 봉투를 받기 위해 사람들이 가운데로 나가 줄을 서고 있었다. 그때까지도 고수들의 모습은 보이지 않았다. 나도 입찰 표를 받기 위해 자리에서 일어섰다. 왼손에 쥐고 있던 휴대 전화가 징징 울었다. 수정이었다.

"입찰 중이야."

나는 다른 사람들에게 들리지 않도록 고개를 숙이고 소곤거렸다.

"나 지금 잠수해야 되는데 입찰 보증금 좀 빌려 줄 수 있어?"

"왜?"

"사장이 농장을 주식으로 만들어서 사람들한테 팔았는데 문제가 생겼어. 나도 투자했는데 회수하려면 시간이 걸릴 것 같아."

"……."

수정이 출장을 다녀온 것은 두 달 전이었다. 사장이 강원도에 장뇌삼 밭을 만들었는데 현지의 영농 조합 법인과 업무 제휴를 준비하는 모임이 있었다. 수정은 곧 산삼을 얻어다 줄 테니 기다리라고 했지만 나는 농담으로 받아들였다.

그사이 입찰 표를 나눠 주는 일은 끝나고 입찰이 시작되고 있었다. 우선 입찰 표를 받았다. 자리에 돌아와서도 수정의 전화가 머리에서 떠나질 않았다. 얼마나 급했으면 법원에 와 있는 줄 뻔히 알면서 전화를 했을까 싶었다. 수정에게 보증금을 빌려 주면 계약을 포기해야 할 입장이었다. 안 그래도 모자라는 집값에서 1200만 원을 빌려 주는 것은 무리였다. 실망할 어머니에게도 뭐라고 변명을 해야 할지 아득했다. 그럼에도 불구하고 수정의 말이 심장에 박혀서 괴로웠다. 돈이 있으면서도 빌려 주지 않으면 수정이 어떻게 생각할지는 불을 보듯 뻔했다. 지금은 1200만 원이 큰돈이지만 형편이 풀리면 더 큰 돈도 수정을 위해 쓸 수 있을 것 같았다.

나는 천장을 바라보며 넋 나간 사람처럼 멍하니 앉아 있었다. 사람들은 벌써 커튼으로 칸막이가 된 곳에 들어가 입찰 금액을 쓰고 있었다. 수습생들이 의자와 책상도 있어 좋다면서 입찰 표와 입찰 봉투를 펼쳐 놓고 킥킥거리며 입찰 금액을 적고 있었다. 나는 갈피를 잡지 못하고 입찰 표만 만지작거렸다. 갑자기 사람들이 웅성거리는 소리가 들렸다. 한강동호회 회원들이 조심스럽게 사람들 사이를 돌고 있었다. 앞에 앉은 집행관은 모르는 척 서류를 뒤적이고 있었다. 박 사장 패거리 중 한 사람이 내 앞줄에 앉은 사람 옆에 비집고 앉는 것을 나는 놓치지 않았다. 그가 하는 말을 들으려고 귀를 세웠다.

"2013타경6209는 입찰하지 마세요."

박 사장은 그 물건을 아주 싼 가격으로 낙찰받을 계획인가 보았다. 기분도 우울하던 차에 왈칵 울분이 솟았다. 앞뒤 생각할 겨를이 없었다. 나는 자리를 박차고 일어나 집행관을 향해 소리쳤다.

"입찰을 방해해도 되는 겁니까?"

순간 소란이 일기 시작했다.

"경매 사기꾼이 왔나 봐."

사람들이 수군거리는 소리가 들렸다.

"입찰 방해도 위법 행위입니다. 여러분 조용히 하십시오. 절차를 진행하겠습니다."

집행관이 마이크를 잡고 사태를 수습했다. 사람들은 아무 일도 없었던 것처럼 다시 입찰 표를 써서 함에 넣었다. 나는 입찰 표를 펼쳤다. 손이 떨렸다. 흐뭇한 표정을 지을 어머니를 생각하니 자꾸 눈시울이 뜨거워지고 가슴이 벅차올랐다. 입찰 금액을 쓰려는 순간 싸늘한 표정의 수정이 입찰 보증금란에 나타났다 사라졌다를 반복했다. 나는 정신없이 입찰금과 입찰보증금을 쓴 다음 입찰함에 넣었다.

11시가 되자 집행관은 응찰을 마감하고 곧바로 개찰에 들어갔다. 순서가 뒤쪽이었으므로 나는 앞의 물건이 다 개찰될 때까지 기다려야 했다. 초조한 마음도 가라앉힐 겸 다른 사람의 개찰에 집중했다. 내 앞의 아파트는 건축주가 부도를 내는 바람에 그 동에 입주한 50가구가 모두 경매를 당한 경우였다. 아이를 업은 젊은 주부에서 중년 여자까지 반상회 하듯 집행관이 이름을 부를 때마다 앞으로 나와서 입찰 보증금을 되돌려 받았다. 전세금보다 높은 입찰가를 적었지만 월등히 높은 금액을 써 넣은 금성법인이 낙찰을 받았다. 은행 융자를 해결하고 나면 얼마를 건질지 안타까웠다. 나는 엎친 데 덮친 격이 된 그 일을 내가 당한 듯 마음이 언짢아서 아이를 데리고 들어가는 주부를 바라보았다.

집행관이 오래된 집의 사건 번호를 불렀다. 곧이어 내 이름도 불렀다. 단독 입찰이었다. 나는 앞으로 뛰어나갔다. 집행관이 황당하다는 표정으로 나를 쳐다보았다.

"이민호 씨, 무효입니다."

나는 집행관의 입을 바라보았다.

"입찰금과 입찰 보증금을 바꿔 써서 무효입니다."

더 이상 서 있을 수가 없어서 앞의 빈자리에 털썩 주저앉았다. 수정을 잃느니 집을 포기하는 편이 낫다고 생각하기도 했지만 막상 일이 허사가 되고 보니 맥이 풀리고 허망했다. 오래된 집을 찾아갔을 때 느꼈던 기이함과 낙찰받을 것을 상상하며 기꺼이 바쳤던 시간들이 한 편의 영화처럼 눈앞을 지나갔다. 안개가 낀 것처럼 눈이 흐릿했다. 몽롱한 의식 사이로 오래된 집의 마당이 보였다. 마당에는 어머니가 서 있었다. 어머니 옆에는 아카시아도 있었다. 하얀 꽃 무더기에 둘러싸인 어머니는 행복해 보였다. 나는 어머니를 향해 달려갔다.

치자꽃

그해 여름, 아버지는 얼굴이 야위고 배가 불룩하게 솟아올랐다. 한 손으로 오른쪽 배를 누른 채 대문을 들어서는 모습이 후줄근해 보였다. 토방 앞에 매어져 있던 진돌이가 아버지를 향해 앞발을 쳐들며 낑낑거렸다. 마루에서 숙제를 하던 나는 얼른 일어나 아버지의 가방을 건네받았다. 아버지는 진돌이와 나를 보고 잠깐 미소를 지었지만 다시 미간을 좁히며 마루 위로 한 발을 올려놓았다. 창백한 이마는 땀에 젖어 번들거리고 눈자위는 거무스름했다. 아버지는 몸을 구부정하게 숙이고 안방으로 들어가 남방셔츠의 단추를 풀었다.

"많이 불편해요?"

부엌에서 나온 엄마가 아버지의 이마를 수건으로 자근자근 눌러주며 물었다. 아버지는 천천히 고개를 끄떡이며 방바닥에 무너지듯 주저앉았다. 엄마가 장롱에서 요를 꺼내 아버지의 등 뒤에 깐 뒤 다시 부엌으로 나갔다. 아버지는 끙 하고 신음을 토하며 요 위에 왼쪽 어깨를 세우고 누웠다. 안방 뒷문을 타고 들어온 석양빛이 아버지의 발치께를 비추어 전등불이 들어온 것처럼 환했다.

나는 숨을 죽인 채 겁먹은 얼굴로 아버지를 바라보았다. 눈을 감고 조용히 누워 있는 아버지는 원래도 많지 않은 볼살이 턱 밑으로 쏠려 입이 도드라져 보였다. 갑자기 팔다리에서 힘이 빠지며 오금이 저렸다. 등판에 한 줄기 바람이 지나간 듯 서늘한 기운이 감돌았다. 한낮 땡볕 아래 상추같이 늘어져 있는 아버지는 골목 어귀에서 기침소리만으로도 나를 안심시키던 아버지가 아니었다. 5분쯤 지났을까. 아버지의 숨소리가 고르게 들렸다. 나는 살며시 일어나 발뒤꿈치를 쳐들고 방을 나왔다.

오른쪽 배가 시큰거린다며 아버지가 약국에서 진통제를 사 온 것은 한 달 전이었다. 아버지는 약을 먹은 뒤 통증이 가라앉았다고 안심했지만 화분을 옮기느라 힘을 쓰자 다시 배가 땅긴다면서 자리에 누웠다. 엄마는 하루라도 빨리 도시의 병원에 가야 한다며 성화였다. 그러나 초등학교 교사인 아버지는 학교 수업을 핑계로 병원 가는 일을 차일피일 미루었다.

학기말 시험이 끝난 다음 날 아버지는 첫차를 타고 두 시간이 걸리는 대전으로 떠났다. 엄마가 아버지를 배웅하라며 동생과 나를 깨웠지만 나는 잘 뜨이지 않는 눈을 비비며 방 안에서 아버지에게 꾸

빽 고개만 숙이고 곧바로 다시 잠이 들었다. 진돌이가 낑낑거리는 소리가 꿈속인 양 어렴풋이 귓전을 맴돌았다. 학교에 가기 전 나는 평소와 달리 꽃밭 앞에서 한참을 서 있었다. 봉선화 꽃잎이 맺히기 시작하는 꽃밭에는 치자가 푸른 잎에 윤기를 더해 가고 있었다. 우리 집 꽃밭에는 치자꽃 향기를 좋아하는 아버지 덕분에 치자가 다섯 그루나 되었다.

저녁에 나는 동생과 진돌이를 데리고 10분 거리인 장터의 주차장으로 향했다. 버스가 들어오는 시간까지는 30분 정도 남아 있었다. 나는 스펀지에 물이 스미듯 삽시간에 어둠이 내려앉은 큰길을 천천히 걸었다. 멀리 우시장 가까이 있는 극장에서 새마을 노래가 들렸다. 주택가를 지나고 면사무소 옆길로 접어들었다. 거무죽죽한 측백나무 울타리 사이로 이름 모를 꽃향기가 풍겼다. 네모지고 넓은 앞마당을 가진 면사무소는 마당 둘레가 모두 꽃밭이었다. 나는 측백나무 뒤에서 귀신이라도 나올까 봐 다리에 힘을 준 채 동생 뒤를 따라붙었다. 나보다 네 살 어린 남동생은 무엇이 그리 좋은지 진돌이의 끈을 잡고 깡충깡충 뛰면서 앞장을 섰다. 어둑어둑한 길에 하얀 진돌이의 몸뚱이가 밤바다 위에 흰 돛단배가 떠가듯 출렁이며 가고 있었다.

진돗개란다. 아버지는 친구에게서 진돌이를 얻어 오던 날, 무겁게 눈꺼풀을 밀어 올리는 강아지를 내려놓으며 자랑스럽게 말했다. 진돌이는 태어날 때부터 무녀리였다고 했다. 나는 비실거리는 진돌이가 가여워 우유도 직접 먹이고 학교에 갈 때도 엄마에게 당부를 잊지 않았다. 동생이 하나 더 생긴 듯 마음이 쓰였다.

버스가 들어왔다. 동생과 나는 버스 앞으로 우르르 달려갔다. 버스에서 내리는 아버지의 표정이 굳어 있었다. 우리는 아버지에게 다가갔다. 진돌이도 아버지 가슴께까지 뛰어오르며 아버지를 반겼다. 아버지는 어설프게 웃으며 우리를 과자 가게로 데려갔다. 먹고 싶은 것을 고르라며 상점 앞에 서 있는 아버지의 얼굴은 불빛 아래서 보니 아침보다 더 핏기가 없고 퍼석해 보였다.

"내가 따라갔어야 했는데……."

다음 날 엄마는 마루에 앉아 빨래를 개며 옆집 옥이 엄마에게 하소연했다. 아버지는 병원을 다녀온 뒤 예전과 다름없이 출근했지만 몸이 더 나빠지는 것을 감추지 못했다. 어쩌다 쉬는 시간에 아버지가 담임한 교실 복도를 지나노라면 의자에 앉아 있는 아버지가 보였다. 나는 못 본 척하며 얼른 그 앞을 떠났지만 언제 아버지에게 무서운 일이 닥칠지 몰라 불안했다. 동네 사람들 사이에는 아버지가 암에 걸렸다는 입소문이 퍼져 있었다. 아버지는 배에 혹이 생겼다는 진단을 받은 이후 더 이상 병에 대해 걱정하지 않았다. 엄마는 서울로 가서 정밀 검사를 받자고 매일 주장했지만 아버지는 생각이 달랐다. 고치지 못할 병이면 진료비만 없애느니 조용히 죽는 것이 남은 식구들에게 도움이 된다며 편안한 표정이었다.

방학이 가까워지자 온 세상이 후끈거리는 듯했다. 점심시간이 되기도 전에 예순세 명이 앉아 있는 교실의 공기는 후덥지근해졌고 운동장에는 불 같은 뙤약볕이 쏟아져 체육 시간에도 나무 그늘에서 줄넘기와 공기놀이를 했다. 나는 더위 때문에라도 수업이 끝나면 곧장 집으로 돌아왔다. 이글거리는 햇살 때문에 땀을 흘리고 갈증을 느끼며 대문을 들어서곤 했다. 진돌이는 제 집 옆 감나무 그늘에 누워서 내가 가까이 다가가도 귀만 쫑긋 세울 뿐 몸을 일으키지 않았다. 집 앞 도랑 너머 들판에서도 여름이 무르익는 냄새가 풀 냄새에 섞여 풍겨 왔다.

나는 엄마가 바깥일을 보러 갈 때면 아버지 시중을 드느라 집에 남아 있었다. 그날도 엄마는 일꾼을 얻어 논바닥에 뿌리를 내리기 시작한 풀을 뽑으러 아침부터 논으로 갔다.

버스 길옆의 논은 아버지가 할아버지에게 물려받은 유산 중 재산 가치가 가장 높은 땅이었다. 원래 더 넓은 땅이었는데 새로 생긴 신작로로 3분의 1쯤이 잘려 들어가는 바람에 1000여 평만 남게 되었다. 큰길가에 있으니 논을 메워 집터를 만들면 더 비싼 땅이 될 거라고 친구가 권해도 아버지는 할아버지가 남긴 땅이니 그대로 보존하고 싶다며 농사만 지었다.

아버지와 나는 치자 꽃망울이 맺히기 시작한 꽃밭을 바라보며 엄마를 기다렸다. 아버지의 배는 혹이 자라서인지 양조장 사장 배보다 더 불룩했다. 마당의 들마루에 누워 익은 호박 속보다 더 고운 저녁 해가 동그랗게 떠 있는 서쪽 하늘을 열린 부엌 뒷문 사이로 올려다보던 아버지가 내게 말했다.

“치자는 꽃도 예쁘지만 향기는 더 좋단다. 향기를 간직한 사람이 되어야 한다.”

나는 치자 향기에 대해 깊이 생각한 적이 없었으므로 빨리 치자꽃이 피기만 바랐다. 나중에 어떤 사람이 되는 것보다 아버지와 같이 치자꽃을 보고 향기를 맡는 일이 더 중요한 것 같았다. 아버지는 논에 물이 많은지 적은지도 모른다고 엄마에게 핀잔을 들어도 학교에서 돌아오면 방에서 책을 읽었다. 앞집 아저씨처럼 술주정도 안 하고 엄마가 부녀회 모임에서 늦게 오는 날은 나와 동생의 저녁을 차려 주었다. 아버지는 밥상 앞에서 숟가락을 물고 있는 동생과 나를 위해 남은 반찬과 된장찌개를 넣고 비빔밥을 만들었다. 아버지와 같이 먹는 비빔밥은 고추장을 넣지 않아도 엄마가 해 준 것보다 더 맛있었다.

아버지의 병이 깊어 가자 엄마는 나와 남동생에게 화초에 물 주는 일을 맡겼다. 하지만 나도 동생도 그 일을 잊을 때가 많았다. 나는 5학년이라 숙제하기 바빴고 동생은 1학년인데도 노느라 정신이 없었다. 우리 반은 공부를 제일로 치는 담임 때문에 시험이 끝났는데도 숙제가 많았다. 아버지는 병이 나기 전에는 언제나 내가 공부하는 곁을 지켰다. 설핏 잠이 들었다가도 내가 모르는 것을 물으면 벌떡 일어나 내 말에 귀를 기울였다. 나는 되도록 아버지를 피곤하게 하지 않으려고 전과를 보며 숙제를 했다. 그래도 아버지는 늦게까지 불을 켠 채 내가 잠들 때까지 기다리곤 했다.

여름 방학이 시작되었다. 외할머니가 온 것은 방학 다음 날이었다. 엄마가 눈물을 글썽이며 큰 보퉁이를 이고 대문을 들어서는 외할머니를 맞이했다. 진돌이는 허공을 향해 뛰어오르며 컹컹 짖었다.

"김 서방은?"

"학교에 잠깐 갔어요."

외할머니가 마루에 걸터앉더니 보퉁이 속에서 헝겊으로 돌돌 만 돈뭉치를 꺼냈다.

"아버지가 주시더라, 꼭 살리라고……."

엄마는 손등으로 눈가를 훔치며 돈을 받았다. 외할머니의 눈언저리도 불그죽죽했다. 나는 마을 회관 앞마당만큼 넓은 외갓집의 타작마당을 떠올렸다. 엄마는 결혼 전 직장 생활을 했지만 농사일에도 밝았다. 처녀 때는 쌀가마니도 들었다며 일머리를 모르는 아버지를 놀리곤 했다.

저녁나절에는 명도 할머니가 들렀다. 아버지와 엄마를 중매한 명도 할머니는 외할머니의 어릴 적 친구이기도 했다. 며칠 전 장에서 만났을 때 엄마가 외할머니가 오신다는 소식을 전하던 일이 생각났다. 진돌이가 명도 할머니를 보고 꼬리를 흔들었다. 젊어서는 근동에서 가장 유명한 점쟁이였던 명도 할머니는 점 볼 때 문밖에서 새 소리가 난다고 새 명당으로 불렸다. 나이 든 지금은 가을 추수 후 고사나 지내 주고 정월 신수점이나 봐주는 정도의 활동을 하고 있었다. 엄마는 평소 명도 할머니의 거짓말에 속아서 시집을 왔다고 억울한 듯 불평하면서도 오기만 하면 건넌방 아랫목에 자리를 깔아 주며 대접이 깍듯했다. 친할머니를 일찍 여읜 동생과 나는 명도 할머니를 잘 따랐다. 가끔 오는 서울의 작은할머니는 무당에게 할머니가 당키나 하냐며 우리를 못마땅해했지만 나는 고사떡도 잘 갖다주는 명도 할머니가 좋았다.

외할머니는 명도 할머니에게 아버지의 운세 좀 뽑아 보라고 부탁했다. 엄마는 서울 갈 준비를 하느라 보퉁이를 여러 개 꾸리고 있었다. 명도 할머니가 엄지손가락으로 나머지 네 손가락을 차례로 찍으며 입술을 움찔거렸다.

"아픈 수가 들어와서……."

명도 할머니는 말끝을 흐렸다. 외할머니가 죽지는 않겠느냐고 다시 물었다. 엄마도 잠깐 일손을 멈춘 채 굳은 얼굴로 명도 할머니의 입을 바라보았다. 생과 사를 가르는 긴장된 순간이 흘렀다. 진돌이는 토방 밑에 네 발을 받치고 앉아서 두 귀를 세우고 있었다. 명도 할머니는 눈을 한 번 감았다 뜬 다음 아홉수가 들어서 그러니 액막이를 해 줘야 된다며 입을 다물었다.

엄마가 아버지를 이끌다시피 하며 서울로 떠난 지 사흘이 지났다. 엄마는 우선 작은할아버지 집에 짐을 푼 뒤 병원을 알아보겠다고 떠날 때 말했다. 선희야, 엄마가 없을 때는 네가 우리 집에서 엄마 대신이란다. 외할머니가 계시지만 네가 동생도 챙기고 진돌이 밥도 주어야 한다. 엄마는 서울로 떠나기 전날, 장롱을 정리하며 내게 당부했다. 아버지는 어색한 웃음으로 절박한 심정을 얼버무리며 버스 정거장까지 배웅 나온 친구들과 악수를 나누었다. 나는 흙먼지를 일으키며 출발한 버스가 가물가물해질 때까지 신작로에 서 있었다. 집에 와서도 허리를 꼬부린 채 버스 위로 올라가던 아버지의 구부정한 뒷모습이 오랫동안 잊히지 않았다.

엄마와 아버지가 없는 집은 여름인데도 썰렁했다. 나는 아버지의 책상에 앉아 여름 방학 숙제를 했다. 그 책상은 엄마가 쌀 반 가마 값을 주고 목수에게 특별히 부탁하여 마련한 것이었다. 책상에 얼굴을 대고 엎드리니 아버지의 냄새가 전해져 오는 것 같았다. 문득 아버지를 영영 볼 수 없을지도 모른다는 불안감에 눈시울이 뜨거워졌다. 나는 누가 볼세라 얼른 눈물을 닦았다. 제 집 앞에 나와 있던 진돌이가 나를 보고 낑낑댔다. 대문 밖으로 나가고 싶다는 뜻이었다. 나는 저녁나절이면 진돌이를 데리고 퇴근하는 아버지를 마중 가곤 했었다. 진돌이의 끈을 쥐고 대문을 나섰다. 막 꼬리를 감춘 저녁 햇살이 서쪽 하늘가에 불그스레한 그림자를 남기고 있었다. 진돌이는 다른 때와 달리 얌전히 걸었다. 집으로 돌아가는 어른들을 보자 아버지가 생각나 다시 마음이 울적했다.

집에 오니 해가 졌는데도 동생이 들어오지 않았다며 외할머니가 걱정하고 있었다. 진돌이를 매어 놓고 고샅으로 나섰다. 동생은 엄마가 서울로 떠난 뒤 숙제도 안 하고 놀러만 다녔다. 엄마가 해 줄 때보다 편식도 심하고 밥도 번번이 남겼다. 외할머니가 만든 반찬은 조금 짜긴 해도 맛은 엄마가 한 것과 비슷했다. 나는 찐빵집 앞에서 서성거리는 동생을 데리고 집으로 왔다.

"외할머니가 애써서 만들어 주신 음식인데 맛있게 먹어야 되지 않겠니? 그래야 아버지도 빨리 나아서 오시지."

나는 외할머니 몰래 동생을 타일렀다. 어느 결에 엄마의 말투를 흉내 내고 있었다.

"살림이 이렇게 간소해서야 ……."

어느 날, 광 속에서 외할머니의 탄식 소리가 새어 나왔다. 아버지의 병구완에 바빴던 엄마는 생필품을 사다 놓을 여유가 없었다. 엄마가 있었으면 이웃에서 솎음 푸성귀가 많이 들어왔을 철인데도 열무 한 소쿠리 가져오는 사람이 없었다. 명도 할머니가 가져온 감자가 전부였다. 외할머니는 장에서 열무를 사다가 김치를 담갔다. 꽃밭에 수북하던 풀도 명도 할머니와 함께 모두 뽑았다. 나는 꽃망울이 벌어지기 시작하는 치자를 들여다보았다. 치자꽃이 지기 전에 아버지가 돌아올 수 있을지 걱정스러웠다. 나는 꽃밭 구석에 있는 자두나무에서 다 익은 자두를 따서 바가지에 담았다. 자두는 가지가 휘어질 정도로 많이 달려 있었다. 내 초등학교 입학 기념으로 엄마가 아버지 몰래 사다 심은 나무였다. 아버지는 꽃밭에 그늘이 진다고 불평했지만 자두나무를 뽑지는 않았다. 엄마는 매년 자두를 딸 때마다 맨 처음 따는 자두는 아버지가 먹는 것이라고 동생과 내게 일렀다. 나는 따 놓은 자두 중에서 가장 잘 익은 것 다섯 개를 바가지에 담아 광에 있는 빈 독 속에 갖다 넣었다. 외할머니는 나날이 뻗어 가던 호박 덩굴에서 첫 수확이라며 호박을 한 개 땄다.

엄마에게서 편지가 왔다. 서울로 간 뒤 첫 편지였다. 학교에서 돌아오니 외할머니가 편지를 건네주며 어서 읽으라고 재촉했다. 진돌이는 제 집에서 네 다리를 옆으로 뻗친 채 모로 누워 낮잠을 자고 있었다. 나는 큰 소리로 편지를 읽었다.

외할머니 말씀 잘 듣고 동생도 잘 보살피는지 궁금하구나. 아버지는 대학 병원에 입원하셨는데 진찰을 받은 결과, 악성인지 아닌지는 수술을 해 봐야 안다는구나.

예약 환자가 많아서 언제 수술을 할지 모르지만 엄마는 아버지 병을 꼭 고쳐서 갈 테니 걱정 마시라고 외할머니께 전해 드려라.

"끼니나 제때 먹는지 모르겠구나."

내가 편지를 다 읽자 외할머니는 땅이 꺼지게 한숨을 쉬었다. 동생과 나는 곧바로 답장을 썼다. 동생은 엄마에게 나는 아버지에게 보내는 편지였다.

아버지, 그동안 병환은 얼마나 나으셨나요? 저희는 외할머니의 보살핌 덕분에 잘 있어요. 아버지도 보고 싶고 엄마도 보고 싶어요. 얼른 나으셔서 저도 서울 구경 좀 시켜 주세요. 지금 집에는 자두가 다 익었어요. 제일 먼저 익은 것은 아버지 드시라고 남겨 놓았으니 빨리 오셔서 드세요. 어제부터 치자꽃도 벌어지기 시작했어요. 치자꽃이 다 지기 전에 돌아오시기를 기도할게요.

선희 올림

방학도 일주일이나 지났다. 햇볕은 더욱 기승을 부려 가만히 있어도 목덜미가 끈적거렸다. 저녁을 먹고 앞집 미순 언니를 따라나섰다. 둑 너머에 있는 큰 냇물로 목욕을 가기로 아침부터 약속을 해 놓은 터였다. 엄마가 있었으면 어림도 없었겠지만 외할머니는 순순히 허락해 주었다.

미순 언니와 함께 큰길로 나섰다. 가로등이 듬성듬성 비치는 신작로는 허여스름한 모습을 드러내고 있었다. 나는 엄마에게 꾸지람을 듣고 마음이 울적할 때면 신작로로 나가곤 했었다. 신작로에 서서 끝이 보이지 않는 길을 보고 있으면 가슴이 탁 트이고 기분이 상쾌했다. 신작로 끝에는 새로운 세상이 기다리고 있을 것 같았다. 어른들이 말하는 저승도 이승의 끝에 자연스럽게 이어져 있는지도 모른다는 생각이 들었다.

미순 언니와 나는 신작로를 벗어나 둑이 보이는 옆길로 접어들었다. 서너 걸음 앞에 무리 지어 가는 아줌마들이 보였다. 우리는 그들과 동행인 양 발걸음을 맞추어 걸었다. 둑에 이르자 축축한 냇바람이 머리카락을 날리며 얼굴에 부딪쳤다. 비릿한 갯내와 합쳐진 달착지근한 풀 냄새도 콧속으로 스며들었다.

"저기 좀 봐라."

갑자기 미순 언니가 하늘을 향해 고개를 젖힌 채 말했다. 나도 얼른 고개를 젖히고 하늘을 쳐다보았다. 별똥별 하나가 가느다란 꼬리를 남기며 떨어지고 있었다. 나는 별똥별이 어디로 사라질까 궁금해서 그 자리에 서 있었다. 빨리 물가로 내려가자는 미순 언니의 재촉에도 아랑곳하지 않고 다시 하늘을 올려다보았다. 시커먼 하늘엔 은하수가 설탕 가루를 뿌려 놓은 듯 반짝였다. 북두칠성도 찾았지만 집에서 볼 때와 달리 금방 눈에 띄지 않았다. 북두칠성을 가르쳐 주던 아버지의 얼굴만 떠올랐다 사라졌다.

미순 언니는 손전등을 비추며 모래사장으로 내려갔다. 냇물 가까이 이르자 서늘한 기운이 살갗에 닿았다. 내가 옷 놓을 자리를 찾느라 두리번거리는 사이 미순 언니가 먼저 옷을 벗었다. 봉긋한 젖가슴과 실팍한 엉덩이가 희끄무레하게 드러났다. 나는 망울이 생기기 시작해서 스치기만 해도 아픈 젖가슴을 팔꿈치로 건드리지 않게 조심하며 옷을 벗었다.

"물뱀이 있을지도 몰라."

미순 언니가 물속으로 들어가며 나를 돌아보았다. 순간 몸에 오싹 한기가 스치면서 소름이 돋았다. 나는 뒤따라 물속으로 들어가지 못하고 잠깐 심호흡을 한 다음 손으로 물을 떠서 천천히 몸에 발랐다. 우리는 대충 몸을 씻은 뒤 첨벙첨벙 물소리를 내며 장난을 했다.

얼마나 지났을까, 불빛 하나가 원을 그리며 둑 위에 나타났다 사라지기를 반복했다. 간간이 말소리도 들렸다. 밤낚시를 나온 청년들이 분명했다. 냇물 위쪽에서 목욕을 하던 어른들은 어느새 돌아갔는지 기척이 없었다. 미순 언니와 나는 혼비백산해서 몸의 물기도 다 닦지 못하고 재빨리 옷을 입었다. 말소리가 조금 전보다 더 가까이 들렸다. 절벅거리며 뛰다시피 모래사장을 빠져나오는데 누군가 휘익 휘파람을 불었다. "누가 잡아먹나" 하는 말끝에 왁자지껄한 웃음소리가 허공으로 흩어졌다. 우리는 시근벌떡이며 어둠 속을 탈출해 신작로로 나왔다. 놀란 뒤끝이라선지 시커먼 어둠과 겹쳐져 있는 가로수가 유령처럼 무서웠다. 나는 누가 따라오기라도 하듯 정신없이 걸었다. 조용한 신작로에 미순 언니와 나의 절벅거리는 발소리가 울리니 더 기괴스러웠다.

집에 도착하니 옷이 땀에 젖어 축축했다. 진돌이가 눈을 반짝이며 내 몸 가까이 코를 들이댔다. 밤 외출을 허락하지 않던 엄마의 화난 얼굴이 떠올랐다. 외할머니는 들마루에서 동생과 함께 잠들어 있었다. 수건으로 땀을 닦고 잠옷으로 갈아입은 뒤 내 방의 모기장 속으로 들어갔다. 벌레에 잘 물리는 나는 모기장을 쳐야 마음 놓고 잠이 들 수 있었다. 처마 밑에 매달아 놓은 형광등 밑에는 나방과 하루살이가 제 세상을 만난 듯 날아들었다. 문득 하루만 살고 죽어야 하는 하루살이가 가여웠다. 사각형으로 된 모기장 안은 꽃만 안 달았을 뿐, 옥이 할머니 장례식 때 처음 본 꽃상여와 거의 흡사했다. 죽으면 이렇게 어둡고 좁은 공간에서 꼼짝도 못하고 누워 있어야 된다고 생각하니 가슴이 답답했다. 눈을 감아야 잠이 들 텐데 눈을 감기가 무서웠다. 눈만 감으면 누군가 깜깜하고 무서운 세계로 나를 데려갈 것 같았다.

엄마가 집에 왔다. 대문을 들어서는 엄마의 얼굴이 꺼칠했다. 진돌이가 먼저 보고 꼬리를 흔들었다. 마루에서 저녁을 먹던 나는 엄마가 반가워서 품에 안기고 싶었지만 그러지 못했다. 엄마는 동생의 머리를 쓰다듬었다.

"무슨 일이 있는 겨?"

"입원비 때문에요."

나는 우리 집도 이제 전화를 놓을 때가 되었다는 생각이 들었다. 지난봄에도 아버지는 전화를 신청하라고 했지만 엄마는 우리 형편에 무슨 전화냐며 반대했었다. 엄마는 쌀이 반쯤 섞인 보리밥 위에 된장찌개 국물에 적신 호박잎을 얹어 허겁지겁 밥 한 그릇을 다 먹었다. 외할머니는 안쓰러운 눈길로 엄마를 쳐다보았다. 후줄근해진 블라우스가 땀에 젖은 엄마의 등판 위에 달라붙어 있었다. 나는 기운 빠져 보이는 엄마의 모습이 낯설어서 다시 엄마를 바라보았다. 나는 아버지가 아프기 전에도 엄마가 아버지를 의지해 산다고 생각하지 않았다. 아버지를 포함한 우리 식구 모두는 아침부터 엄마에게 잔소리를 들으며 학교를 갔고 집에 돌아와서는 엄마가 시키는 대로 집안일을 거들었다. 나는 연탄불도 갈 줄 모르는 아버지보다 농사일도 잘하는 엄마가 훨씬 씩씩하다고 늘 생각했다.

이튿날, 엄마는 햇살이 퍼지기도 전에 짐을 다 꾸렸다. 병원비 때문에 늦은 밤까지 들락거렸는데 그것도 해결이 잘된 모양이었다. 아버지는 다음 주에 수술을 하는데 피 주사까지 맞으려면 돈이 많이 들 거라고 엄마는 말했다. 아버지가 아끼는 논은 벌써 내놨지만 아직 임자가 나타나지 않고 있었다. 엄마는 장아찌도 덜어 담고 풋고추도 땄다. 아버지가 병원 밥을 잘 안 먹어서 밥을 따로 해 주는데 집에서 먹던 반찬을 찾는다는 것이다. 아버지는 집에 있을 때도 채소 종류는 다 좋아하는 편이었다. 여름에는 아침에도 상추쌈을 마다하지 않았으며 겨울에는 동생과 나를 데리고 찬밥에 김치도 가리지 않고 밤참을 먹었다. 엄마가 댓돌을 내려서자 진돌이가 두 발을 높이 들며 뛰어올랐다.

"진돌아, 집 잘 지켜야 한다."

엄마는 내게 말하듯 진돌이에게 이른 뒤 보퉁이를 들고 대문을 나섰다. 외할머니도 따라나섰지만 엄마는 나만 따라오라며 작은 보퉁이를 손에 들려 주었다.

"아버지가 네 편지 받고 우셨단다. 아버지가 잘못되면 누가 너를 서울 구경 시켜 주느냐고."

어머니는 길게 한숨을 쉬었다. 나는 갑자기 가슴이 먹먹하고 눈앞이 흐려져서 앞만 보고 걸었다. 아버지가 더더욱 보고 싶었다.

장날, 나는 아껴 두었던 머리핀을 꺼내 오른쪽 머리에 꽂았다. 리본 모양의 머리핀은 군청색 플라스틱으로 된 리본의 가운데에 까만 인조 보석이 박혀 있었다. 내가 아버지에게 머리핀을 선물 받은 것은 지난해 4월이었다. 내가 쓴 산문이 어린이 신문에 실려 글짓기반에 뽑힌 뒤였고 반장이던 나는 두 패로 갈린 반 때문에 학교 가는 일이 곤혹스럽던 때였다. 나는 봄꽃에 대한 글짓기 숙제를 위해 누렇게 꽃잎이 변하기 시작한 목련 앞에 서 있었다. 변색된 꽃잎은 뽀얗고 우아한 우윳빛 꽃잎이 짐작되지 않을 정도로 보기 흉했다. 필 때와 질 때가 매우 다른 것이 교활한 인간의 모습 같았다. 새 학기 학급 선거에서 반장에 뽑힌 나는 부반장 험담을 하는 친구를 가까이하면서 부반장과 감정 대립이 심했다. 부반장도 만만치 않았다. 아버지는 중학교 교장이고 어머니도 서울에서 여고를 다녔다고 자랑했다. 점심시간에 도시락을 싸 가지고 온 부반장의 어머니가 담임을 상담할 정도였다. 아버지는 후배인 담임에게 소식을 들었을 텐데도 알은체하지 않았다.

나의 통치력을 구경만 하던 담임은 학급 회의 시간에 반 학생들을 운동장에 모이라고 한 뒤 나와 부반장을 나란히 세웠다. 담임은 각자 원하는 대로 나와 부반장 뒤에 가서 줄을 서라고 일렀다. 아이들이 길게 꼬리를 만들며 줄을 섰다. 다행히 내 뒤에 있는 사람이 여덟 명 더 많았다. 평소에 내 편이라 여기게 내 의견에 맞장구를 치던 친구는 부반장 뒤에 서 있었다. 담임은 나를 지지하는 사람이 과반수를 넘었으니 부반장이 승복하라고 일렀다.

그 일이 있은 뒤, 나는 학교생활도 시들하고 인간에 대한 믿음이 약해져서 친구들과 말을 섞기가 조심스러웠다. 책이나 읽으며 밖에 나다니는 것을 삼가고 있었다. 아버지가 경주에서 오던 날도 나는 저녁밥 짓는 일을 거들라는 엄마의 청을 듣는 둥 마는 둥 마당을 서성이며 아버지를 기다렸다. 6학년 담임 반 학생들과 수학여행에서 돌아온 아버지는 아무 말 없이 내 손에 머리핀을 쥐여 주었다. 엄마는 아이에게 비싼 머리핀이 웬 거냐고 핀잔을 주었지만 아버지는 오히려 내 외출복이 변변찮다며 엄마를 나무랐다.

나는 외할머니에게 친구 집에 숙제하러 가도 되느냐고 물었다. 외할머니는 남의 집에서 오래 있지 말라며 외출을 허락했다. 나는 물 건너 동네로 향했다. 그곳에는 짝꿍 명자가 살고 있었다. 지난 장날 명자를 만났을 때 이번 장날 둑에서 만나 같이 가기로 약속을 해 둔

터였다. 둑에는 풀이 많았다. 식물 채집에 쓸 풀을 뽑으며 천천히 걸어서 둑으로 갔다.

명자는 벌써 와서 나를 기다리고 있었다. 아침이라 그런지 둑길에는 내를 건너 장을 보러 오는 사람들이 끊이지 않았다. 명자와 함께 내를 건너기 위해 냇가로 내려갔다. 명자가 건너기 쉬운 곳을 알고 있다며 앞장을 섰다. 나도 신발을 벗어 들고 냇물에 발을 들여놓았다. 장딴지까지 차오르는 냇물은 어느 쪽으로 흐르는지 모를 정도로 천천히 흐르고 있었다. 명자를 따라가던 나는 발에 와 닿는 물의 감촉이 너무 기분 좋아서 잠깐 그 자리에 멈춰 서 있었다. 명자네 집에 가지 않고 이대로 물에서 놀다 가도 좋을 것 같았다.

"빨리 안 오고 뭐하니?"

앞서 가던 명자가 소리를 질렀다. 나는 명자를 따라가려고 급하게 발을 내디뎠다. 발밑에 돌멩이가 밟혔다. 물때 낀 돌은 미끄러웠다. 몸의 중심을 잃고 한 손을 휘저으며 기우뚱거렸다. 어느새 내 곁으로 온 명자가 나를 부축했다.

동네는 텅 빈 듯 조용했다. 명자는 쏟아지는 햇살을 피해 나무 그늘 밑으로만 걸으며 인적이 드문 고샅길로 접어들었다. 명자네 집은 동네 안쪽에 있었다. 명자는 남자 반 반장에 대해 아는 것이 없느냐고 물었다. 나는 반장과 같은 동네에 살고 있지만 그에 대해 아는 것이 별로 없었다. 예비군 중대장인 그의 아버지에게 아버지 심부름을 한 번 간 것이 전부였다. 명자는 심부름 갔을 때 반장도 있었는지 눈망울을 반짝이며 꼬치꼬치 캐물었다. 나는 반장에게 별다른 생각이 없었지만 명자가 얼굴을 붉히며 물어서 마음이 편하지 않았다.

"우리 밭에서 딴 거야."

명자는 부엌에서 참외를 가져와 배꼽과 꼭지를 칼로 자른 다음 내 손에 들려 주었다. 명자는 나보다 한 살 많기도 하지만 칼질도 엄마처럼 잘했다. 나는 껍질째 먹는 참외가 달고 맛있어서 정신없이 먹었다. 그때 명자를 부르는 작은 목소리가 들렸다. 나는 어린이 연속극에서 들은 귀신 소리 같은 그 소리가 너무 이상해서 하마터면 먹던 참외를 떨어뜨릴 뻔했다. 명자는 얼른 일어나 아래채의 문이 반쯤 열린 방 앞으로 갔다. 나는 무엇에 홀린 듯 명자를 따라 그리로 갔다. 방 안에는 하얀 머리카락이 헝클어진 노인이 앉아 있었다.

"물 좀 다오."

노인은 명자에게 말했다.

"우리 할머니야."

명자가 부엌으로 가며 말했다.

"날 데리러 오셨수?"

노인이 나를 힐끗 쳐다보며 물었다. 나는 영문을 몰라 가만히 있었다. 그때까지 그렇게 늙은 사람을 나는 보지 못했다.

"우리 할머니가 너를 보고 저승사자인 줄 아나 봐."

명자가 노인에게 물그릇을 건네며 말했다. 노인은 천천히 물을 마셨다. 정신이 오락가락하게 된 뒤론 모르는 사람만 보면 저승사자냐고 묻는다고 명자는 말했다. 문득 아버지에게도 저승사자가 왔으면 어쩌나 염려되었다. 나는 처음으로 아버지도 죽을 수 있다는 사실을 깨달았다. 명자 할머니에 비하면 아버지는 얼굴에 주름살도 없고 머리도 까만데 죽어야 한다면 얼마나 아까운가. 어떻게든 아버지를 살려야 할 것 같았다.

저녁 먹을 시간이 다 되어서야 집으로 돌아온 나는 아버지를 살려달라고 하느님과 돌아가신 할머니에게 간절히 기도했다. 죽음을 체험하기 위해 손으로 코를 막고 숨을 최대한 참았다. 가슴이 답답하고 눈이 튀어나올 것 같았다. 정말 이대로 죽을지도 모른다는 생각을 하자 살고 싶은 의욕이 강렬히 솟았다. 1분도 버티지 못하고 코에서 손을 뗐다. 나는 아버지에게 저승사자가 오면 어떻게 막을까 궁리하며 밤새 뒤척이다가 새벽녘이 되어서야 잠이 들었다. 꿈속에서 나는 검은 옷을 입은 사람에게 쫓기고 있었다. 어딘지 모르지만 앞을 향해 힘껏 도망을 쳤다. 한참을 달려갔나 싶었는데 갑자기 낭떠러지가 나왔다. 눈앞이 아득했다. 두 눈을 꼭 감고 낭떠러지 밑으로 뛰어내리는데 몸이 붕 떴다고 느끼는 찰나 악 소리를 내며 눈이 번쩍 뜨였다. 내가 정말 살았나 싶어 목을 빼고 모기장 바깥을 내다보았다. 희끄무레한 여명이 어둠을 밀어내고 있었다. 온몸에 식은땀이 흘러 한기가 느껴졌다.

"왜 이렇게 기별이 없다냐?"

엄마에게서 소식이 없자 외할머니는 편지가 왔어도 댓 번은 왔을 거라며 걱정이 많았다. 엄마는 다녀간 지 일주일이 넘었는데도 편지를 보내지 않았다. 나도 외할머니도 아버지의 수술 소식이 궁금해서 일이 손에 잡히지 않았다. 열흘이 지나도 아무 연락이 안 오자 외할머니는 우체국을 가자며 나를 앞장세웠다. 내게는 엄마가 적어 주고 간 작은할머니의 전화번호가 있었다. 외할머니는 번호를 내밀며 우체국 직원에게 시외 전화를 부탁했다.

"그러니께 수술은 잘되었구먼유."

외할머니는 그런대유, 그래서 어쩌지유를 연발하더니 전화를 끊었다. 나는 아버지 소식이 궁금했지만 팽팽하게 긴장한 얼굴의 외할머니가 아무 말 없이 집으로 가는 바람에 말을 꺼내기 어려웠다. 집에 도착한 외할머니는 마루에 앉자마자 땅이 꺼질 듯 한숨부터 쉬었다.

"수술은 잘됐지만 경과가 좋지 않다는구나. 네 에미는 애간장이 다 타들어 가련만."

외할머니는 혼잣말을 하듯 허공을 보며 힘없는 목소리로 말했다. 문득 아홉수가 들어 액막이를 해야 된다던 명도 할머니의 말이 내 머릿속을 가득 채웠다.

치자꽃이 활짝 피었다. 꽃밭 근처만 가도 치자꽃 향기가 풍겨 우리 집이 갑자기 호사스러워진 것 같았다. 나는 아버지가 오기 전에 치자꽃이 질까 봐 마음을 졸이느라 꽃이 예쁜 줄도 몰랐다. 동생은 닷새 앞으로 다가온 개학을 준비하느라 밀린 일기에 매달렸다. 나는 곤충 채집을 마지막으로 방학 숙제를 다 마치고 동생의 숙제를 도왔다. 외할머니는 바닥난 옛날이야기 대신 외사촌 남동생이 보고 싶다는 말을 자주 했다. 엄마는 그때까지도 연락이 늦어지고 있었다. 여전히 아침부터 매미가 울었고 저녁에는 풀벌레 소리도 간간이 들렸다.

다음 날, 나는 그동안 궁리해 오던 일을 실천에 옮기기 위해 광으로 갔다. 오랫동안 생각했지만 아버지의 액을 대신할 것은 아무리 찾아도 보이지 않았다. 나는 너무 고민한 나머지 아버지를 살리기 위해서는 그 일이 꼭 필요하다고 믿었다. 무슨 수를 써서라도 집안의 가장인 아버지를 살려야 엄마와 내가 행복할 것 같았다. 광에는 지난번 모임 때 이장이 나눠 준 쥐약이 살강 위에 얹어져 있었다. 까치발을 하고 쥐약이 든 봉지를 꺼냈다. 외할머니는 행여 나나 동생이 쥐약을 만질까 봐 우리 손이 닿지 않는 높은 곳에 그것을 보관했다. 그 무렵 동네에는 쥐가 많았다. 어느 날은 머리맡에 두고 잔 머리핀을 쥐가 물어 가는 것을 밤중에 오줌 누러 일어났다가 보기도 했다. 나는 큰 봉지에서 쥐약 한 봉을 꺼낸 다음 나머지는 도로 올려놓았다. 마침 장날이어서 외할머니는 장에 가고 집에는 나 혼자였다.

저녁밥을 먹기 전 연탄불에 고등어 굽는 냄새가 마당까지 풍겼다. 외할머니는 꽁치를 살까 하다가 내 생각을 해서 고등어를 샀다고 호들갑스럽게 말했다. 밥상 위에는 잘 구운 고등어 한 마리가 접시에 담겨 있었다. 나는 외할머니의 정성을 알면서도 밥을 조금 먹은 뒤

바로 자리에서 일어섰다. 외할머니가 좋아하는 고등어를 구웠는데 왜 밥을 조금밖에 안 먹느냐며 성화를 대었지만 나는 밥알이 모래알 같아서 넘기기가 힘들었다.

남긴 밥을 들고 뒤곁으로 갔다. 엄마가 서울로 떠난 뒤 진돌이의 밥은 내가 챙기고 있었다. 내 밥을 진돌이 밥그릇에 쏟은 뒤 감추어 두었던 쥐약을 꺼내 섞었다. 한순간 약을 먹고 죽을 진돌이를 떠올리자 가슴이 아팠지만 아버지를 살리기 위한 다른 방법이 떠오르지 않았다. 입술을 깨물고 슬픔을 삼키면서 쥐약을 섞었다. 눈앞이 흐려져서 진돌이 밥이 잘 보이지 않았다.

진돌이는 밥을 가져온 나를 보자 꼬리를 흔들며 반가워했다. 동생처럼 챙기며 살아온 시간들이 잠깐 내 머릿속을 채웠다. 이를 악물고 우선 진돌이의 목 끈을 풀어 쥐었다. 언젠가 쥐약 먹은 개가 눈에 불을 켜고 마루 밑에 들어가서 으르렁거리는 것을 보았기 때문이었다. 진돌이는 너무 좋아서 밥그릇 주위로 뛰어오르며 내 곁을 맴돌았다. 나는 이때다 싶어 진돌이 밥그릇을 땅바닥에 내려놓았다. 진돌이는 허겁지겁 밥을 먹었다. 절반쯤 먹는 것을 확인한 뒤 나는 쥐고 있던 목 끈을 손에서 놓았다. 진돌이는 순식간에 밥을 다 먹고 대문 밖으로 쏜살같이 내달았다. 나는 내 방으로 살며시 들어와 이불을 뒤집어쓰고 누워서 흐느끼며 울었다. 외할머니와 동생은 그때까지도 안방에서 밥을 먹고 있었다.

울다가 깜빡 잠이 들었는가. 나는 외할머니가 깨우는 소리에 눈을 떴다. 진돌이 끈이 풀어져서 어쩌느냐고 외할머니는 걱정스러운 얼굴로 물었다. 나는 곧 돌아올 테니 걱정하지 말라고 담담히 말했다. 외할머니는 내 목소리가 떨리는 것을 눈치채지 못하고 방으로 들어가 누웠다.

진돌이의 소식을 안 것은 이틀 뒤였다. 산에 나무하러 갔다 온 옥이 아빠가 산기슭에 죽어 있는 진돌이를 보았다고 전했다. 외할머니는 옥이 아빠에게 진돌이를 양지바른 곳에 묻어 달라고 부탁했다. 나는 진돌이에게 미안했지만 아버지의 액막이를 한 것 같아 안도의 한숨을 쉬었다.

개학 전날, 아버지가 동구 밖에 모습을 나타냈다. 동생과 나는 아버지를 부르며 달려갔다. 아버지는 턱이 뾰족해지고 광대뼈가 드러난 얼굴로 어깨를 구부린 채 내 등을 토닥였다. 나는 노인처럼 굼실굼실 걷는 아버지가 낯설어 부축하지 못하고 잠시 쭈뼛거렸다. 그러다 문득 저승사자를 막아야겠다는 생각이 머리를 스쳐 얼른 아버지를 부축했다. 집 앞에는 옥이 엄마를 비롯한 동네 어른들이 아버지를 기다리고 있었다.

"내 집에 오니 좋구나."

아버지는 마루에 걸터앉아 잠시 심호흡을 했다. 엄마는 짐을 내려놓자마자 안방으로 들어가 요부터 깔았다. 치자는 벌써 콩만 한 열매가 맺힌 것도 있었다. 아버지의 눈길이 개집 앞에 머물렀다. 아버지는 고개를 돌려 옆에 서 있던 나를 쳐다보았다. 외할머니가 대신 나서서 진돌이가 쥐약을 먹고 죽은 얘기를 했다.

"그만 잊어버리게."

우두커니 진돌이의 집을 쳐다보던 아버지가 고개를 젖히고 하늘을 쳐다보았다. 어디선가 소슬바람이 불어와 내 목덜미를 스치고 지나갔다. 나는 이제 정말 길고도 힘들었던 여름이 끝났으면 싶었다. 치자꽃이 떨어진 꽃밭에는 벌써 가을이 내려앉아 있었다.

마지막 비행

그는 지팡이를 잡은 왼손에 힘을 모으며 대문을 나섰다. 버스가 다니는 큰길까지는 주택가 골목길이 100미터쯤 이어져 있었다. 걸을 때마다 까만 외투 앞자락이 펄럭였다. 그의 굽히지 않는 왼쪽 다리도 조금씩 드러났다. 골목길을 나온 그는 약국 앞 건널목 앞에서 발을 멈추었다. 빨간 신호등 밑에는 아무도 보이지 않았다. 그는 오른손을 가슴께로 끌어당겨 시간을 확인했다. 약속 시간까지는 30분이 남아 있었다. 6시에는 계 모임도 예정되어 있었다.

"셋째네 들렀다 올 테니 조심해서 다녀오세요."

아내는 아침 설거지를 끝내자 서둘러 나가며 당부했다. 막내아들이 취직한 뒤부터 아내는 아직 아이가 어린 셋째 딸에게 살림을 챙겨주느라 바빴다. 어릴 때 잘 먹이지 못한 딸들이 마음에 걸린다는 것이었다. 회사의 지방 연수원에 가 있는 아들의 보약을 지어 왔을 때도 다물어지지 않는 입을 어쩌지 못하고 콧노래를 흥얼거렸다. 아내의 회갑 때 집문서와 목돈이 든 통장을 넘겨주고도 벌써 2년째였다. 아내는 더도 말고 덜도 말고 이대로 끝까지 갔으면 좋겠다고 했다.

크리스마스가 얼마 남지 않은 거리에는 캐럴이 울려 퍼지고 있었다. 그는 젊은 시절로 돌아간 듯 마음이 흥겨웠다. 기운차게 송림다방의 문을 밀고 들어섰다. 그는 언제나 상대방보다 20~30분 일찍 나가야 마음이 놓였다. 자신이 걷는 모습을 상대방에게 보이고 싶지 않았던 것이다.

다방 입구에서 그는 잠시 발걸음을 늦추면서 주춤거렸다. 그가 즐겨 앉는 창가 자리에 웬 늙은 남자가 앉아 있었다. 창가 자리는 그가 송림을 애용하는 이유 중 하나였다. 바지 주머니에 있는 모형 비행기를 만지며 아쉬움을 달래던 그는 망설임 끝에 반대편 구석 자리로 향했다. 우리 자리는 이미 누가 앉았구먼. 그는 지팡이를 옆자리에 기대 놓고 앉으면서 지팡이가 들으라는 듯 중얼거렸다. 그의 손때가 묻은 지팡이는 반들반들했다. 스러져 가는 겨울 오후의 햇빛처럼 은은한 빛을 내뿜고 있었다.

“오랜만에 나오셨네요, 날이 매우 추워졌지요?”

찻집 아가씨가 탁자 위에 김이 솔솔 나는 엽차 잔을 내려놓았다. 그는 많은 다방이 카페로 개명하는 시대에 옛날 이름을 고수하는 송림이 마음에 들었다. 커피를 주문한 뒤 자신의 오늘 운세를 다시 한

번 점검했다. 갑신甲申 일주에 일진日辰은 경인庚寅이니 운세는 편관偏官과 비견比肩이었다. 일곱 가지 흉살이 있는 날이었다. 민 여사가 전화를 한 것은 그저께였다. 그는 어제야 운세를 맞춰 보았다. 손님에게라면 집에 있으라고 했겠지만 그는 약속을 깨고 싶지 않았다. 민 여사는 사주 상담과 상관없이 어디서 만나도 좋은 유일한 손님이었다. 그는 민 여사 앞에서는 청년 시절로 돌아간 듯 힘이 솟았다. 운세를 설명하다가 건강한 남자처럼 그녀의 손을 잡고 함께 거리를 걷는 착각에 빠진 적도 여러 번이었다. 그는 점퍼 주머니에서 신문을 꺼내 탁자 위에 놓았다. 집에서 읽다 만 두 번째 장을 펼쳤다. 하단부에 무면허 행위를 알았다면 수술 부작용의 30퍼센트는 본인 책임이라는 기사가 눈에 들어왔다. 순간 가슴속에서 울분이 치솟았다. 40여 년이 지났지만 어제 일인 듯 생생하게 기억이 되살아났다.

"수술하면 괜찮을 거요."

진찰을 마친 젊은 의사는 자신 있게 말했다. 원장은 출장 중이었다. 뼈가 부러진 것도 아닌데 수술이라니, 그는 의아한 표정으로 의사의 얼굴을 멀뚱멀뚱 쳐다보았다. 바지 주머니에 양손을 찔러 넣은 채였다. 그는 생각을 정리할 때면 바지 주머니에 손을 넣는 버릇이 있었다. 주머니 속에서 딱딱한 물체가 손에 잡혔다. 엄지손가락 크기의 모형 비행기였다. 그는 세계를 누비는 무역상을 꿈꾸고 있었다.

"수술을 하더라도 사진은 찍어 봐야죠."

그는 서슬 퍼런 의사에게 동의를 구했다. 말을 하면서도 상대적으로 고분고분한 자신이 마음에 들지 않았다. 통증이 시작된 것은 사흘 전이었다. 평소대로라면 대학 병원을 갔겠지만 업무에 쫓기다 보니 시간이 여의치 않았다. 그는 처음 무릎이 시큰거렸을 때 별걱정을 하지 않았다. 어디에 부딪혔거나 운동을 하다가 잘못 디뎠나 보다고 여겼다. 하지만 무릎의 통증이 날로 심해지자 더럭 겁이 났다.

"찍어 보나 마나예요."

의사는 퉁명스럽게 대꾸했다. 염증 같은 것은 사진에 나타나지도 않아요. 마지못한 듯 사진 찍을 준비를 하면서 의사는 또 말을 덧붙였다. 그는 시트 위에 옆으로 누워서 왼쪽 다리가 위로 올라오게 한 장을 찍고 바로 앉은 다음 위에서 다리를 내려다보며 한 장을 더 찍었다. 의사는 사진도 현상하기 전에 바로 이튿날로 수술 날짜를 잡았다. 지금 생각해도 이상한 일은 그가 다른 의사에게 다리를 더 보이지 않고 별 의심 없이 수술을 한 것이었다. 그는 집에서 똑같은 반찬이 연거푸 두 번만 올라와도 젓가락을 대지 않을 정도로 까다로웠다.

수술은 했지만 그의 다리는 한 달이 지나도 나아지는 기미를 보이지 않았다. 걸음을 걷기 위해 왼쪽 다리를 내디디면 장딴지가 땅겨서 다리가 펴지지 않았다. 억지로 펴 보려 했지만 점점 더 오그라드는 증상이 나타났다. 젊은 의사가 그 병원에 온 지 며칠 안 되는 군의관 출신이라는 것은 나중에 안 사실이었다. 군대에서 사병 다루듯 했던 젊은 의사의 말만 믿고 수술한 것을 후회했지만 달리 방법을 찾을 수 없었다. 바쁘다는 핑계로 최선을 다하지 않은 자신이 원망스러울 뿐이었다.

그는 아픈 다리를 끌고 대학 병원으로 가서 정밀 검사를 신청했다. 결과는 염증이 아니라 뼈에 금이 간 것이었다. 담당의는 그 정도면 깁스만 하고 있어도 낫는다는 말을 했다. 의사들끼리 나누는 말을 종합하면 수술하는 과정에서 신경을 건드린 것이 분명했다. 그러나 심증만 있을 뿐 증거를 찾을 길이 막막했다. 동료를 궁지로 몰면서까지 그를 도와주는 의사는 더더욱 기대하기 어려웠다. 결국 그는 장애인이 되었다. 거울 속에는 어깨가 실한 스물일곱 살의 젊은이가 지팡이에 의지한 채 우거지상을 하고 있었다.

아직도 수양이 덜 되었는가, 분노를 삭이기 위해 그는 두 눈을 질끈 감고 한숨을 내리쉬었다. 5분쯤 눈을 감고 있던 그는 휴대 전화 벨소리에 눈을 떴다. 조금 늦는다는 민 여사의 전화였다. 활달한 민 여사의 목소리를 들으니 기분이 조금 좋아져서 휴대 전화를 다시 점퍼 주머니에 넣고 신문으로 눈길을 돌렸으나 자꾸 지난 일이 떠올랐다.

장애인이 된 후, 그는 너무 억울해서 밥도 먹기 싫고 잠도 오지 않았다. 일생에서 가장 푸르러야 할 시기에 장애인으로 살아야 하는 현실이 믿어지지 않았다. 다시는 뛸 수 없는 자신의 앞날이 암담해서 하늘에 칼이라도 던지고 싶은 심정이었다. 그는 그동안 누구보다 잘 살아왔다고 생각하면서 살았다. 가난한 집안의 장손으로 무슨 시험이든 단번에 합격해 어른들의 기대를 모았고, 집안 형편에 맞추느라 지방의 국립 대학에 진학한 뒤에는 장학금도 받았다. 주변 사람을 가슴 아프게 한 기억도 없는 것 같았다. 남보다 일찍 회사원이 된 것은 나이 많은 부모의 외아들인 덕에 군 복무를 면제받았기 때문이었다. 그는 입사 시험을 쉽게 통과해서 회사를 다니고 윗사람에게 인정받기 위해 병원 가는 시간도 줄였던 지난날이 한바탕 꿈을 꾼 듯 허망했다. 운명의 장난으로 돌리기에는 너무 어이없고 분했다.

집안에서도 말들이 많았다. 신부의 팔자가 세다 보니 결혼한 지 반년밖에 안 된 새신랑이 장애인이 되었다는 것이다. 어른들은 장애인이 된 것도 기가 막히지만 대가 끊길까 봐 더 걱정했다. 그의 아버지는 고개도 들지 못하는 며느리를 데리고 관상을 보러 갔다. 너희가 아무리 그래도 우리 며느리는 박복한 사람이 아니라는 것을 밝히고 싶은 오기도 있었다고 아버지는 훗날 속내를 털어놓았다. 그날 아버지는 흡족한 얼굴로 돌아왔다. 나중에 아들딸 낳고 잘 살 테니 걱정 말라고 했다며 마음을 놓았다.

이렇게 사느니 차라리 죽는 게 나아. 점점 힘을 잃어 가는 왼쪽 다리를 밤마다 쓸어 보며 그는 희망이 절망으로 바뀌는 꿈에 시달렸다. 절뚝거리는 자신의 몰골이 보기 싫어 거울을 향해 몇 번 재떨이를 던진 이후로 그의 방에서 거울은 자취를 감추었다. 깰 것을 염려한 아내는 다시 거울을 사 오지 않았다. 그는 자신을 그 지경으로 만든 의사가 죽이고 싶도록 미웠지만 그런다고 굳은 다리가 정상이 되는 것도 아니었다. 아내는 그가 한 번씩 성질을 부릴 때마다 뒤꼍으로 가서 어른들 몰래 울었다.

아내는 아버지가 중매로 선택한 며느리였다. 그가 결혼하고 싶었던 연옥은 대학 때 동아리에서 만났다. 아버지는 집안이 번족하지 않음을 문제 삼아 홀어머니의 외동딸인 연옥과의 결혼을 반대했다. 연옥과는 궁합도 나쁘다는 역술가의 조언은 어른들이 아내와의 혼인을 서두르는 계기로 작용했다. 아내는 모든 면에서 어른들의 조건에 맞는 규수였다.

그는 아버지로부터 정혼하라는 통고를 받고 하늘이 무너지는 심정으로 어른들 몰래 처갓집 동네를 찾아갔다. 영 아니다 싶으면 목숨 걸고 투쟁할 각오를 했는데 먼발치에서 본 인상이 생각했던 것보다 실망스럽지 않았다. 그는 장애인이 된 다음에는 좋아하던 연옥과 헤어진 것이 다행스럽기도 했지만 아내에게도 면목이 서지 않았다. 아무리 생각해도 장애인 남편으로 살아갈 용기가 나지 않았다. 아내는 그만 없으면 홀가분하게 새 출발을 할 수 있을 것이라 생각했다.

아내를 친정에 보낸 뒤 몰래 사 모았던 신경 안정제를 한 움큼 입에 털어 넣고 편안한 마음으로 눈을 감았다. 희미한 의식 속에서 그는 어떤 집 앞에 서 있었다. 그 집으로 들어가려는 순간 어디선가 한복을 곱게 차려입은 여인이 나타나더니 그를 가로막았다. 자세히 보니 2년 전 세상을 떠난 할머니였다. 할머니는 장손인 그를 위해서라면 자신의 목숨도 아깝지 않을 정도로 그를 사랑했다. 반가운 마음에 할머니를 부르며 가까이 다가갔다. 할머니는 가까이 갈수록 불같이 화를 내며 그를 쫓았다. 그는 너무 서러워서 눈물만 흘리다가 눈을 떴다. 순간 아버지의 침통한 얼굴이 눈에 들어왔다. 아버지의 눈가에도 물기가 남아 있었다. 밤낮으로 그를 주시하던 아버지가 한밤중에 신음하는 그를 발견하고 병원으로 옮긴 것이었다. 그는 얼른 다시 눈을 감았다. 눈을 뜨기가, 세상을 만나기가 두려웠다. 이후 그는 아버지의 눈을 똑바로 보지 못했다.

퇴원 후 아버지는 할머니가 생전에 다녔던 절로 그를 보냈다. 말이 요양이지 하루 종일 산이나 쳐다보는 생활이 무료하고 한심해서 견디기 어려웠다. 스님이 공부하라고 갖다 놓은 불경은 거들떠보기도 싫었다. 머릿속에 가득한 것은 분노뿐이었다. 스님이 잠들기를 기다려 소나무에 새끼줄을 걸었다. 스님이 잠시도 틈을 주지 않아 짚은 구할 수 없고 풀 줄기를 뜯어 만든 새끼줄이었다. 지팡이에 의지해 간신히 돌멩이를 딛고 올라서서 새끼줄을 목에 건 뒤, 성한 한쪽 발로 돌멩이를 차려는 순간 소나무 가지가 부러지면서 나뒹굴고 말았다.

그는 고향을 떠나기로 작정했다. 예전의 모습을 기억하는 고향 사람들을 떠나 낯선 사람들 틈에서 새 출발을 하고 싶었다. 장애인이 되기 전에, 그는 농산물 수출 회사에서 3년 반을 일했다. 3년 반 동안 그는 할머니를 잃었을 때를 빼고 한 번도 결근하지 않았다. 사장은 그의 성실성을 신임했다. 그의 소원은 무역 회사 대표가 되는 것이었다. 자신이 나중에 세계를 넘나드는 무역상이 될 것이라는 전제하에 그는 영어 회화 학원도 등록해 놓은 상태였다. 취미도 소원에 맞게 바꾸었다. 원래 모형 자동차를 모으는 것이 취미였지만 세계를 날아다닐 것에 대비해서 모형 비행기로 바꿨다.

취직은 의외로 쉽게 되었다. 서울에서 직장을 다니던 대학 동창이 아는 건설 회사 사장에게 그를 소개했는데 채용하겠다는 연락이 온 것이었다. 복사꽃이 흩날리던 4월, 그는 아내와 함께 고향을 떠났다. 남들이 보기에는 서글퍼 보일 수도 있는 모습이었지만 오히려 그는 홀가분했다. 동구 밖까지 따라온 어머니는 불편한 몸으로 떠나는 그가 안쓰러워 벌게진 눈가를 손수건으로 훔치고 또 훔쳤다. 그는 분홍색 꽃구름과 함께 멀어지는 동네를 바라보며 자신의 활기찼던 젊음도 같이 묻히기를 바랐다. 다시는 고향 산천을 찾지 않으리라 다짐했다. 그것이 아내의 배 속에서 자라고 있는 어린것을 위해 자신이 해 줄 수 있는 최선의 길이라고 생각했다.

사장은 오랜 친구를 맞이하듯 그를 반겼다. 그는 경리 여직원 둘의 도움을 받아 한 달 동안 회사 살림을 파악하느라 바빴다. 원래 경리가 전공도 아닌 데다 외근이 많은 건설 회사라 사무실에 붙박이로 있는 남자 직원은 그뿐이었다. 그는 수입과 지출 내역을 꼼꼼히 살피며 대충 제목만 달아 놓았던 금전 출납부도 사장이 한눈에 알아볼 수 있도록 빠짐없이 정리했다. 한 달 후, 사장은 그를 경리과장으로 승진시키면서 고맙다는 치하를 했다. 전임자는 사장의 처남이었는데 지출이 심해서 그로 바꿨다는 말도 곁들였다. 사장은 처남이 회사 돈에 손을 대는 줄은 알고 있었지만 어느 정도인지 알 수 없었는데 그가 서류 정리를 정확히 하는 바람에 모든 것을 손바닥 보듯 알게 되었다며 기뻐했다. 그는 그동안 잊고 있던 모형 비행기를 다시 모으기 시작했다.

어느 날 사장이 함께 가 볼 데가 있다며 그를 불렀다. 따라간 곳은 사장이 단골로 다니는 철학관이었다. 그를 채용할 때도 철학관에서 감정받은 사실을 사장은 그때서야 털어놓았다. 역술인이 믿을 만한 사람이라고 해서 처음부터 회사 일을 다 맡겼다는 말도 했다. 나이 든 역술인은 그를 보자마자 대뜸 역학을 배우라고 권했다. 관상을 보나 사주를 보나 남의 운명을 감정해 주는 팔자라는 것이었다. 그는 어이가 없어서 말이 나오지 않았다. 그는 꿈에서도 역술인이 되는 것은 상상조차 하지 않았다. 수심에 찬 아버지의 얼굴이 제일 먼저 떠올랐다.

"그런 몸으로 언제까지 회사를 다니겠소? 그냥 한자리에 앉아 할 수 있는 일을 찾아야지."

그는 역술인의 말을 따르기로 했다. 고향의 부모님에게는 비밀로 하라고 아내에게 부탁했다. 사장의 양해하에 한 시간 먼저 퇴근해서 사주학을 배우기 시작했다. 공부는 생각했던 것보다 흥미로웠다. 그는 손님을 맞는 자세부터 배웠다. 일흔이 넘은 노스승은 사람을 눈으로 보지 말고 마음으로 대하라고 가르쳤다. 남의 운명을 감정해 주는 것도 일종의 서비스업인데 정성을 다하지 않으면 공이 쌓이지 않는다는 주장이었다. 그는 사주학을 배우면서 가슴속에 감춰 두었던 칼을 내던졌다. 아니, 버리지 않을 수 없는 운명이라는 것을 알게 되었다. 자신과 아내의 운세를 분석한 결과, 수술할 당시 아내의 운세가 남편을 치는 상관傷官운이었던 것을 알았다. 그렇지만 아내에게는 어떤 말도 하지 않았다. 이제 와서 아내의 운을 탓해 본들 마비된 다리가 정상이 될 것도 아니었다. 어떻게든 점쟁이가 되는 것만은 막아야지 집안의 장손인데. 어렸을 때 할머니가 한숨을 쉬며 어머니에게 신신당부했던 말을 그는 기억해 냈다. 사주학을 알아 갈수록 자신은 역술인이 될 운명을 타고났으며 그 과정에서 사고가 났을 뿐이라고 믿게 되었다.

그가 철학관의 문을 연 것은 공부도 다 마치기 전이었다. 자리를 비운 스승 대신 감정을 해 준 것이 용하다고 소문이 나자 스승은 홀로 설 수 있도록 배려해 주었다. 그는 현저동 산비탈 동네 한옥에 사랑채를 얻어 간판을 달았다. 낮에는 철학관에서 손님을 받고 밤에는 스승에게 공부를 하는 생활이 3개월이나 계속되었다. 손님은 많았다. 그는 역술인이 되었지만 심하게 절룩거리는 자신의 뒷모습을 손님들에게 보이기가 싫었다. 손님이 많을 때는 화장실 가는 횟수도 줄이면서 자존심을 지키기 위해 애썼다. 어느 때는 감정을 하다가도 자신의 다리에 손님의 시선이 오면 얼굴이 화끈거리기도 했다. 그의 앞에서는 깍듯이 선생님이라며 아양을 떨던 손님도 돌아서서는 절름발이 점쟁이라고 수군대는 소리가 들리는 것 같았다. 그는 철학관 책상 서랍에도 모형 비행기를 넣어 두었다. 기분이 우울할 때는 모형 비행기를 보며 허공으로 흩어져 버린 자신의 꿈을 되새김질했다. 그러나 모형 비행기로도 해결되지 않을 정도로 기분이 가라앉은 날은 손님에게 양해를 구한 다음 울적한 마음을 담배 연기에 날려 보냈다.

그는 엉덩이를 조금 돌려 탁자 밑에 뻗치고 있던 왼쪽 다리를 의자 안쪽으로 조금 당겨 앉았다. 그 바람에 옆에 비스듬히 세워 두었던 지팡이가 의자 밑으로 미끄러졌다. 아이고, 미안하이. 그는 얼른 지팡이를 들어 올리며 깜짝 놀라는 시늉을 했다. 바닥의 찬 공기가 올라와선지 다리가 뻣뻣했다. 두 손으로 잘 구부러지지 않는 왼쪽 다리를 주물렀다. 차가 막히는가, 민 여사는 4시가 넘었는데도 보이지 않았다. 다른 볼일을 보고 오는 모양이었다. 이 친구가 많이 늦네. 그는 지팡이 윗부분을 쓰다듬으며 중얼거렸다. 이제 지팡이는 그의 분신이나 다름없었다. 딸에게서 새 지팡이를 받던 날, 그는 가슴속에만 묻어 두었던 이름을 세상 밖으로 내놓았다. 김연옥. 그는 아무리 불러도 질리지 않는 그 이름을 지팡이에 붙였다. 이제 밖에서 그의 동반자는 연옥이었다. 평생 아내를 힘들게 했으니 외출할 때만이라도 그 짐에서 벗어나게 해 주려는 배려였다. 그는 처음 철학관을 열 때 회갑까지만 하고 예순두 살부터는 아내와 시간을 보내리라 작정했다. 예순세 살부터 바뀌는 자신의 대운이 건강을 해치는 운으로 가는 것이 마음에 걸리기도 했거니와 말년은 아내와 여행도 다니면서 한가롭게 지내고 싶었다. 장애인이 된 이후 그는 아내와 동반 외출을 한 적이 열 번도 되지 않았다. 20여 년을 살아온 지금의 동네에서도 그와 아내가 부부인 것을 아는 사람은 손에 꼽을 정도였다. 그는 부득이한 사정으로 동반 외출을 할 때도 아내를 앞서 걷게 했다. 힘들여 걷는 모습을 밖에서까지 보여 주기도 싫었지만 아내가 아는 사람이라도 만날까 싶어서였다.

4시에서도 10분을 더 넘겨서야 민 여사는 전혀 추워 보이지 않는 화사한 얼굴로 그의 앞에 와서 앉았다. 그녀는 눈웃음을 살살 치며 콧소리 섞인 목소리로 그의 안부부터 확인했다. 기름져 보이는 볼은 젊은이 못지않게 토실하고 눈가도 팽팽했다.

"아유, 선생님, 조금 바빠서요. 그러니까 우리 가게로 나오시면 좀 좋아요."

그는 양식은 별로였다. 언제나 한식이 입에 맞았다. 민 여사는 자기네 음식을 먹으라는 것이 아니고 근사한 데 가서 한턱 쏠 수도 있다며 깔깔거렸다. 배 속같이 싹싹하게 구는 민 여사 덕분에 그의 얼굴에도 미소가 피어올랐다. 처음 만났던 젊은 시절로 돌아간 듯 주먹 쥔 두 손에도 불끈 힘줄이 솟아올랐다. 그는 민 여사에게 안 넘어갈 남자가 없겠다는 생각과 달리 무슨 일 때문이냐고 점잖게 말을 이었다. 민 여사는 지금 세 들어 있는 집을 주인이 내놨는데 그것을 사서 다시 짓고 싶은 듯했다. 그는 민 여사와 남편의 운세를 맞춰 보았다. 그녀는 벌기도 잘 벌지만 나가는 것도 많은 팔자를 타고났다. 배포는 남자 못잖아서 사업을 잘 꾸렸다. 그는 명의를 꼭 남편 앞으로 하라고 일렀다.

20여 년 전, 민 여사가 처음 철학관에 왔을 때 그는 숨이 멎는 줄 알았다. 얇은 블라우스에 미니스커트를 입은 그녀는 이맛전이 반듯해서 첫사랑 연옥과 비슷했다. 그는 연옥을 보는 심정으로 아가씨를 바라보면서 왜 왔는지 궁금해했다. 다른 손님과의 상담이 지루하고 정신이 집중되지 않았다. 아가씨는 차례를 자꾸 양보하며 뒤로 처지더니 손님들이 모두 돌아가고 혼자 남게 되자 그와 마주 앉았다. 그녀는 안마 시술소에서 일하고 있는데 하루에도 서너 명씩 남자 손님을 받는다고 했다. 그는 참 별난 손님이 왔다고 생각하며 이야기를 들었다. 그녀는 손님 중에 스무 살 연상의 아저씨가 살림을 차리자고 하는데 어쩌면 좋으냐고 물었다. 그는 아가씨의 사주를 풀어 보았다. 도화살이 있어 한 남자와 편히 살기는 어려운 팔자였다. 그래도 젊은 아가씨가 꼭 그런 방법으로 돈을 벌어야 하는가를 조심스레 물었다.

"제게 딸린 식구가 일곱이에요. 제가 돈을 보내지 않으면 병든 부모님과 어린 동생들이 굶어 죽을 거예요."

아가씨는 눈물까지 흘리며 애원했다. 그는 거짓말이 섞인 줄 알면서도 자꾸 아가씨의 입장이 되는 것이 이상했다. 남자의 운세는 돈을 벌기는 하겠는데 관리 능력이 없어서 건지는 것이 별로 없는 팔자였다. 앞으로 돌아오는 대운에서는 그녀가 아니라도 누군가에게 재물이 샐 것 같았다. 역술인이 된 후 그는 처음이자 마지막으로 내키지 않는 감정을 했다.

"5년만 그 남자하고 사시오. 대신 아가씨 인생에서 이런 일은 이번이 마지막이라고 약속할 수 있겠소?"

그녀는 고개를 끄떡였다. 그 후, 그녀는 중년 남자의 첩으로 살면서 가끔 소식을 전했다. 고향에 땅도 사고 집도 고쳤다는 것이었다. 5년 뒤 남자의 사업이 망했다. 아가씨는 남자와 헤어졌다는 소식을 끝으로 한동안 연락을 끊었다.

아가씨에게서 다시 전화가 온 것은 어느 해 봄이었다.

"선생님, 제가 사무실 앞에 와 있는데 나오지 않으실래요?"

아가씨의 목소리는 예전처럼 낭랑했다. 그는 방에 손님이 있는 것도 잊고 큰 소리로 전화를 받았다. 연옥인 듯 반가움에 가슴이 설레었다. 장애인이 된 뒤론 아내 이외의 여자에 무심한 편이었다. 정상인도 아닌 점쟁이를 누가 상대해 줄까 싶어서였다. 일이 잘 풀린 손님에게 접대를 받을 때도 룸살롱은 피했다. 그는 여간 친하지 않고는 손님과 밖에서 따로 만나지 않았다. 그런데 왜 연옥을 닮은 아가씨의 청은 한 번도 거절을 못하고 번번이 들어주는지 표현이 되지 않았다. 아가씨가 다녀간 날이면 그는 이마에 땀이 솟을 정도로 아내의 가슴을 파고들며 몸부림을 쳤다. 아내의 얼굴 위로 아가씨의 얼굴이 겹쳐졌다.

그는 약속 시간에 맞춰 사무실을 나섰다. 큰길로 접어드는데 가로수로 심은 벚꽃이 활짝 피어 전등불을 켠 듯 환했다. 그는 벅차오르는 감정을 주체하지 못하고 그 자리에 서서 잠깐 동안 벚꽃을 바라보았다. 서울로 올 때 고향에서 보았던 복사꽃처럼 아름다웠다. 오랫동안 잊고 살았던 고향 산천이 갑자기 그립고 연옥의 얼굴이 머리를 스쳤다. 그는 울렁거리는 가슴을 안고 포장마차로 가서 아가씨와 마주 앉았다. 그녀를 보니 벚꽃 때문이 아니어도 가슴 한복판에 불이 들어온 듯 후끈거렸다. 젊은 시절처럼 양쪽 다리에 힘이 솟는 것 같았다. 그동안 서울 근교에서 음식점을 하며 남부럽지 않을 만큼 돈도 벌었다고 아가씨는 말했다. 온몸에서 싱싱한 기운이 넘쳐흘렀다. 오랜만이라며 아가씨와 악수를 했다.

"아이, 선생님도 새삼스럽게……."

아가씨는 호호거리며 꽉 잡은 그의 손을 흔들었다. 그는 나긋나긋하게 구는 아가씨가 사랑스러웠다. 아가씨를 안고 잠이 들면 다리에 대한 미련도 잊을 것 같았다. 그는 욕망이 이글거리는 눈으로 그녀의 목덜미를 슬쩍 훔쳐보았다. 도화살 때문이라는 것을 알면서도 그녀가 예뻐 보이고 좋은 것은 부인할 수 없는 사실이었다. 도화살은,

여자는 남자가 많이 따르고 남자는 여자가 많이 엮여서 이성 관계가 복잡해지기 쉬운 살이었다. 다리만 성했어도 연옥을 닮은 아가씨와 연애를 했을 것 같은 상상 때문에 그는 술이 더 당겼다.

그때 아가씨가 메모지 한 장을 그의 앞에 내놓았다. 그는 게슴츠레한 눈을 힘주어 뜬 뒤 메모지를 들여다보았다.

"저를 좋아하는 청년의 사준데요, 궁합 좀 봐주세요. 순진한 사람이라서 미안하기는 하지만 그렇다고 혼자 살 수도 없잖아요."

그는 대충 궁합을 맞춰 보았다. 남자가 똑똑하지는 않아도 마음이 착해서 백년해로가 가능할 것 같았다. 결혼하면 남편 뜻 거스르지 말고 속죄하며 살라고 아가씨를 훈계했다. 정말 그 순간만은 그녀의 부모가 된 듯 엄숙한 심정이었다. 마음 한편에서는 무거운 짐을 벗은 듯 홀가분했다. 그 뒤 민 여사는 음식점을 점점 늘려 강남에 있는 대형 레스토랑의 주인이 되었다.

상담을 마친 민 여사는 탁자 위에 봉투를 놓고 먼저 다방을 나갔다. 그는 기분이 묘해져서 담배를 꺼냈다. 연옥을 잊지 않는 한 민 여사를 걱정하는 마음도 없어지지 않을 것 같았다. 그는 지팡이를 한 번 쓰다듬은 뒤 점퍼 주머니에서 휴대 전화를 꺼냈다. 파란 글씨가 5시 30분을 나타내고 있었다. 계 모임은 6시였다. 창밖은 이제 어둠 속으로 가라앉아 반사되는 불빛만 유리창을 어지럽히고 있었다. 그만 일어나세. 그는 지팡이와 함께 다방을 나섰다. 싸늘한 초겨울

바람이 메마른 목덜미를 파고들었다. 자네도 춥지? 그는 지팡이를 어루만지며 옷깃을 여몄다. 계 모임 장소는 횟집이었다. 이렇게 몸이 으스스한 날은 아내가 끓여 준 따끈한 추어탕을 먹는 것이 제격이라고 생각하며 그는 횟집 골목으로 접어들었다.

아내는 추어탕을 잘 끓였다. 추어탕을 끓이는 솜씨만 가지고서는 음식점을 해도 손색이 없을 정도였다. 팔딱팔딱 뛰는 미꾸라지가 특효약이라고 들었는지 사철 추어탕을 끓여 대는 아내의 마음을 알기에 그는 추어탕을 잘 먹었다. 계속되는 추어탕에 물릴 때도 처음 추어탕을 끓이며 곤혹스러워하던 새댁 시절의 아내 모습이 떠올라 아무 말 없이 먹곤 했다. 저수지 하나는 채울 만큼 미꾸라지를 먹은 것 같은데 다리는 아직 그대로였다.

그는 사람들이 오가는 밝은 쪽을 피해 가장자리 길을 지팡이를 의지해 걸었다. 중학생쯤 돼 보이는 짧은 머리의 남자아이가 그를 흘끔거리며 앞질러 나갔다. 조부모에게 장손 대접을 받던 어린 시절이 그리웠다. 그가 취직하는 것을 보고 저승으로 떠난 할머니는 어린 그를 위해 길바닥의 돌멩이도 캐낼 정도로 정성을 다했다.

횟집 홀에는 빈자리가 보이지 않았다. 종업원이 안내해 준 방문을 열자 먼저 와 있던 김 원장이 반갑게 악수를 청했다. 치과 의사인 김 원장은 모임의 회장이었다. 그가 자리에 앉기도 전에 부동산 중개사인 박 사장이 방으로 들어서며 큰 목소리로 인사 했다.

"신수가 훤해졌네."

빈말이 아니었다. 그도 요즘 자신의 몸이 좋아진 것을 느끼고 있었다. 철학관을 할 때는 사람을 상대하는 일이 그렇게 기운을 빼앗기는 것인 줄 몰랐었다. 계원은 모두 만난 지 40년이 넘는 동창들이었다. 생활이 안정되면서 그는 동창에게도 소식을 전했다. 열등의식 때문에 일부러 연락하지 않았던 동창이었다.

그는 맏딸의 예비 시부모와 상견례 때도 혼인이 깨어질까 봐 마음이 조마조마했다. 자신이 장애인이라는 사실 때문에 맏딸이 상처를 받는다면 참을 수 없을 것 같았다. 맏딸의 기색만 살피다가 마지못해 약속 장소로 나갔다. 걱정과는 달리 바깥사돈이 흔쾌히 손을 잡으며 요즘 아이답지 않게 잘 길러 주셔서 고맙다는 인사를 했다. 제 어미를 닮아 대범한 성격인 맏딸이 설명을 잘한 모양이었다. 맏딸은 시집가면서 그에게 지팡이를 선물했다.

셋째 딸은 결혼이 제일 늦었다. 셋째의 혼담이 깨졌을 때를 생각하면 그는 늘 가슴 한쪽이 쓰라렸다. 중매쟁이가 요구하는 혼수는 그의 형편으로는 벅찬 편이었다. 셋째 딸은 어렸을 적부터 공부를 잘해 아들 부럽지 않다는 칭송을 들었다. 딸이 원한다면 그는 적금 통장이라도 깨서 혼수를 장만해 줄 결심이었다. 몸이 온전하지 못한 아버지라서 능력도 부족하다는 말을 듣고 싶지 않았다. 최선을 다했노라 자부하고 싶었다. 셋째 딸은 반대였다. 아버지가 힘들게 번 돈을 쓰지 않고 자신이 저축한 범위 안에서 결혼 비용을 쓰겠다는 것이었다. 셋째 딸은 의사와의 혼담을 과감히 정리했다.

딸 셋을 내리 얻고 막내로 아들이 태어날 때까지 그는 좋다는 약도 많이 먹었다. 아버지가 살아 계실 때 손자를 안겨 드려야 한다는 아내의 성화 때문이었다. 아들이 태어나자 그의 아버지는 이제 조상님들을 만나도 할 말이 있다며 감격의 눈물을 흘렸다. 내가 좋으면 뭐해요? 궁합이 나쁘면 아버지가 반대하실 텐데. 언젠가 사귀는 아가씨가 있으면 데려오라는 그의 말에 아들은 투덜거렸다. 아들은 나이가 찰수록 그의 직업도 운명론도 못마땅해하는 태도를 보였다.

그는 서너 번 잔을 부딪치며 회를 먹다 보니 배가 불러서 매운탕은 떠먹는 시늉만 하고 숟가락을 놓았다. 김 원장이 먼저 일어나며 따라오라는 신호를 보냈다. 그는 친구들을 따라 노래방으로 발걸음을 옮겼다. 노래방 주인은 남자 다섯이 한꺼번에 들어서자 직접 큰 방의 문을 열어 주며 아가씨의 수를 물었다. 김 원장이 다섯 손가락을 좍 펴 들고 흔들었지만 그가 얼른 손가락 한 개를 접고 넷만 부르라는 주문으로 바꿨다. 김 원장이 그의 손에 마이크를 쥐여 주었다.

"어머님의 손을 놓고 돌아설 때에……."

술이 들어가서 그런가. 그의 눈앞에 동구 밖에서 눈물짓던 어머니의 모습이 아련히 떠올랐다. 그는 문득 그때의 어머니 나이보다 더 늙어 버린 자신이 서글퍼져서 목청껏 노래를 불렀다. 그냥 살다 보니 어느 틈에 한평생이 가는 것을, 젊었을 때는 왜 그리 빨리 늙으려고 조바심을 냈는지 그 세월이 아까웠다. 노래를 마친 그는 화장실에 간다는 핑계를 댄 뒤 밖으로 나왔다. 몸이 불편한 그가 빠져야 사지 멀쩡한 그들이 즐겁게 놀 수 있으리라는 계산에서였다.

우리 오늘은 한번 멋지게 걸어 볼까? 지팡이를 꼭 잡은 그는 술도 한잔 걸친 김에 사람들이 많이 다니는 가운데 길로 나섰다. 다리를 다치지 않았으면 어떻게 살았을까, 불쑥불쑥 떠오르는 그 생각이 또 고개를 쳐들었다. 저 멀리 어둠 속으로 연옥의 얼굴이 보이는 것도 같았다. 사내로 태어나 온전한 육신을 가지고 활개 치며 살지는 못했지만 자기 앞에 놓인 책임은 다하고자 노력했다고 그는 중얼거렸다. 혈기가 왕성할 때는 자신의 육신이 혐오스럽고 절뚝거리며 걸어가야 할 길이 너무 아득해 그만 두고 싶었던 적도 있었다. 그러나 이제 더 욕심을 부릴 것도, 후회할 것도 없다는 생각이 들었다.

그는 철학관을 그만두기로 작정했지만 막상 회갑이 되자 매달 들어오던 수입을 포기하기가 쉽지 않았다. 차일피일 미루다 보니 1년을 넘기고 2년째를 맞게 되었다. 딸들은 일도 쉬고 담배도 끊으라며 성화였다. 당신같이 바쁘던 사람은 갑자기 일을 그만두면 병이 난대요. 평소 자신의 의견을 내세우지 않던 아내는 철학관을 그만두는 것을 반대했다. 일을 그만둔다면 아내가 두 손을 들어 환영할 줄 예상했는데 의외였다. 그는 아내에게 자신의 운세를 가르쳐 주기가 몹시 난처했다. 미리부터 아내를 불안하게 하고 싶지 않아서였다. 40

여 년간 그를 의지하고 살아온 아내는 장애인 남편과 같이 사는 일이 쉽지 않았을 텐데도 바가지를 긁거나 마음을 아프게 하지 않고 그의 뜻을 받들었다. 그는 아내를 생각하는 마음이 애틋할수록 그녀 홀로 남겨졌을 때가 염려스러웠다. 젊어서는 바람이 날까 봐 번 돈을 다 주지 않고 생활비만 주었다. 그가 일에 대한 미련을 버리는 데는 단골손님들의 항의도 한몫했다. 지난번 계약은 가르쳐 준 대로 했는데도 성사가 안 됐어요. 손님의 항의를 받고서야 그는 자신의 운이 다한 것을 깨닫고 철학관의 간판을 내렸다. 한 달 동안 바깥출입도 하지 않았다. 온몸이 녹아내리는 것처럼 피곤했다.

다시 손님과 연결된 것은 휴대 전화 때문이었다. 몇십 년 동안 운세를 물어 왔던 민 여사와 단골손님은 그가 갑자기 사라지자 시도 때도 없이 전화를 걸어왔다. 기왕에 끊기로 한 것 휴대 전화 번호를 바꾸면 그만이겠지만 마음으로 손님을 대하라던 스승의 가르침이 생각나서 그는 다시 전화를 받았다. 같이 늙었다고도 할 수 있는 단골손님들은 자신의 가정사를 깊이 알고 있는 그를 편안해했다. 운명에 대한 조언도 중요하지만 자신의 고민을 마음 놓고 털어놓을 수 있는 그는 이미 그들의 친구였다.

그는 버스 길을 건너기 위해 건널목 앞에서 걸음을 멈추었다. 빨간불이었다. 신호등 앞에는 일행으로 보이는 두 남자가 두런두런 말을 주고받으며 서 있었다. 그는 습관처럼 주머니에서 휴대 전화를 꺼내 시간을 보았다. 9시 43분. 노루 꼬리처럼 짧은 겨울날이지만 그에게는 긴 하루였다. 어서 집으로 돌아가 아내가 데워 놓았을 따끈한 돌침대에 눕고 싶었다. 아내는 그의 굳어 버린 다리를 위해 전기만 꽂으면 사철 몸을 지질 수 있는 돌침대를 다른 가구보다 먼저 장만했다. 처음 침대를 들여오던 날, 초라한 살림에 어울리지 않는다고 불같이 화를 냈지만 콧잔등이 시큰했다.

신호등이 파란불로 바뀌는 것을 보고 그는 지팡이에 의지해 차도로 내려섰다. 같이 기다리던 남자 둘은 그가 내려서는 사이 벌써 두세 걸음 앞질러 가고 있었다. 그는 그들의 뒷모습을 물끄러미 바라보았다. 건장한 두 다리가 부러웠다. 그때 수술을 하지 않았으면 소원대로 무역 회사 대표가 되어 뿌듯한 삶을 살았을까, 서글픔이 목젖을 적셔 왔다. 그는 자신도 한번 힘차게 디뎌 볼 요량으로 한 발을 내디뎠다. 그때 벼락을 치는 듯한 오토바이 굉음과 함께 무엇인가가 그를 쳤다. 그는 붕 날아올랐다. 짚고 있던 지팡이도 같이 날았다. 아버지를 존경한다던 맏딸의 음성이 허공에 흩어졌다. 그의 주머니에서 빠져나온 모형 비행기가 길바닥에 나뒹굴었다. 언제나 뻐근하니 불편했던 한쪽 다리도 가볍게 함께 날았다. 아득해지는 의식 속에서 그는 이대로 연옥과 함께 어디론가 날아가도 좋을 것 같았다.

스토리 마케팅

특별 매물 공책을 펼쳤다. 사르륵, 책장 넘기는 소리가 사무실 안에 울려 퍼졌다. 내가 외울 첫 번째 매물은 복도식 개별 난방에 남향인 25평 아파트였다. 참고란에는 전세 살던 세입자 7급 공무원 임용시험 합격으로 적혀 있었다. 그 아파트는 2년 전에 나온 매물이지만 싼 가격에도 불구하고 번번이 매매에서 제외되었다. 사람들은 한 번 보기를 원하다가도 13년 된 꼭대기 층이라고 하면 여름은 덥고 겨울은 춥겠다며 제풀에 물러났다. 사장은 부동산에 들른 집주인으로부터 그동안 살았던 세입자들에 관한 정보를 들었다. 그중 10여 년 전에는 구청 공무원도 살았다는 말에 촉각을 곤두세웠다. 그동안 진급도 했을 테니 조금 부풀려 7급 공무원 합격으로 하자고 집주인과 말을 맞추었다.

사장은 산전수전을 다 겪은 사람답게 위기에 대처하는 방법도 남달랐다. 뉴타운이 폭락하고 매매가 끊기다시피 하자 매물들을 모아 목록을 만들 것을 내게 지시했다.

"요즘은 컵 하나에도 의미를 담아 표현하는 시대잖아, 우리도 사람들이 꿈꾸는 이야기를 만들어 봅시다."

이사철 내내 웃음기 없는 얼굴로 사무실을 냉각시켰던 때와 달리 사장의 목소리는 맑고 높았다. 나는 오래전에 등록되어 이제는 잊혀 가는 매물까지 목록에 넣었다. 모두 서른다섯 채였다. 그중 주인과 연락하기 쉬운 매물 열일곱 채를 따로 뽑아 묶은 것이 특별 매물이었다. 사장은 이야깃거리를 찾아내기 위해 집주인을 만나고, 이야기를 만들었다. 인생은 돈 아니면 명예라는 사장에게서 내가 전화 광고용으로 배정받은 이야기는 부자를 만들어 주고 행운을 가져다주는 땅이었다.

"행운, 행운."

조 대리가 내 말을 흉내 냈다. 붉은색과 노란색 그리고 파란색이 적당히 섞여 있는 앵무새는 혀가 뭉툭하고 부리가 갈고리처럼 굽었다. 조 대리는 지난봄 상가 계약 때 월세 수수료를 할인해 준 새 집주인에게 받은 선물이었다.

"처음 가게를 한다는데 격려하는 의미로 수수료를 5만 원만 깎아 주지요."

계약서를 쓰기 전, 김 실장은 새 장수가 자신과 고향이 같다면서 사장의 기색을 살폈다. 실장이 모셔 온 손님이라고 특별 대우 하는 거냐며 얼굴을 찡그리던 사장은 이내 평정심을 회복한 뒤 고개를 끄떡였다. 나는 조 대리가 소리를 지르며 철창에 매달리고 난리를 쳐서 어떻게 되는 줄 알고 안절부절 어쩔 줄 몰랐다.

"신경 쓰지 말아요, 낯선 환경에 적응해 가느라 그러는 것이니까."

김 실장은 어머니가 부업으로 새를 기를 때 앵무새도 길러 보았다며 아는 척을 했다. 빽빽거리는 조 대리를 새장째 들고 문밖으로 나가더니 잠시 후 다시 들고 들어왔다. 신기하게도 조 대리는 조용했다.

"실장님, 재주도 좋으시네요."

김 실장은 아무 반응도 없이 조용했다. 내 말을 못 들은 사람처럼 창밖을 보고 서 있었다. 한참 후 그는 어머니가 죽기 전에 며느리를 보고 싶어 한다며 씁쓸하게 웃었다. 언제부터인지 앵무새가 사무실 사람들 말을 흉내 내기 시작했다. 사장은 앵무새를 대리로 임명했다. 사장은 내 옆의 탁자 위에 새장을 옮겨 놓으며 잘 보살피라고 말했다.

내가 일하는 그린컨설팅은 20층짜리 주상 복합 아파트의 1층에 있다. 1층은 가운데 복도를 중심으로 바깥쪽은 약국을 빼고는 부동산 사무실이 거의 대부분이고 안쪽은 음식점이 모여 있었다.

매물 파악을 대충 끝내고 맞은편에 앉아 있는 김 실장에게 눈길을 보냈다. 김 실장은 고개를 반쯤 숙인 채 무언가에 골똘히 빠져 있었다. 김 실장의 어머니가 신장병 때문에 일주일마다 투석하는 것은 이웃 부동산 사람들도 알고 있었다. 사장은 젊은 사람이 어깨가 너무 무겁다며 측은해했다. 김 실장은 재산도 많고 건강한 사장을 볼 때마다 어머니의 박복함을 한탄했다. 그는 나보다 1년 먼저 그린컨설팅에 왔다.

내가 첫 출근을 하던 날, 사장은 자신보다 부동산법에 더 밝은 실력자라며 김 실장을 소개했다. 그때 사장의 입가에 흐뭇한 미소가 번지는 것을 나는 놓치지 않았다. 여장부로 불리는 사장은 이웃 부동산 중개인들에게도 그린컨설팅에 왔던 실장 중에서 가장 능력 있는 실장이라고 자랑했다. 김 실장이 부동산 중개사 시험을 보던 해의 합격률이 사상 유례없이 낮았던 사실을 당시에 나는 알지 못했다. 부동산 정책이 바뀔 때마다 주변의 나이 든 부동산업자들은 보충 설명을 듣기 위해 김 실장을 찾았다. 사무실을 얻어 줄 테니 동업하자는 단골손님 앞에서 그는 피식 웃으며 딴청을 피웠다.

"건수만 올리면 정확히 계산해서 성과급을 줍니다. 우리 김 실장은 성과급이 월급만큼 될 때도 있지요."

면접 때 사장은 내 마음을 다 안다는 듯 성과급을 강조했다. 친구가 어떻게 소개를 했는지 다른 것은 더 묻지 않았다. 사장은 동창의 귀띔이 아니었다면 나이를 가늠할 수 없을 정도로 피부가 고왔다. 내 눈앞에는 김 실장의 두둑한 성과급 봉투가 어른거렸다. 하지만 그런 김 실장도 올 들어 성과급이 반으로 줄었다. 올해는 이사철에도 아파트와 상가의 매매 손님이 손에 꼽을 정도였다. 전세나 월세도 가격만 오르고 움직임이 예전만 못했다. 나는 사장처럼 큰손이 될 꿈도 안 꾸지만 성과급도 늘지 않았다.

매물을 외우느라 나는 하루에도 몇 번씩 공책을 펼쳤다 덮곤 했다. 다른 부동산 직원이나 손님들이 눈치채지 못하도록 비밀을 유지해야 했으므로 책상 위에 공책을 펼쳐 놓을 수 있는 시간은 짧았다. 이야기는 모두 성공담이어서 헷갈리기 일쑤였다. 특히 합격생이 나왔다는 집은 사시, 행시, 공무원 시험 등이 뒤엉켜 뒤죽박죽이었다. 부동산 투자와 주식 투자가 대박 난 집도 마찬가지였다. 가장 잘 외워지는 것은 복권이 당첨된 집이었다. 복권은 내게도 관심 분야였다. 일주일마다 복권을 샀지만 나는 10만 원도 당첨될 기회를 얻지 못했다. 손님도 마찬가지였다. 어디서든 로또에 관한 말을 꺼내면 남녀노소를 막론하고 흥미 있어 했다. 그들은 로또처럼 한 번에 일확천금을 손에 넣을 수 있는 방법을 가장 알고 싶어 했다. 같은 성공담이라도 오랜 기간 묵혀 두었던 땅이 몇십 배 뛰어 갑자기 부자가 된 경우는 인기가 덜했다. 그들은 값이 뛴 것이 절약하며 성실하게 살아온 사람에 대한 신의 선물이라는 것을 깨닫지 못하고 조급해 했다. 젊은 손님이 오면 사장은 대부분의 성공담이 오랜 노력 끝에 얻어졌음을 강조했다. 손님이 올 때마다 사장은 손님의 입맛에 맞는 성공담을 알아내기 위해 김 실장과 내게 질문하며 손님을 탐색했다.

사장이 먼저 이야기를 꺼내면 대부분의 손님이 시치미를 떼지 못하고 경험담을 토로했다. 그때 김 실장과 내 입에서 손님의 흥미를 끄는 이야기가 술술 나오기를 사장은 원했다.

한숨 돌린 뒤 전화번호부를 펼치고 번호를 눌렀다.

"여보세요."

여자는 굵고 탁한 목소리로 퉁명스럽게 말했다. 나는 송수화기를 잡은 오른손에 힘을 더하며 숨을 조절했다. 2년 넘게 전화 광고를 했지만 아직도 녹록지 않은 상대를 만나면 주눅이 들었다. 여자는 개인 정보 판매업자에게서 산 서울 및 수도권에 거주하는 성인들의 전화번호 중 5로 시작되는 첫 번째 손님이었다.

"행운을 불러들이는 집과 땅을 판매합니다. 투자하신 뒤 5년만 지나면 부자가 되실 겁니다. 이번 기회를 놓치지 마시고……."

나는 한숨의 여유도 주지 않고 물을 쏟듯 말을 쏟았다.

"관심 없어요."

여자의 짜증 섞인 대답 뒤에 찰칵 수화기 내려놓는 소리가 이어졌다. 음성이 굵고 걸쭉했다. 나는 그런 음성은 검은색으로 분류했다. 매일 전화통을 벗 삼다 보니 나이와 음성의 색을 추측할 수 있었다. 전화번호에 △ 표시를 했다. 연령대로 보아 여자는 숨겨 놓은 비상금이 있을 가능성이 높았다. 바람이라도 부는 날 통화가 되면 사무실에 나올 것 같은 예감이 들었다. 다시 번호를 고르기 위해 전화번호부의 이름을 읽기 시작했다. 그때 전화벨이 울렸다. 세 대의 전화기 중에서 은색 전화기를 들었다.

"계약 취소해 주세요."

다짜고짜 싸늘한 음성이 귓속을 파고들었다. 엊그제 김 실장과 청산으로 땅을 보러 갔던 강 여사였다. 그녀는 사장의 친구와 같은 친목 계원이었다. 강 여사가 보고 온 땅은 저수지 옆에 있어 언젠가는 개발될 거라고 사장은 확신하고 있었다.

사장이 청산에 관심을 가지게 된 것은 별장 터를 물색할 때였다. 노년에는 시골에 내려가 산천이나 구경하겠다며 내게도 좋은 곳을 추천하라고 말했다. 내가 아는 시골은 외갓집이 있는 청산뿐이었다. 마침 산업 단지가 조성된다는 소식도 들려 사장은 반색했다. 생선국수도 먹을 겸 청산에 갔을 때 사장은 덕의봉 등산로가 시작되는 백운동부터 들렀다. 덕의봉은 청산 8경 중 제1, 제2, 제8경이 있어 주말이면 명소를 보러 오는 등산객이 많았다. 사장은 덕의봉에서 바라본 해 저물 녘 마을 풍경을 서울에 와서도 못 잊어 했다. 내가 감이 빨갛게 익어 가는 오구니재의 가을이 가장 아름답다고 하면 아니라고 우겼다. 오구니재는 속리산의 말티재 사촌쯤 되게 꼬불꼬불해서 고개를 넘을 때는 비행기를 탄 듯 오금이 저렸다. 사장은 군데군데 저녁연기가 피어오르고 너른 들판을 휘돌아 흐르는 보청천이 석양빛을 받아 반짝이던 청산 전경이야말로 꿈에 그리던 시골 풍경이었다며 감격해했다. 나는 평생을 살벌한 직업 전선에서 남자들과 어깨를 겨룬 사람답지 않은 사장의 그 말이 신기해서 할 말을 잊은 채 사장의 말간 얼굴만 바라보았다.

사장은 동학 유적지가 있는 문바위 마을도 갔다. 큰 바위 여러 개가 문처럼 서로 기대어 있는 마을은 동학교도 일곱 명의 이름을 새겨 넣은 바위도 마을 위쪽에 남아 있었다. 갑오농민전쟁 때 수많은 사람이 산과 들에 가득해서 새 서울로 불렸다는 골짜기는 저수지로 만들어져 시퍼런 물이 가득했다. 500년 된 느티나무가 내려다보고 있는 마을은 작고 조용했지만 따사로운 기운이 맴돌았다. 사장과 나는 저수지를 따라 언덕길을 올라갔다. 코끝이 쨍할 정도로 맑고 찬 공기가 온몸을 휘감아 등허리가 선뜩했다. 이름 모를 영령이 나를 지켜보는 것 같았다. 사장은 문바위 마을에 별장을 짓고 싶은 눈치였다. 산세를 살피고 고속 도로와의 거리도 가늠했다. 이제 우리나라도 전원주택이 각광을 받는 시대가 왔다고 사장은 말했다.

"아이도 적게 낳고 먹고사는 것도 해결되면 그다음은 뭐겠어. 어떻게 사느냐이지."

사장은 유적지가 정비되고 나면 저수지 주변이 몇 년 안 가서 휴양지로 개발될 것 같다고 결론지었다. 서울로 돌아온 즉시 현지 부동산과 연계하여 땅이건 산이건 나오는 대로 사라고 김 실장에게 지시했다. 강 여사에게도 값이 오르지 않았을 때 사 놓으라며 산 밑의 돌밭을 소개했다. 사장과 나는 강 여사를 사무실로 불러내기 위해 온갖 푸념을 다 들어주며 1년을 공들였다.

"해약을 하시면 계약금 1000만 원은 포기하셔야 해요."

나는 만류하면서도 그녀의 마음이 변한 이유를 추측하지 못해 머리에 쥐가 나는 것 같았다. 성과급 봉투가 눈앞을 어지럽혔다.

"현장 답사 갔다 와서 마음에 들지 않으면 계약금은 돌려준다고 했잖아요."

"환경 영향 평가가 아직 나오지 않았을 뿐이지 투자 가치가 높은 땅이에요. 평가만 나오면 곧 휴양지로 개발될 거고요. 원래 투자 목적으로 계약하신 거잖아요."

"몇 년을 기다려야 하는지도 모르는 땅이 행운을 가져다주기는 뭘 줘요? 그 안에 무슨 일이 생길 줄 알고……."

강 여사는 절대로 해약을 포기하지 않을 것 같은 말투였다. 그녀의 흥분된 얼굴이 어른거렸다. 강 여사도 그렇지만 그녀가 소개한 이들이 더 불안했다. 그들도 해약할 것 같은 위기감 때문에 팔에 힘이 빠지고 다리는 물먹은 솜처럼 무거워서 잘 움직이지 않았다.

"사장님 금방 들어오실 거예요. 지금 좀 나오시겠어요?"

다급한 마음에 거짓말을 둘러댔지만 강 여사의 대답은 들리지 않았다. 나는 안녕히 계시라고 정중하게 마무리한 후 수화기를 내려놓았다. 그 땅은 돌이 많긴 해도 개발만 되면 산업 단지와도 가까워서 값이 많이 뛸 거라던 사장의 말이 그때야 생각났다. 위탁 매매 계약까지 하면 시세보다 더 많이 받아 준다는 조건에 협조하지 않는 현지인은 드물었다. 사장은 다른 투기꾼보다 먼저 손을 쓰는 것뿐이라며 잔금을 치르기 전에 강 여사에게 미등기 전매를 해서 그 차액을 챙길 생각이었다. 사장은 양도세도 겁내지 않았다. 양도 소득세를 무서워하면 부동산 사업을 못한다며 건설사로부터 사들였던 미계약분 아파트도 입주 후 1~2년 안에 모두 팔고 양도세를 물었다.

"전화 온 거 없었어?"

마침 사장이 사무실 문을 열고 들어오며 말했다. 사장의 눈동자는 사무실을 한 바퀴 훑어보느라 바빴다. 죽 한 그릇도 못 먹은 얼굴을 하고 있는 옆집 부동산 사장보다 훨씬 활기차 보였다.

"전화 온 거, 전화 온 거."

조 대리가 사장의 말을 흉내 냈다. 사장은 눈가에 주름을 만들며 해바라기씨 몇 개를 조 대리의 모이통에 넣어 주었다. 주름도 군살도 적은 사장을 사람들은 나이보다 10년은 젊게 보았다. 사장이 부러웠다. 나는 존경하는 마음으로 사장을 바라보았다.

"지금 나오세요?"

김 실장이 무엇에 놀란 사람처럼 내 옆자리에서 벌떡 일어나더니 사장에게 정중히 고개를 숙였다. 자리에 앉아서 엉덩이를 드는 둥 마는 둥 까딱 고개를 숙이던 날과는 다른 태도였다. 또 가불이 필요한가? 나는 김 실장을 측은한 눈으로 쳐다보았다. 사장은 평소에도 세대가 다른 김 실장과 나에게 깍듯한 인사 따윈 바라지 않는다고 농담처럼 말하곤 했다. 대신 손님들 앞에서는 프로 정신을 잃지 말라고 당부했다.

사장은 김 실장에게 앉으라는 손짓을 한 뒤 엉거주춤한 자세의 나와 눈을 맞추며 웃었다. 사장의 자리 뒷벽에는 전국 지도가 붙어 있었다. 사장이 의자에 앉으면 지도는 그녀의 왼쪽으로 절반만 보여서 영락없이 전국 지점망을 가지고 있는 부동산 광고의 배경 같아 보였다. 그때마다 땅 판매 중인 홈쇼핑의 한 장면을 보는 것 같아 나는 웃음을 참곤 했다.

사장은 큰 물건을 거래할 때만 아침 일찍 사무실에 나오고 보통 때는 11시가 넘어서야 나타났다. 꼼꼼하다고 입소문이 난 대로 실수도 안 했다. 하얗고 깨끗한 피부에 동안인 겉모습과는 판이하게 달랐다. 지난달 은행과 제3금융권의 근저당이 설정된 아파트를 넘겨받을 때 나는 그것을 실감했다. 구비 서류를 한 장 한 장 확인하던 사장은 누굴 바보로 아느냐며 서류를 집어 던졌다. 사기성이 있던 매도자가 은행 융자 일부를 갚았다며 날짜가 틀린 영수증을 첨부했던 것이다. 그때 불이 확 붙을 것 같았던 사장의 눈빛이 내 기억에서 지워지지 않았다. 언제든 그 일만 떠올리면 등줄기가 서늘해지곤 했다.

불경기가 계속되는 동안 사장은 분양권 전매가 단축된 아파트의 급매물을 세 채 사서 전세를 놓았다. 경기가 안 좋을 때는 싼 매물은 장기전으로 가고 프리미엄이 붙은 매물은 시기를 잘 봐야 된다고 사장은 항상 강조했다. 은평 뉴타운 아파트가 폭락하기 전 시기를 놓치지 않고 매매한 일도 사장에게는 자랑거리였다. 뉴타운이 지정되기 전 사 놓았던 허름한 집 한 채가 사장에게는 효자였다. 그것은 남보다 먼저 공무원에게 골프나 식사를 접대하며 얻은 정보 덕분이었다. 윗대가리들이 아무리 청백리면 뭐하나, 정보는 일선에서 다 새는데. 사장은 안 가르쳐 주는 사람에게는 후보지라도 찍어 달라고 매달려서 본전을 뽑았다.

"강 여사가 해약을 하고 싶다는데요."

사장에게 보고하는 내 목소리가 가늘게 떨렸다. 사장도 움찔하더니 이내 얼굴이 굳어졌다.

"내가 통화할게."

나는 강 여사의 휴대 전화 번호를 누른 뒤 사장에게 수화기를 넘겨주었다.

"자필로 계약하신 계약금은 돌려 드릴 수 없는데요."

사장의 말투는 단호했다. 나는 가슴을 쓸어내렸다. 성과급 봉투가 눈앞을 어지럽혔다. 사장은 역시 큰손답다는 생각이 들었다. 언젠가 해약 손님이 와서 항의할 때도 간절히 바라면 이루어질 테니 기도나 열심히 하라고, 힘들이지 않고 돈 벌려고 했던 것은 마찬가지 아니냐고 설득해서 보낸 적이 있었다. 전기 주전자에 물을 받았다. 사장은 내가 타 주는 녹차를 잘 마셨다. 사장의 책상 위에 찻잔을 내려놓는데 여자 둘이 사무실 문을 열고 조심스레 고개를 들이밀었다. 이틀 전 월세 아파트를 보고 간 모녀였다. 김 실장이 반갑게 맞으며 사무실 한가운데 있는 소파로 안내했다.

"그동안 새로 나온 아파트가 있나요?"

어머니인 중년 여자가 조심스레 입을 열었다. 나온 집도 없지만 앞으로 시세보다 싼 집은 안 나올 거라고 사장은 김 실장을 제치며 잘라 말했다. 중년 여자는 남향에서만 살아서 그런지 남향만 원하게 된다며 김 실장에게 동의를 구했다. 동향인 것이 썩 내키지 않는 얼굴이었다.

"남향만 최고로 치던 시대는 지났고요, 지금은 전망을 최고로 친답니다."

김 실장이 반론을 폈다. 사장도 지원 사격을 했다.

"요즘은 방향도 자신에게 맞는 것을 선택하지요. 그래서 북향도 나간답니다."

보증금 5000만 원에 월세 100만 원인 32평 매물은 옆집 부동산의 물건이었다. 거래를 성사시켜야 하나 말아야 하나. 모녀와 함께 집을 보고 온 김 실장은 혼잣말처럼 중얼거렸다. 집주인은 아들이 둘인데 명의는 큰아들로 되어 있고 현재는 작은아들이 2억 원에 전세 사는 것으로 전입도 하고 가짜 계약서를 만들어 놨다고 했다. 전입만 되는 집이었다.

"확정 일자를 찍을 수 없다고요?"

만약의 경우 보증금을 못 찾으면 어쩌느냐고 중년 여자는 되물었다.

"문서도 깨끗하고 현금 보관증을 써 준다니까 보증금 떼일 염려는 없어요, 아들이 공무원이라고 하잖아요."

별일 아니라는 듯 시원스레 말하면서 사장은 빨리 계약 날짜를 잡으라고 권했다. 사장은 집주인의 아들이 공무원이라는 말을 듣고 그 집에서 공무원 시험에 합격한 것으로 부랴부랴 이야기를 만들었다.

"시험 운이 좋은 집이라니 놓치기는 아까운데……."

중년 여자는 난처한 기색이 얼굴에 역력했다. 딸은 찬성이었다. 남편이 진급 시험을 앞두고 있다는 것이었다.

"요즘 공무원 시험이 얼마나 어려운지 아시죠. 그런 재수 좋은 집은 우리가 구하려고 해도 쉽지 않아요."

사장의 말꼬리에서 약간의 짜증이 묻어났다. 중년 여자는 그래도 마음이 안 놓이는지 그럼 공증이라도 받을 수 없느냐고 물었다. 나의 짧은 부동산 경력으로도 그 매물은 세입자에게 위험 부담이 많은 편이었다. 주인은 세금을 피하기 위해 확정 일자를 못 찍게 하는지도 모른다. 아들이 공무원이라는 말도 거짓일 확률이 높았다. 이렇게 다 알고 계약한 경우는 법정에서도 보호받지 못하는 것으로 나는 알고 있었다. 사장은 중년 여자가 하도 걱정하니 김 실장에게 옆집 실장에게 다시 한 번 확인하라고 말했다.

"주인이 그까짓 돈 몇천에 공증까지는 해 줄 수 없다는데요."

김 실장은 거래가 탐탁지 않다는 어조로 집주인의 말을 그대로 읊어 댔다. 그래도 사장은 아들이 공무원이라는데 설마 보증금을 안 주겠느냐며 모녀를 부추겼다. 돈을 안 주면 보증금이 다 없어질 때까지 살면 된다고 덧붙였다. 이사 날짜도 세입자 가 원하는 대로 정할 수 있으니 이보다 더 좋은 조건은 없을 거라고 사장은 말했다. 중년 여자는 시세보다 싸다는 사장의 주장을 뿌리치기 어려운지 고개를 갸웃거리며 앉아 있었다. 사장이 사흘 뒤로 잡은 계약 날짜에 말없이 고개만 끄덕였다.

사장과 김 실장이 나간 사무실은 잠시 고즈넉한 분위기가 감돌았다. 사장은 특별한 일이 없는 한 김 실장과 점심을 먹었다. 나는 사장이라도 된 듯 사무실을 한 바퀴 둘러보았다. 밝고 아담한 사무실은 조 대리가 갇혀 있는 새장 때문인지 가정집 거실처럼 아기자기해 보였다. 바람이 부는지 상가 앞 플라타너스 잎이 흔들렸다. 그린컨설팅은 의자에 앉아서도 연초록 잎이 보였다. 플라타너스는 지난해 많이 웃자라서 가로등을 가렸다. 봄맞이 가로수 가지치기할 때 몸체만 남기다시피 가지가 잘렸다. 잎이 무성할 땐데도 새 가지와 새순이 엉성하게 그늘을 만들고 있었다. 초등학교 6학년 때 플라타너스를 따라 걸었던 일이 떠올랐다.

서울 근교에 살았던 그때는 큰길에 나가면 신작로 끝이 몹시 궁금했다. 플라타너스 사이로 가물가물하던 그 끝에 다다르면 내가 이제껏 알지 못했던 신천지가 펼쳐질 것 같았다. 어느 여름날 나는 새로운 세상을 향해 길을 떠났다. 아무리 걸어도 끝은 보이지 않았다. 배도 고픈 데다 기운도 다 빠져서 다시 돌아오기는 했지만 길 끝에 무엇이 있을 것 같은 환상은 좀처럼 지워지지 않았다. 죽을 때까지 그 환상을 좇다가 끝나는 것이 내 삶이 될 수도 있다는 것을 그때는 몰랐다. 그 시절이 그리웠다. 아버지가 함께했던 그때는 세상이 활기차고 선명해 보였다. 아버지는 내 곁에 오래 머물지 못했다. 타고난 병약함으로 어머니는 늘 건강식품을 준비했고 부엌에는 한약 냄새가 항상 배어 있었다. 수능을 한 달 앞두고 아버지는 이슬처럼 스러졌다. 패혈증이었다. 아버지의 그늘에서 안주하던 어머니에게 주부 이상의 역할을 기대하는 것은 무리였다. 아버지의 죽음은 어머니에게 세상과의 단절을 의미했다. 담임은 성적이 아깝다고 대학에 진학한 뒤 아르바이트를 하라고 권했지만 대학 시험은 입에 올리지도 않았다. 아버지의 치료 빚과 생활비를 벌기 위해 가구 회사의 경리로 취직했다.

"삐비비."

조 대리가 정적을 깨뜨렸다. 나는 얼른 손을 들었다. 조 대리는 금방 조용해졌다. 사장과 김 실장이 외근을 나가는 날은 조 대리가 친구였다. 잠시도 가만있지 못하고 수시로 아는 척을 해야 잠잠했다. 낯선 사람이 오면 더 소리를 지르며 새장에 거꾸로 매달렸다. 그러나 조 대리의 눈동자는 어느 때고 그대로인 것처럼 보였다.

정수기에서 물을 한 컵 따른 뒤 가방에서 보온 도시락을 꺼냈다. 밥 위에 김치볶음을 얹어 입에 넣었다. 혀끝에 감도는 맛이 예전 같지 않았다. 좋아하는 스파게티가 먹고 싶었다. 특별한 날이면 남자는 스파게티를 사 주었다. 내가 좋아하는 음식이기도 하지만 매번

스테이크를 사 줄 정도로 남자의 주머니는 두둑하지 못했다.

남자를 만난 것은 가구 회사를 다닐 때였다. 큰 키와 뚜렷한 이목구비, 착실한 그에게 호감을 가진 여자는 나뿐이 아니었다. 대리점 여사장은 물론 가구를 사러 온 손님도 애인이 있는지를 물었다. 영업부 대리였던 그와 가까워진 것은 회사 야유회 때였다. 사장은 점심 식사를 끝낸 사원들을 모아 놓고 오락 시간을 가졌다. 누구든 게임에 참가하거나 장기 자랑을 하거나 둘 중에 선택하라는 엄명이 떨어졌다.

내가 선택한 것은 진실 게임이었다. 소주잔을 옆으로 눕혀 놓고 한 바퀴 돌려 입구가 향한 쪽 사람에게 사회자가 질문을 하는데 대답을 못하면 폭탄주를 마셔야 되는 게임이었다. 내가 뽑은 쪽지에는 '마음에 안 드는 상사 이름 말하기'라고 적혀 있었다. 나는 마음에 들지 않는 상사도 있었지만 그대로 말하기가 곤란해서 망설였다. 술꾼 경리부장이 맥주잔에 소주잔을 넣은 폭탄주를 쟁반 가득 만들어 놓고 술잔이 비기만 기다리고 있었다. 나는 아버지를 닮아 술에 약했다. 눈 딱 감고 마시면 폭탄주 한 잔이야 어찌 마시겠지만 그다음이 문제였다. 다리가 풀리고 속이 불편해서 병원에 가야 할 것 같았다. 난처한 표정을 짓자 사회자가 대신 마셔 줄 흑기사를 청했다. 누군가 큰 소리로 대답하며 앞으로 나왔는데 바로 남자였다. 그는 폭탄주를 시원스레 들이켰다. 사회자가 답례로 무엇을 원하느냐고 남자에게 묻자, 같이 영화 관람을 하는 것이라고 남자는 군인처럼 큰 소리로 대답하며 나를 보고 웃었다.

이틀 뒤 나는 그의 전화를 받고 기다렸다는 듯이 함께 영화를 보러 갔다. 눈 내리는 저녁, 모텔에 가자고 했을 때도 놀라지 않았다. 그에게 더 가까이 다가가는 통과 의례쯤으로 생각했다. 그의 과장 진급을 앞두고였다. 회사 매출이 전 같지 않았다. 필리핀에서 들여오는 원목의 원가가 오른 여파였다. 새로 생긴 중소기업에서는 압축 합판을 이용한 붙박이장과 학생 가구가 다양하게 생산되고 있었다. 곧 구조 조정이 있을 거라는 소문이 떠돌았다. 그는 일주일이 다 되도록 연락이 뜸했다. 회사에서 얼굴을 마주쳐도 고개만 까딱하고 그냥 지나쳤다. 잘 있느냐는 문자를 넣었다. 응. 짧은 답이었다. 예전 같으면 바로 전화했을 텐데 또 닷새가 지나도록 문자도 오지 않았다. 이상한 생각이 들어 잘 가던 카페로 불렀다. 이제 그만 만나자고 그는 당당하게 말했다. 내 귀가 의심스러웠다. 남자와 나는 남 보기에 연인이지 이미 부부나 마찬가지였다. 그의 웃음에, 섹스에 익숙해져서 그를 벗어난 생활은 상상하기도 싫었다.

"우리만의 이야기를 만들자고 했잖아."

그의 이별 통보가 어디서 비롯된 것인지 짐작되지 않았다. 부족한 것은 보충하고 잘못된 점은 고치겠다고 매달렸다.

지옥 같은 일주일이 지났다. 그동안 나는 밥도 먹는 둥 마는 둥 해서 어머니를 걱정시켰고 계산이 틀리기도 해서 부장의 눈총을 받았다. 왜 헤어져야 하는지 납득이 되지 않았다. 남자에게 이별 여행을 부탁했다.

토요일, 우리는 10시쯤 차를 타고 강릉으로 출발했다. 강릉은 남자와 내가 첫 여행을 간 곳이었다. 우리는 강릉에 닿을 때까지 서로 약속이나 한 듯 창밖만 보았다. 그는 바다가 보이는 해변에 차를 세웠다. 나도 남자를 따라 차에서 내렸다. 한참 동안 바다를 보고 있던 남자가 입을 열었다.

"많이 힘드니? 곧 괜찮아질 거야."

나는 어이가 없어서 고개를 돌렸다. 늦가을 바닷바람이 옷 속을 파고들었다. 가슴이 떨렸다.

"그게 그렇게 쉽니? 내가 바친 시간이 얼만데!"

눈앞이 흐려져서 나는 입술을 깨물고 울음을 참았다.

"내게 모든 것을 맞춰 주는 너의 행동이 숨 막혀."

"언제는 그런 내가 편해서 좋다더니……."

그와 다툰 뒤에도 사과는 언제나 내 몫이었다. 데이트 전날 친구들과 늦게까지 술 마시느라 약속을 잊었어도 나는 그를 이해했다. 나의 그런 행동이 그를 질리게 할 줄은 짐작하지 못했다. 다정했던 모습을 찾기 위해 그의 얼굴을 쳐다보았다. 그러나 이미 그의 눈동자에는 나를 담을 자리가 없어 보였다. 전무의 딸에게 목을 매고 있었다는 것은 나중에 알게 된 사실이었다.

자식 뒷바라지 못한 내 죄다. 어머니는 가슴을 치며 분해했다. 그의 결혼 후 한 달 만에 나는 사직서를 냈다. 그와 마주쳐야 되는 직장 생활이 무의미하고 힘겨웠다. 죽지 않기 위해 다시 입시 공부를 시작했다. 진작부터 어머니는 방통대를 가라고 권했지만 직장을 다니는 틈틈이 재택 아르바이트까지 하던 터라 체력도 바닥나고 마음도 지쳐 있었다. 성적이 좋았던 여고 시절과 달리 책을 붙잡고 있어도 능률이 오르지 않았다. 어느 날은 한 시간 동안 책장 한 장 안 넘기고 멍하니 책상 앞에 앉아 있던 적도 있었다. 수상한 행동을 눈여겨본 어머니의 손에 이끌려 정신과를 찾았다. 의사는 조울증이라고 했다. 혼자 있는 시간을 줄이고 사람들과 어울리는 생활을 석 달 정도 해 본 뒤 그래도 안 되면 약을 쓰자고 했다.

부동산 근무는 견딜 만했다. 회사를 그만두고 여섯 달을 쉬다 나온 길이었다. 어머니는 마음이 가라앉을 때까지 더 쉬라고 했지만 동창은 사흘을 견디지 못하고 전화를 했다. 우울증은 약도 없다며 내 등을 떠밀었다. 나는 나이도 학벌도 어중간한 서른 살 노처녀를 환영하는 곳이 궁금했다. 사장을 면담한 뒤 자리를 털고 일어났다. 별 기대 없이 시작한 일이었지만 손님을 맞이하고 매물을 권하다 보면 하루가 빨리 지나갔다. 이웃 부동산에 여자 실장이 있었지만 당분간 누구와도 말을 나누기가 싫었다. 의무적인 전화 광고가 끝나면 조용히 앉아 있을 뿐이었다. 사장은 지방 출장도 있을 거라고 말했지만 아직 혼자 출장을 가야 할 일은 생기지 않았다.

나는 중개사 시험공부도 시작했다. 공부가 어렵기도 하지만 시간

날 때마다 하다 보니 시험공부는 올해도 제자리걸음이었다. 만약 내년에도 공인 중개사 시험에 불합격하면 어머니의 고향인 국화동에 가서 펜션 사업을 시작할 참이었다. 그곳은 10만 평 산업 단지 덕분에 유동 인구가 점점 늘어 가고 있었다. 그곳을 지키며 살아도 좋을 것 같았다. 추석에 어머니와 성묘를 갔을 때 국화동은 온 산을 덮다시피 들국화가 피어 있었다.

거울을 바라보았다. 밥을 먹는 내 모습이 거울에 비쳤다. 목이 메었다. 조 대리가 삐삐거렸다. 조 대리는 내가 무엇을 먹는 것만 보면 철창에 바짝 붙어서 저도 달라고 아우성을 쳤다. 가만히 있다가도 가끔 소리 지르며 새장의 천장을 부리로 잡고 대롱대롱 매달렸다 내려오곤 했다. 새장 밖으로 나오고 싶어 울화가 치미는지 모르지만 아직 사무실에 내놓는 시간이 아니었다. 새장 속에 사는 것이 자신의 운명이라는 것을 깨닫고 그것에 순응하는 길만이 조 대리가 하루라도 빨리 행복해질 수 있는 길이었다. 그러나 조 대리는 죽기 전에 그것을 깨닫지 못할 것 같았다.

밥을 먹자마자 조 대리의 모이통을 깨끗이 비운 다음 비타민이 함유된 혼합 곡식을 넣었다. 잡식성인 조 대리는 채소와 육식, 곡물류 모두 잘 먹었다. 나는 오전과 오후, 하루에 두 번씩 조 대리가 먹을 물을 갈았다. 새장 밖으로 내놓기도 했다. 가끔 숯도 갈아 먹였다.

도시락을 정리해서 가방에 넣고 다시 전화번호부를 펼쳤다. 조영

필이 눈에 들어왔다. 좋아하는 가수 이름과 비슷해서 망설임 없이 전화번호를 눌렀다. 남자 목소리가 들렸다. 남자 이름을 눌러도 여자가 받는 것이 대부분인데 뜻밖이었다. 지난달 낮잠을 깨웠다고 낯모르는 남자에게 욕설을 들은 뒤부터 남자 목소리가 들리면 가슴이 콩닥거렸다. 뛰는 가슴을 한 손으로 누르며 상냥하게 말했다.

"저희 부동산에서는 행운을 드리는 매물만 취급합니다. 단 한 번의 투자로 노년이 행복해지기를 권합니다. 오시기 싫은 분은 연락만 주시면 저희가 달려가겠습니다."

남자는 정말 아가씨가 오느냐며 흐흐흐 웃었다. 능청스러운 목소리가 피부에 와 달라붙을 듯 끈적끈적했다. 얼굴은 개기름이 번들거릴 것 같았다. 기분이 상하지만 휴대 전화 번호와 집 주소를 적고 나서 사흘 뒤로 방문 날짜를 잡았다. 보는 사람도 없는데 얼굴이 달아올랐다. 남자의 목소리를 털어 버리기 위해 고개를 크게 한 번 흔들었다. 이런 경우에 대비해 사장은 두 개의 가명을 지어 주었다. 사흘 후 남자의 집에 가는 일은 김 실장 차지였다.

다시 번호를 눌렀다. 신호음만 계속 길게 이어졌다. 이쯤에서 포기하고 귀에서 수화기를 떼려는 순간 여자 목소리가 고막을 울렸다.

"먹고살기도 바쁜데 무슨 투자요."

여자는 짜증부터 냈다. 여자의 메마른 얼굴이 상상되었다. 회색을 연상시키는 목소리와 체념 섞인 말투는 여자의 삶을 대변하고 있었다. 여자의 전화번호를 적은 뒤 언제 한번 사무실로 나오라고 정중히 권한 후 여자가 전화를 끊을 때까지 기다렸다. 손님에게 내 목소리는 어떻게 들렸을까 궁금했다. 삶이 신산한 사람일수록 단번의 승부에 목숨처럼 아끼던 돈도 내놓는다던 사장의 말이 들리는 듯했다.

요즘은 주부들의 활동 범위가 넓어지다 보니 통화도 어렵지만 전화 통화를 했다고 해서 다 고객이 되는 것도 아니었다. 어제는 한 시간가량 투자의 기본 방향만 알려 주다가 그쪽 전화선에 다른 사람이 들어오는 바람에 본론은 꺼내 보지도 못하고 수화기를 내려놓았다. 나는 전화 광고를 배울 때 거부감을 주지 않는 약간 낮은 목소리로 겸손하면서도 단호하게 상대방을 설득하는 대화법을 연습했다. 첫날은 땅을 소개하기는커녕 대화를 이어 가기도 힘들었다. 전화가 연결되자마자 재빨리 말을 시작해도 어느 틈에 신경질적인 반응을 보이면서 전화가 끊겼고, 너나 잘 먹고 살지 웬 전화질이냐며 욕을 하는 사람도 있었다.

다시 번호를 찾으려는데 전화벨이 울렸다. 천천히 수화기를 들었다. 높고 맑은 목소리의 여자는 아파트 시세를 물었다. 집을 넓혀 가려 해도 아파트가 팔리지 않아서 사장에게 줄을 대놓고 있는 사람을 나는 여럿 알고 있었다. 여자는 그중 한 사람일 것이다. 지금은 보합세지만 앞으로 더 내려갈 것 같다고 나는 말했다. 여자는 갑자기 기운이 빠진 목소리로 알았다고 하더니 전화기 내려놓는 소리가 들렸다.

그때 벌컥, 사무실 문이 열리는 소리가 겹쳐졌다. 나는 얼른 전화기를 내려놓고 문 쪽을 바라보았다. 낯선 남자가 숨을 몰아쉬며 문을 가로막고 서 있었다. 남자의 날 선 눈빛에서 심상치 않은 기운이 느껴졌다.

"사장 어디 있어? 사장 나오라고 해!"

남자가 소리쳐 물었다. 나는 가슴이 덜컹 내려앉고 몸이 떨렸다. 고속 열차가 지나가듯 오전에 통화했던 강 여사의 얼굴이 머리를 스쳤다.

"지방 출장 중이신데요. 무슨 일로……?"

일단 시간을 벌고 보자는 생각에 거짓말을 둘러댔다. 사무실을 휘둘러보던 남자의 얼굴에 잠시 난감한 표정이 스쳤다. 기선 제압을 하려는 듯 남자가 다시 소리쳤다.

"아가씨도 한패지? 복이 들어오는 땅이라면서 자갈밭 사라고 전화한 사람 맞지?"

남자는 내게 삿대질까지 해 가며 다그쳤다.

"진정하세요. 사장님께 말씀드릴게요."

나는 남자가 손찌검이라도 할까 두려워서 꼼짝도 못하고 앉아 있었다.

"무얼 믿고 몇 년을 기다리라는 거야. 계약금 안 내놓으면 사기죄로 고발한다고 전해!"

남자는 나가면서 사무실 문을 꽝 닫았다. 나는 한숨을 쉬며 가슴을 쓸어내렸다. 남자의 서두르는 품으로 봐서는 해약해 주지 않으면 일이 커질 것 같았다. 힘이 빠진 손가락으로 사장의 휴대 전화 번호를 눌렀다. 신호음이 여러 번 울리고서야 사장의 목소리가 들렸다. 어디 있는지 모깃소리같이 가느다랗게 들렸다. 남자가 행패를 부린 일을 보고했다.

"놀랐겠네. 약이라도 사 먹고 있어. 내 곧 갈 테니."

사장은 사무실로 오는 중이라며 전화를 끊었다. 역시 사장은 큰손다웠다. 서류상 잘못된 부분은 없으므로 강 여사가 소송만 제기하지 않으면 별일 없을 거라고 말했다.

답답함을 달래려고 자리에서 일어나 사무실을 한 바퀴 돌았다. 어느새 창밖은 가로등이 환했다. 멀리 보이는 아파트 창에도 하나둘 불빛이 늘어 가고 있었다. 식구들과 단란한 저녁을 먹을 그들이 부러웠다. 그저께도 어머니는 선볼 의향이 없느냐고 넌지시 물었다. 누가 나를 데려가겠냐고 했지만 다른 방법이 있는 것도 아니었다.

나는 책상을 돌아 새장 앞에서 발길을 멈추었다. 조 대리는 모처럼 조용했다. 물끄러미 쳐다보는 눈망울에 물기가 번득이는 것도 같았다. 문득 조 대리가 측은해졌다.

"나오고 싶니? 날고 싶어? 그럼 마음껏 날아 봐라."

새장 문의 고리를 벗겼다. 조 대리는 새장 문이 다 열리기도 전에 책상 위로 나와 사무실 바닥에 폴싹 날아 앉았다. 조 대리에게 해바라기씨를 듬뿍 뿌려 주었다. 사장은 바쁠 때는 조 대리를 잊고 있다가도 한가할 때는 모이를 잔뜩 주곤 했다.

"전화 온 거 없었어?"

나는 사장이 내게 그러는 것처럼 조 대리에게 물었다.

“전화 온 거, 전화 온 거.”

조 대리는 사장의 억양으로 내 말을 흉내 냈다. 언젠가 조 대리도 알게 될 것이다. 새장 밖을 향한 꿈을 품고 살았던 때가 행복했음을.

나는 다시 책상 앞에 앉아 수화기를 들고 김 실장의 휴대 전화 번호를 눌렀다. 그는 어머니의 투석 때문에 오후 내내 병원에 가 있는 중이었다. 거의 다 왔다는 김 실장의 음성은 염려했던 것보다 밝았다.

사장의 얼굴은 평상시와 같았다. 뒤따라 김 실장도 사무실로 들어섰다. 나는 강 여사 남편으로 보이는 사람이 다녀간 이야기를 자세히 보고했다.

“강 여사는 해약해 주고, 그 땅은 다른 사람에게 소개하면 되지 뭐.”

사장은 걱정 말라는 표정으로 결론을 지었다.

“사람들이 너무 인내심이 없는 것 같아. 내가 수십 년에 걸쳐 고생하며 간신히 터득한 것을 단시간에 이루려고 하는 걸 보면……. 거짓말을 갖다 붙이는 사람도 있지만 우리는 그건 아니잖아.”

사장의 한탄에 김 실장도 보탰다.

“지금은 허황된 이야기 같지만 언젠가는 진실이 될 수 있잖아요. 그런 희망이라도 있어야 저 같은 놈도 이 험한 세상을 살지요.”

김 실장의 눈에 눈물이 고인 것 같아서 나는 얼굴을 창 쪽으로 돌렸다.

"이제는 우리의 스토리를 만들어 가자고."

사장은 김 실장의 등을 가볍게 두드리며 말했다. 나는 지금이야말로 진정한 스토리 마케팅이 시작되는 때라고 생각하며 특별 매물 공책을 끌어당겼다.

깊은 우물

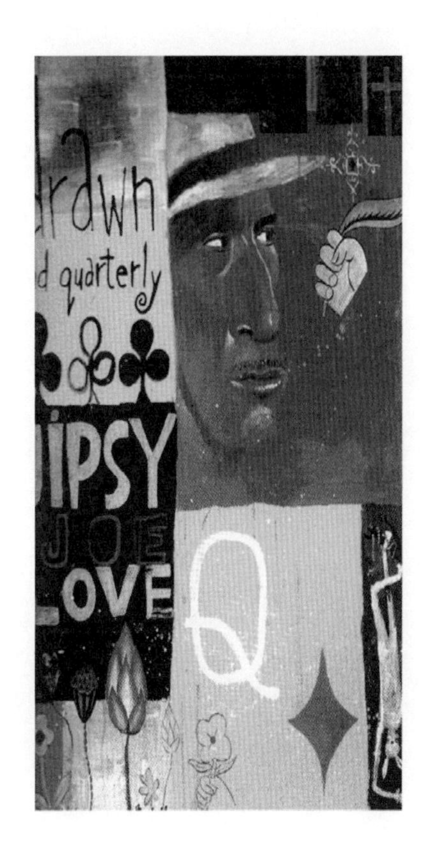

조카 수진의 전화를 받은 것은 오후 3시경이었다. 나는 김치를 살까 담글까 망설이다가 절임 배추를 사서 소만 만들어 넣기로 하고서도 엄두가 나지 않아 솜씨 좋은 언니의 얼굴을 떠올리고 있었다. 그동안 식탁 한가운데를 차지하며 식구들의 입맛을 돋우던 김치는 두 달 전 언니가 보내 준 여름 김장이었다. 언니의 김치는 깊은 우물에서 길어 올린 샘물처럼 국물이 시원해서 먹은 뒤에도 입안이 개운한 것이 특징이었다. 결혼한 지 10년이 넘었어도 나는 김치 맛을 잘 내지 못했고 앞으로도 크게 발전할 기미가 보이지 않았다. 배추가 덜 절여져서 양념이 국물에 씻기거나 너무 짜서 찌개를 끓여 먹은 적이 한두 번이 아니었다. 그런 나를 위해 친정어머니는 평생 우리 집 김치를 담가 주다 세상을 떠났고, 그 후에는 어머니를 대신하듯 언니가 김치를 나눠 주곤 했다.

김치 재료 적던 메모지를 식탁 가장자리에 밀어 놓고 나는 번호부터 확인했다. 휴대 전화 액정에 뜬 것은 언니의 딸인 수진의 전화번호였다. 평소 수진은 내게 전화를 거는 일이 드물었다. 급한 일도 문자를 이용했다. 그런데도 나는 그 전화가 얼마나 충격적인 소식을 전하려는 것인지 예측하지 못했다.

"여보세요?"

동그스름한 수진의 얼굴을 떠올리며 나는 반가움에 목소리를 높였다.

"이모, 엄마가 사고를……."

수진이 콧물을 훌쩍이며 더듬더듬 말했다. 전혀 예상하지 못했던 소식에 나는 하마터면 휴대 전화를 떨어뜨릴 뻔했다. 산악회 회원들과 북한산으로 등산을 갔다가 추락사했다고 수진은 울다가 말을 하다가 끝내 흐느꼈다. 나는 덜덜 떨리는 두 손에 힘을 주며 휴대 전화를 꼭 쥐었다. 아무 말도 생각나지 않았다. 부모님이 돌아가셨을 때보다 더 앞이 캄캄했다. 언니 집에서 대학을 다닌 내게 언니는 가장 가까운 의논 상대였다. 눈시울이 뜨거워지면서 눈물이 눈가를 적셨다. 아직 대학생인 수진에게 어떤 위로의 말이든 해야겠는데 "수진아" 하고 불러 놓고 목이 메어 말이 나오지 않았다. 가슴이 먹먹하고 다리가 후들거려 무너지듯 거실 마루에 주저앉았다.

놀라기는 내 전화를 받은 남편도 마찬가지였다. 회사를 마치는 대로 병원으로 가겠다고 말하고도 한참 동안 다음 말을 잇지 못했다. 전화를 끊기 전 남편은 다시, 어떻게 그런 일이 처형에게 일어났느냐면서 한숨을 쉬었다. 나는 남편의 말에 동조하면서 언젠가 들었던 언니의 말을 떠올렸다.

"나는 죽음이 두렵지 않아."

그때 나는 언니의 말을 건성으로 들었다. 50 평생 악다구니 한 번 할 줄 모르고 조용히 살아온 언니가 죽음에 관해서는 무 자르듯 단호하게 자신의 의견을 내세우는 것이 의외였지만 나이 든 사람의 푸념쯤으로 받아들였다. 결혼 전 아버지와 어머니의 죽음을 차례로 겪은 탓인지 언제부턴가 내 머릿속에는 나보다 언니가 먼저 죽을 거라는 고정 관념이 들어차 있었다. 언니는 부모님이 건강했을 때 대학도 다녔고 결혼도 적령기를 넘기지 않았다. 대학 내내 아르바이트를 하고 졸업 후에는 결혼 자금 버느라 노처녀로 시집간 나에 비해 언제나 순탄한 삶이었다. 아무리 생각해도 언니가 변을 당할 확률은 낮았다. 물만 보면 손을 씻고 걸레도 행주처럼 하얗게 삶아서 결벽증 환자 취급을 받았지만 나를 비롯한 주변 여인들에게 언니는 부러움의 대상이었다. 형부는 언니의 소원대로 교수가 되었고 취미도 책 읽고 공부하는 것이 전부여서 가정에 안주하고 싶어 하는 언니에게는 안성맞춤이었다. 언니의 부엌은 언제나 생기가 돌고 그릇들은 새것처럼 반짝였다. 나는 언니 집을 다녀온 날이면 때에 절어 더 낡아 보이는 부엌살림이 신경에 거슬려서 짜증이 나곤 했다.

장롱 문을 열고 검은색 정장을 꺼냈다. 양장 저고리를 입는데 팔이 떨려 한 번에 입지 못하고 세 번이나 다시 끼워야 했다. 문득 언니가 남근 김치를 이제는 먹을 수 없다는 사실이 가슴 아프게 현실로 다가왔다. 아파트 단지와 이어진 울타리 옆 미루나무에서 철 늦은 매미가 목이 터져라 울고 있었다.

외래 진료가 끝나 가는 병원 대합실은 한산했다. 출입구를 들어서자 의자에 앉아 있는 수진이 눈에 들어왔다. 내가 다가가는 것도 모른 채 고개를 숙이고 있었다. 풀 죽은 모습이 어미 없는 아이 티가 나는 것 같아 가슴이 저려 왔다. 수진의 긴 목과 좁은 어깨는 언니를 연상시켰다. 수진이 내 어깨에 기대며 울음을 터뜨렸다. 나는 수진의 긴 머리를 쓰다듬으며 달랬다. 언니의 사체는 냉동실로 들어갔고 형부는 부검 시간을 정하느라 의사와 상담 중이었다. 언니는 산악회 회원들에 의해 병원에 실려 왔는데 발견했을 당시 이미 숨이 끊어져 있었다고 했다. 언니가 산악회 회원이었다는 것은 금시초문이었다. 한 달 전 통화를 했을 때도 듣지 못한 일이었다. 언니는 무릎 관절에 염증이 있어서 평지를 걸어야 한다고 알고 있는데 어떤 이유로 등산을 시작했는지 짐작조차 되지 않았다.

형부가 돌아온 것은 10분쯤 지나서였다. 황망해하는 모습을 어찌 볼까 걱정했던 것과 달리 표정만 조금 어두웠을 뿐 침착한 모습은 병원에 면회 온 사람들과 다를 게 없어 보였다. 형부는 어떻게 이런 일이 일어났는지 모르겠다며 지쳐 있는 수진의 어깨를 다독였다. 부검은 다음 날 오전 8시로 잡혔고 영안실은 아침부터 쓰게 될 거라고 형부는 담담히 말했다. 불빛에 드러난 형부는 얼굴이 푸석해 보였지만 꼿꼿한 자세를 흩뜨리지 않았다.

"실족사가 확실하면 부검할 필요가 없잖아요."

형부를 똑바로 쳐다보며 나는 퉁명스럽게 말했다.

"보험 처리에도 필요해서……."

형부의 목소리는 낮았지만 말소리는 또렷했다. 전에는 느끼지 못했던 냉랭함이 말끝에 묻어났다.

식욕이 없다는 형부와 수진의 등을 억지로 떠밀어 식당이 있는 지하로 내려갔다. 형부는 육개장을, 나와 수진은 순두부찌개를 주문했다. 반찬은 콩나물무침과 멸치고추볶음, 어묵조림, 김치가 나왔다. 김치는 색도 곱고 배추도 연했으나 신선한 양념 맛이 나지 않고 시지근했다. 수진은 밥은 먹지 않고 벌건 순두부 국물만 떠먹었다. 나는 수진의 국그릇에 밥을 크게 떠서 한 숟가락 넣어 주었다. 수진은 서너 숟가락 먹더니 수저를 내려놓았다. 형부는 육개장에 밥을 말아 김치를 얹어서 반 그릇쯤 먹었다. 배가 고픈 시간대이기도 했지만 언니가 담근 김치가 아닌 다른 김치도 잘 먹는 형부가 나로서는 의외였다.

언니가 철 따라 담그는 김치는 형부의 입맛을 근거로 한 맛내기였고 언니는 그 일이 세상에서 가장 소중한 일인 듯 정성을 다했다. 매년 9월이면 물고추를 사서 햇볕 잘 드는 베란다에 널어 태양초를 만들었으며 김치 명인이 출연하는 텔레비전 요리 강좌도 거르지 않고 보았다. 언니가 담근 김치는 다 먹을 때까지 싱싱하고 윤기가 흘렀다. 다시마와 멸치, 배 등으로 국물 맛을 낸 김치는 어릴 적 어머니의 김치와 비슷하면서도 더 달고 상큼했다. 김치 국물은 빨간 물감을 풀어 놓은 것처럼 색이 선명했다. 김치를 먹을 때마다 입안에서는 배추 줄기를 씹는 소리가 사각거렸다.

며칠 전 김치가 몇 쪽 안 남은 줄 확인하고서도 내가 그냥 버텼던 것은 학원 근무가 벅차서였다. 정성이 부족해서 맛이 없다는 남편의 지적대로 나는 매번 쫓기듯이, 아니면 마지못해 김치를 담갔다. 손은 배추를 씻으면서도 머리는 최대의 효과를 얻을 수 있는 학습법을 생각하곤 했다.

골치 아픈 일은 교재 연구에서 끝나는 것이 아니었다. 이번 달에 새로 등록한 학생의 어머니와 면담할 때였다. 학생의 어머니는 특목고를 보내고 싶다며 특별 수업을 해서라도 단기간에 성적을 올려 줄 수 없느냐고 물었다. 아이의 성적은 중간 정도라고 했다. 나는 최선을 다해 보자고 했지만 마음은 무거웠다. 누군가는 꼴찌를 해야 하는데 그 누군가가 자기 아이가 아니기를 바라는 것이 부모의 마음이었다. 그 바람이 세상의 부모를 살게 하는 힘이 되는지 모르지만 나로서는 어이없을 때가 한두 번이 아니었다. 내가 가르치는 국어의 중요성을 모르는 것도 답답하기는 마찬가지였다. 우리말을 다 익히기도 전에 외국어를 배운 아이들은 초등학교에서 배웠을 단어도 제대로 이해하지 못해 나를 안타깝게 했다.

원장은 아이들의 성적을 올리지 못한 강사는 월급도 올리지 않았다. 적은 급료 때문이거나 아니면 강사의 무능력을 문제 삼는 원장의 압력으로 학원은 1년 내내 강사의 이동이 끊이지 않았다. 그럴 때마다 나는 학교를 떠난 것이 후회스러웠지만 남편과 아이를 뒷바라지해야 되는 아침 시간을 자유롭게 쓸 수 있는 것에 만족했다. 결혼 전 내가 근무하던 중학교는 서울 근교에 있는 사립 학교였다. 이른 출근 시간 때문에 서울에서의 통근은 엄두도 못 냈지만 남편은 주말부부는 절대 안 된다고 못 박았다. 따로 살다가 연인처럼 일주일에 한 번 만나 섹스나 하려면 결혼을 왜 하느냐면서 아내가 해 주는 따뜻한 밥을 원했다. 나는 남편의 이기심 때문에 포기해야 되는 평생직장이 아까웠지만 아이의 육아를 생각하면 그 말이 옳은 것 같았다. 남편은 우리 식구 밥은 굶기지 않을 테니 걱정 말라고 대책 없는 큰소리를 쳤다.

지금의 학원은 결혼 후 두 번째 직장이었다. 규모도 작고 강사료도 낮은 편이지만 내가 학원을 떠나지 않는 것은 원장의 신임이 고마워서였다. 원장은 공부만 잘 가르치면 강사의 나이는 문제 삼지 않았다. 50대인 원장보다 더 많으면 곤란하겠지만, 그동안 원장은 특별히 젊은 강사를 가려 뽑는 것 같지는 않았다. 원장은 대학을 갓

졸업한 강사들 앞에서 나의 경험을 참고하라며 교육을 부탁하기도 했다.

식당을 나와 다시 1층으로 올라갔다. 어느새 창밖은 어두워져 있었다. 형부가 말려서 수진과 내가 언니의 시신을 보는 것은 입관할 때로 미뤄졌다. 형부는 이미 죽은 언니보다 살아 있는 수진이 받을 충격이 더 염려스러운 듯했다. 피를 나눈 나도 산 자의 이기심이 앞서 형부의 말을 따랐다. 언니의 마지막 얼굴이 궁금했던 것은 집을 나설 때뿐이었고, 병원에 와서는 시신에 대한 두려움 때문에 그 마음이 엷어지고 있었다. 장례식장 사무실에 들러야 한다는 형부와 수진을 두고 먼저 병원을 나섰다.

햇볕이 따갑던 낮과 달리 밤에는 서늘한 바람이 간간이 불어와서 땀에 젖었던 목덜미가 시원했다. 더위를 몹시 타던 언니는 여름을 못 견뎌 했다.

"나는 여름에 죽을지도 몰라."

어쩌면 언니는 자신의 죽음을 예감하고 있었던 것이 아닐까. 어둠이 짙어져서 네온사인 불빛이 한층 선명해진 거리는 분주히 오가는 사람들로 붐볐다. 그 거리 어디선가 언니가 불쑥 나타날 것 같아서, 언니의 목소리가 들려오는 것 같아서 나는 신호등이 바뀌는 줄도 모르고 건널목에서 한참을 서 있었다. 전철에 오르고 나서야 병원으로 오고 있을 남편이 생각났다. 남편의 휴대 전화 번호를 눌렀다.

"지금 가고 있어."

신호음이 끝나자 남편의 짤막한 대답이 들려왔다. 저녁 회식이 있다더니 그것을 포기한 아쉬움이 전화선을 타고 전해져 왔다. 시도 때도 없는 구조 조정의 불안감 때문에 남편은 술을 먹고 잠드는 날이 많았다. 한밤중이건 새벽녘이건 한번 잠이 깨면 다시 잠들지 못하고 거실을 서성거렸다. 남편은 피곤에 지쳐 잠든 내게 잠 귀신이 붙었느냐며 야유를 보내기도 했다. 남편에게는 처형의 죽음이 그가 다녔던 수많은 상가와 크게 다르지 않을지도 모를 것이었다. 남편은 내가 집에 오고 나서도 30분이나 더 지난 9시쯤 도착했다. 배가 고파 간단히 요기를 하고 왔다면서 들어서자마자 과일부터 찾았다. 남편에게 참외를 깎아 주고 욕실로 들어가려는데 전화벨이 울렸다.

언니의 대학 친구인 민경숙이었다. 경숙 언니의 소식은 언니한테 계속 들어서 알고 있었지만 음성을 듣기는 수진의 돌잔치 이후 처음이었다.

"내가 산악회에 들라고 했는데 할 말이 없네."

경숙 언니는 미안하다는 말을 여러 번 했다. 문득 언니가 생의 마지막을 보낸 곳을 확인해 보고 싶은 생각이 머리를 스쳤다.

"언니가 추락했던 곳을 가 볼 수 있을까요?"

"그럼, 병원으로 옮길 때 나도 현장에 있었는걸."

다음 날 병원에서 만나기로 약속을 하고도 경숙 언니는 이런 어처구니없는 일이 왜 우리에게 일어나야 되느냐, 네 언니가 너무 행복해서 신이 시기했나 보다 하며 한참 푸념을 늘어놓은 뒤 전화를 끊었다.

언니와의 마지막 통화는 보름 전쯤이었다. 일상의 푸념 따윈 안 하는 언니인 줄 알면서도 상담 의도와는 다른 말만 잔뜩 늘어놓는 학원생 어머니들에게 질린 뒤라 출근을 핑계로 언니를 다그쳤다.

"빨리 말해, 시간 없어."

어쩌면 그날 나는 언니에게뿐 아니라 자유 시간이 많은 세상의 모든 주부들에게 심통이 나 있었는지도 몰랐다.

"우리 터키에 있는 지하 도시에 한 번 더 가지 않을래?"

나는 뜬금없이 해외여행을 가자는 언니의 말을 행복에 겨운 마나님의 푸념쯤으로 받아들였다.

"언니는 팔자가 늘어져서 여행 타령이나 하는지 모르지만 나는 입시 전까진 공휴일 외엔 쉬는 날도 없어, 형부하고 같이 가."

"형부하고?"

언니는 무슨 말인지 더 할 듯 망설이다가 전화를 끊었다.

지하 도시에 간 것은 재작년에 언니네 모녀와 우리 식구가 같이 떠났던 7박 8일간의 터키 여행 중 셋째 날이었다. 두 부부만 가기로 했던 처음 계획과 달리 형부의 학회 일정에 차질이 생기는 바람에 아이들과 함께한 여행이었다. 형부는 원래도 가기가 싫었는지 일정의 변동을 내심 반기는 눈치였다. 2박 3일의 학회를 마치고 나면 혼자 남해안이라도 다녀올 테니 걱정하지 말라고 언니에게 말했다. 우리는 동서 문명의 십자로인 터키에 예전부터 관심이 많아서 난생처음 가 보는 외국 여행지로 터키를 선택하는 데 동의했다.

열두 시간의 비행 끝에 터키에 도착하자 곧바로 유적지 관광에 들어갔고 사흘 만에 카파도키아로 가게 되었다. 그곳의 건축물 가운데 하나인 데린쿠유는 깊은 우물이라는 뜻으로, 정확한 연대도 모를 정도로 오래된 지하 동굴이었다. 외부의 침략과 박해를 피해 만들어졌으며 그 후 아랍인들이 이 지역을 수차 침입했지만 한 번도 정복할 수 없었다는 것이 놀라웠다. 이 부분에서 언니는 감탄사를 연발했다.

"어떻게 한 번도 들키지 않았을까."

"언니는…… 옛날이니까 가능했겠지."

"그 한 번이 중요한 거야. 만약 들킨 적이 있다면 계속 의심을 받아서 데린쿠유가 초토화되었겠지."

우리는 줄을 서서 안내원을 따라 지하 도시 안으로 들어갔다. 안전을 위해 지하 8층까지만 개방하고, 연결하는 터널이 9킬로미터나 된다고 해서 개미집이 생각났다. 동굴 터널 위로 전기 시설이 되어 있었지만 얼마 걷지 않아 동서남북의 구분이 혼란스러웠다.

안내원은 넓은 공간이 나올 때마다 우리 일행을 확인했다. 통로는 겨우 한 사람이 허리를 굽혀야만 다닐 수 있을 정도의 넓이였다. 언니도 나도 허리가 부실한 사람들이었지만 일행을 놓칠세라 숨을 헐떡이며 부지런히 따라붙었다. 식수는 땅속 깊이 우물을 파서 지하수로 사용하고, 이것을 지하 공기를 맑게 해 주는 통풍 장치로 사용했다는데 여름에는 시원하고 겨울에는 따뜻해서 지낼 만했을 거라고 안내원은 설명했다. 좁은 공간에서는 잠도 못 자는 내게 그것은 불가능한 일 같았다.

"하루를 살더라도 편히 살다 죽고 싶어."

내 말에 30명 우리 팀원들은 모두 웃었지만 언니는 웃지 않았다.

"육신의 안락보다 더 귀한 것을 지키는데 그만한 고통은 감수해야지."

언니의 표정은 데린쿠유에 살던 이가 환생한 듯 진지했다. 동굴 중간중간에는 외적의 침입을 막기 위한 맷돌 모양의 큰 석물도 놓여 있었다. 누군가 밖에서 도와주지 않으면 오랫동안 들키지 않고 살아가는 것이 불가능해 보였다. 자신들의 생존 환경을 지하로 옮기면서도 공동체와 종교를 지키기 위해 어려운 길을 택했던 그들의 삶의 흔적이 내게는 경이로웠다. 지상으로 나왔을 때 언니가 말했다.

"같은 곳을 바라보는 사람들끼린데 어디선들 못 살겠니. 인생이 별게 아니야. 평생 1000원짜리 실몽당이 두 개도 못 쓰고 죽는 게 여자의 일생이야."

언니는 바느질이 취미였다. 재봉틀질도 잘해서 형부의 잠옷도 만들고 수진의 외출복도 만들었다. 언니는 나와 남편의 잠옷도 만들어 주었다. 언니의 실 통에는 색색의 실이 가득해서 나는 많이 쓰지 않는 실은 언니에게 얻어 썼다. 언니는 손바느질도 잘했다. 언니는 시집갈 때 많이 쓰는 흰색 실과 검은색 실은 특별히 두툼하게 감긴 것을 사 갔는데 그 값이 1000원이었다. 언니는 20여 년이 지나도록 그것을 쓰고 있었다. 바느질을 많이 하는 나도 그런데 다른 사람은 오죽할까, 라며 언니는 서글프게 웃었다.

나는 언니의 말을 깊이 새겨들을 여유가 없었으므로 같이 한곳을 보는 것에 언니가 얼마나 목말라 있는지 살피지 못했다. 젊은 나이에 명퇴를 당하는 시대를 살고 있는 남편과 아이들 성적과 직결되는 내 장래만도 골치 아파서 잘 사는 언니까지 신경 쓸 처지가 아니었다. 나는 그토록 힘들게 지켜 낸 그들의 성전인 데린쿠유가 지금은 동물이나 기르는 건물로 전락한 것을 허망해하고, 정말 신의 뜻은 무엇일까를 한탄하느라 언니의 그 말을 흘려들었다.

다시 병원으로 출발한 것은 이른 아침을 먹은 뒤였다. 영안실은 2호실이었다. 검은 한복을 입은 수진과 검은 양복을 입은 형부뿐, 문상객은 아직 아무도 안 온 듯 조용했다. 부검이 끝난 언니의 사체는 다시 냉동실로 들어갔고 입관은 오후 4시로 예정되어 있었다. 실족에 의한 심장 마비로 결과가 나왔다며 수진은 눈물을 훔쳤다. 남편이 향에 불을 붙여 향로에 꽂았고 우리 가족은 언니의 영정 앞에서 두 번 절했다. 내가 엎드려 울자 아이도 눈가를 쓱 문질러 닦았다. 영정은 3년 전 터키에 갔을 때 지하 도시 입구에서 찍은 것이었다. 언니는 사진 속에서 활짝 웃고 있었다. 오전 근무만 하고 오후에 다시 오겠다며 남편이 회사로 가고 난 뒤 수진이 곁으로 다가왔다.

"엄마는 선산으로 가기 싫다고 했어요."

"왜?"

나는 지난해 조상들의 산소를 납골묘로 새 단장을 했다던 언니의 말을 떠올렸다.

"그냥 집 가까운 산에 뿌려 달라고 했어요."

어느 날 장례 문화에 대한 텔레비전 프로를 보던 중 언니가 느닷없이 그런 부탁을 했다고 수진은 조곤조곤 말했다.

"아빠가 반대해도 꼭 그렇게 해 달라고 했어요."

평생을 가족과 집밖에 모르고 산 언니가 무슨 이유로 그런 말을 했는지 이해되지 않았다. 이미 정해진 형부 옆자리를 마다했다면 혹시 그 일 때문은 아닐까. 형부 옆에서 흔연히 웃던 언니를 보며 이젠 그 일을 잊었으리라 안심했던 것이 착각이었는지도 모른다는 생각이 들었다.

언니의 삶이 송두리째 흔들렸던 그날, 초겨울인데도 얇은 티셔츠에 풍덩한 재킷을 걸친 언니의 얼굴은 파랗게 질려 있었다. 출근 전 바쁜 시간에 찾아온 언니가 못마땅했지만 박정하게 내칠 수 없어 거실로 맞아들였다. 언니의 성격으로 보아 자존심이 상해서 입에 담기도 싫었을 그 일을 언니는 그래도 남보다는 피붙이가 나을 것 같았는지 내게 털어놓았다. 그즈음 형부가 논문을 핑계로 서재에서 잠드는 날이 많다는 것은 진작부터 알고 있던 사실이었다. 웬일로 그날은 자꾸 서재에 가고 싶더라. 나중에 언니는 웃으며 얼버무렸지만 하늘이 무너지는 것 같았을 심정은 충분히 이해하고도 남았다.

"책상에 엎드려 잠든 네 형부가 안쓰러워서 컴퓨터라도 꺼 주려고 화면을 봤는데 무슨 카페가 떠 있는 거야."

"카페?"

"우리들의 천국이라고 여자하고 둘만 노는 비공개 카페였어."

형부와 여자는 처음 만난 날부터 열흘, 한 달, 두 달…… 달력을 만들어 놓았더라고 했다. 당신과 만들어 가는 시간이 내게는 가장 행복한 시간입니다, 라는 문구까지 곁들여서. 형부는 언니의 생일 카드에도 그런 문장을 쓰지 않았다. 나랑 함께 살 때도 로맨틱한 결혼기념일 이벤트를 바라는 언니를 위해 귀띔을 해 줬지만 형부는 쑥스럽다며 그 기대를 만족시키지 못했다. 내가 풍선을 불고 왕관을 만들어 언니 머리에 씌워 주고 나면 꽃다발을 사 들고 들어오는 정도였다. 두근대는 가슴을 억누르며 기회를 엿보던 언니는 형부가 욕실에 들어간 사이 문자를 보낸 여자의 전화번호를 알아냈다고 했다.

"남자가 그럴 수도 있지 뭐. 더군다나 형부는 젊은 여성들이 많은 직장에 근무하잖아."

나는 일반론을 들어 언니를 설득했다.

"네 형부는 다른 줄 알았거든."

"언니뿐 아니라 세상 모든 아내들이 그게 문제야. 그래, 이혼이라도 해야겠수?"

"그건 아니지만 내 삶이 너무 치욕스럽잖아."

언니의 얼굴은 윤기가 사라져서 어디 스치기만 해도 바스러지는 마른 풀잎 같았다. 나는 수업을 하면서도 형부에 대한 배신감 때문에 자꾸 입술이 씹혔다. 나는 정보망을 총동원하여 그 여자의 오피스텔을 알아냈다. 나는 언니와 그 여자가 만나는 장소에서 여자를 등지고 앉아 둘이 나누는 이야기를 엿들었다. 슬쩍 훔쳐본 여자의 옆얼굴은 피부가 하얗고 꼭 다문 입매가 다부져 보였다. 언니는 상대가 지성과 젊음을 겸비한 노처녀 강사라는 데 충격이 큰 것 같았다. 며칠을 자리에 누워 끙끙 앓고 있다고 영문도 모르는 수진은 걱정하며 내게 전화했다.

언니의 김치가 우리 집에 넘쳐 나기 시작한 것은 그 뒤였다. 자리를 털고 일어난 언니는 김치 장사라도 하는 사람처럼 계속 김치를 담갔다. 배추김치, 총각김치, 갓김치 외에 철 따라 나오는 재료에 양념만 버무려 주면 새로운 김치가 탄생하곤 했다. 김치냉장고를 채우고도 남은 김치가 냉장고에도 자리를 넓혀 가자 나는 언니에게 제동을 걸었다.

"김치가 너무 많아, 좀 쉬었다 보내."

"네 형부가 김치 맛이 예전만 못하다고 해서……. 김치는 우리 집에도 많단다."

언니의 김치 맛이 변한 것은 사실이었다. 특히 배추김치는 절임이 일정치 않아서 어느 때는 국물이 넘쳤다가 다음번은 양념이 말라서 군내가 났다.

그 일이 있기 전, 언니의 배추김치는 남들이 흉내 낼 수 없을 만큼 맛이 독특했다. 많이 매운 고추를 쓰고 무채의 양도 평균치보다 줄였지만 국물은 적당히 달고 시원했다. 언니는 간수를 뺀 보송보송한 굵은소금으로 배추를 절이고 간을 맞췄다. 나는 김치 국물에 기포가 생기고 배추가 위로 들리면 김치 통을 냉장고에 넣었다. 하루 이틀 뒤 배추가 가라앉은 다음 김치를 꺼내면 어머니의 김치 맛과 비슷하면서도 사이다처럼 톡 쏘는 맛이 났다. 총각김치도 마찬가지였다. 무와 잎을 소금에 절이지 않고 양념으로 간을 맞춘 총각김치는 무 본래의 맛이 살아 있어 먹고 나면 속이 개운했다. 1년 중 어느 때라도 언니의 총각김치가 상 위에 올라오면 입안에 군침이 돌았다. 언니는 매년 가을이면 총각김치를 많이 담가서 가까운 사람들에게 선물했는데 그해는 그 맛을 잃어버린 듯 실패를 거듭했다.

언니에게 형부는 신앙과 같은 존재였다고 하면 너무 과장된 표현일까. 형부가 대학원을 마치고 시간 강사를 하던 시절에 중매로 만난 언니는 아이들 과외도 가르치며 모자라는 생활비를 충당했다. 박사 과정을 할 때는 적금을 타서 등록금을 뒷바라지하고 학과장이 된 요즘까지 언니의 내조는 한결같았다. 형부의 발전은 언니의 성취욕을 대리 만족시켰고 언니에게 형부의 몰락은 상상할 수도 없는 일이었다. 형부는 언니의 자존심이었다.

형부는 언니보다 이기적인 사람으로 내게 비쳤다. 자상한 성격이긴 했지만 그 혜택은 언니에게 돌아오지 않았다. 형부는 넘쳐 나는 제자와 경쟁 관계인 동료에게 진을 빼고 들어와 집에서는 언니가 아플 때도 따뜻한 국 한 그릇 끓여 줄 엄두를 못 냈다. 그래도 형부는 언니의 주변 사람들에게 모범 가장으로 알려져 있었다. 나도 언니네 집에서 살기 전에는 형부가 집안일에 그토록 무심한 사람인 줄 알지 못했다. 그 뒤 형부와 여자가 관계를 청산했는지 어쨌는지 언니는 그 일을 두 번 다시 입에 올리지 않았다. 나는 그 일 때문에 쌓인 스트레스로 언니가 병에 걸릴까 걱정스러웠다.

10시가 지나자 형부가 근무하는 대학의 동료와 제자들이 몰려왔다. 재단 이사장과 총장이 어른 키보다 더 큰 화환을 보내왔고, 동창회와 친목 단체에서 보낸 조기와 꽃바구니가 속속 도착했다. 영안실 안과 밖에 꽃이 들어차자 상가 분위기가 물씬 풍겼다. 평소 상가나 결혼식에 보내는 화환을 허례허식이라고 비판했던 지난날이 무색할 정도로 화환은 을씨년스러운 상가 분위기를 정리하는 데 한몫을 했다. 상조회에서 나온 도우미는 손님이 올 때마다 재빨리 육개장을 퍼 담았고, 형부의 제자가 쟁반을 날랐다. 나는 접대실 한쪽에 우두커니 앉아서 사람들이 움직이는 모습을 무심히 보고 있었다. 언니와 관련된 모든 일들이 언니가 세상에 없는 상황에서는 하나도 중요하지 않았다. 경숙 언니가 온 것은 약속 시간 5분 전이었다. 분향을 마친 후 눈물을 글썽이며 내 손을 잡았다.

"너무 미안해서 할 말이 없구나."

경숙 언니는 산악회에 들라고 권한 일을 후회했다. 형부 보기 민망하다며 어쩔 줄 몰라 했다. 산악회에 들어간 것은 두 달밖에 안 되었지만 언니는 그동안 일주일에 한 번 있는 산행에 거의 참석했다는 것이다.

"언니는 그런 이야기를 전혀 안 했어요."

언니가 처녀 때도 등산을 즐기지 않은 것은 경숙 언니도 알고 있었다. 그래서 언니는 조금 올라가서 쉬고 있다가 회원들이 내려올 때 같이 산을 내려오곤 했다는 것이다. 사고가 나던 날도 중턱쯤에서 기다리려니 하고 올라갔다 내려왔는데 보이지 않더라고 했다. 실족사라고 해도 언니가 떨어진 산기슭은 그렇게 위험한 곳이 아니라며 안타까워했다. 약속한 북한산은 절 주차장까지 차를 몰고 간 뒤 거기서 사고 지점까지 가면 빠를 것 같았다. 입관하기 전까지는 돌아와야 되므로 시간이 빠듯했다.

평일 오후의 우이동 등산로 입구는 한산했다. 반들반들 다져진 흙길을 지나 돌이 박힌 산길을 20분쯤 올라갔는데도 두 갈래로 갈라지는 지점이 보이지 않았다. 봄에 남편과 함께 아이에게 벚꽃 구경 시켜 주려고 왔던 기억이 떠올랐다. 언니는 무슨 생각을 하며 이 길을 오갔을까. 경숙 언니는 언니가 많이 외로워했음을 알려 주었다. 그건 나도 아는 일이었다. 언니는, 수진이 대학에 들어간 후 늦게 들어오는 날이 많아지자 혼자 밥을 먹으면서 내게도 허전한 마음을 토로한 적이 있었다. 그때나 지금이나 형부는 논문 자료 모은다며 출장이 잦았다.

백로가 지났다고는 하지만 아직 여름의 잔해가 남아 있는 산은 무더웠다. 나는 진땀을 흘리며 경숙 언니의 걸음을 따라갔다. 등반에 단련된 경숙 언니의 걸음은 남자 못지않게 빠르고 경쾌했다. 언니도 나도 반평발이라서 달리기도 잘 못하고 많이 걸으면 발바닥이 아팠다. 산 중턱쯤 오르자 더워서 더 이상 올라가기가 어려웠다. 사 가지고 간 물도 마시고 땀도 식힐 겸 바위에 걸터앉았다. 나무 향을 머금은 산들바람이 불어왔다. 언니의 죽음 답사가 아닌 등산을 온 것처럼 기분이 상쾌했다.

언니가 실족한 장소는 성벽 아래 낭떠러지였다. 나는 성벽 밑의 길을 따라 언니의 추락 장소까지 내려갔다. 경찰이 사고 지점을 팻말과 띠로 표시해 놓은 것이 보였다. 나무가 우거져 있어 가까이 가기 전에는 사고 지점 표시도 잘 보이지 않았다. 나는 그 주변을 돌아보며 언니의 숨결을 느끼려고 숨을 크게 들이마셨다. 나뭇잎 사이로 햇빛이 비치는 그곳은 멀리서 봤을 때보다 훨씬 아늑하고 비밀스러웠다. 경사진 땅에는 높이 올라간 나무 밑으로 잡초가 무성했다. 나무 그늘에 몸을 숨기면 찾기가 쉽지 않을 것 같았다. 문득 허리를 굽히고 데린쿠유의 땅속 마을을 신기해하던 언니 모습이 생각났다.

"데린쿠유도 대단하지만 그것을 지키기 위해 많은 이들이 한마음이 되었다는 게 기적 아니겠니."

어쩌면 언니는 나무 그늘 아래에서 데린쿠유를 떠올렸을지도 모를 일이었다. 그곳이 데린쿠유인 듯 그 품에 안긴 것은 아닐까, 나는 억장이 무너지는 것 같았다. 우리는 다시 성벽 옆의 산길로 올라갔다. 성벽 넓이를 보기 위해 성벽 위로 올라가서 밑을 내려다보니 아찔했다. 나처럼 고소 공포증이 있는 사람은 발을 헛디딜 수 있을 것 같았다. 하지만 언니는 고소 공포증 환자가 아니었다. 성벽 위에서 떨어졌거나 성벽 옆 등산로에서 굴렀을 위치도 이리저리 가늠해 보았지만 아무리 살펴봐도 실족할 정도로 좁은 길은 보이지 않았다. 나는 아쉬움을 뒤로한 채 하산을 서둘렀다.

다시 병원으로 왔을 때는 형부 쪽 친척들이 많이 와 있었다. 나와 안면 있는 형부의 사촌 형수는 남편보다 앞서 갔으니 언니는 복 많은 사람이라며 나를 위로했다. 그들에게 언니는 남편 잘 만나 한평생 편히 살다 죽은 그 집안의 며느리일 뿐 그 이하도 이상도 아닌 듯했다. 물론 남편 덕에 대접받고 호강하다 죽은 며느리가 되기 위해서 언니가 어떻게 살았는지, 그것을 지키려고 무엇을 감수했는지 그들이 알아야 할 임무가 있는 것도 아니었다.

"어중간한 상처는 망처라는데 우리 동생 불쌍해서 어쩌나."

분향을 마치고 접대실로 온 수진의 고모가 내게 들으라는 듯 사촌 형수를 보고 큰 소리로 말했다. 아직도 한복을 즐겨 입는 수진의 고모는 집안 행사 때 나도 몇 번 마주쳐서 괄괄한 성품을 알고 있었다. 그래도 언니는 그 시누이에 대해 시시콜콜 말하지 않았다. 얼마나 대단한 등산을 하였기에 실족사를 하누, 남 보기 창피하게. 쯧쯧. 혀를 차는 소리가 어찌나 큰지 건너편에 있는 내 귀에도 들릴 지경이었다.

"우리 올케, 남편 잘 만나서 죽어서도 호강을 하는구먼."

접대실을 한 바퀴 둘러본 수진의 고모가 입을 실룩이며 접대실 식탁 앞에 퍼질러 앉았다. 절구통 같은 허리와 불룩 나온 배는 고릴라 한 마리가 앉아 있는 듯 보기만 해도 숨이 찰 지경이었다. 나는 산에 오르느라 너무 땀을 흘린 탓에 갈증이 나고 다리가 무거워서 정신을 놓다시피 하고 주저앉아 있었다.

문상객의 밥상을 차리다 보니 육개장과 반찬이 바닥을 보인다고 사촌 형수가 내 옆으로 다가오며 말했다. 도우미에게 김치를 비롯한 반찬을 추가 주문했다. 나는 입안이 깔깔해선지 장례식장 김치가 잘 넘어가지 않았다. 언니의 김치가 그리웠다. 언젠가 배추김치를 같이 담그던 날, 뻣뻣한 배추 잎을 소금물에 적시며 언니는 말했다.

"맛있는 김치가 되기 위해서는 자기 성질을 죽이는 배추 잎의 희생이 필요해, 그래야 양념을 싸안고 맛을 만들어 내지. 이름은 배추김치지만 그 맛의 열쇠는 양념이 좌우하는 거야. 가장 맛있는 순간을 위해 배추는 매운 양념 맛을 견디며 인내해야 되는 거란다."

입관은 4시 정각에 시작되었다. 언니의 시댁 식구들은 핏줄이 아닌 것을 내세워 염습실에 가는 것을 모두 사양했다. 나도 그들에게 언니의 사체를 보이지 않게 된 것이 다행스러웠다. 형부 · 수진 · 나, 셋은 유리창을 사이에 두고 염습실 밖의 복도에서 언니의 시신을 바라보았다. 자세히 보이지는 않았지만 언니는 팔다리를 크게 다친 것 같지 않았다. 머리 쪽만 다친 것이 이상하다고 했던 경숙 언니의 말이 떠올랐다. 실습생까지 세 명의 염습사들이 시신의 치부는 가린 채 빠른 손놀림으로 수의를 입혔다. 수의는 수진과 내가 우겨서 하얀 인견으로 했다. 중국산 삼베가 태반인 현실을 생각하면 차라리 인견이 값도 싸고 미더웠다. 수진과 나는 염습이 계속되는 동안 내내 눈물을 닦았다. 수의 입히기가 끝나자 한 염습사가 우리를 향해 손짓했다. 우리는 우르르 염습실로 들어갔다. 언니의 얼굴은 먹빛이었고 이마에는 상처를 꿰맨 자국이 있었다. 수진이 언니의 시신 위에 엎드려 울음을 터뜨렸다. 하얀 인견 위에 수진의 눈물이 떨어져 얼룩이 졌다. 언니는 저세상에서 그 눈물 자국을 떠올리며 수진을 영원히 간직할 것이었다. 관을 닫기 전에 저승 가는 노잣돈으로 관에다 동전 몇 개 넣으라고 염습사가 말했다. 나는 주머니를 뒤져 100원짜리 동전 세 개를 언니의 관 속에 넣으며 가슴으로 말했다. 잘 가요, 언니.

접대실로 돌아오니 다리가 아프다며 남아 있던 수진의 고모가 나를 불렀다.

“관은 얼마짜리를 했소?”

“100만 원짜리인데요. 장례식장에서 권하는 것 중에서는 싼 편이에요.”

“화장하면 다 없어질 텐데 비싼 관이 무슨 소용 있겠소.”

수진의 고모는 입을 비죽거리며 기어이 한마디 보탰다.

오후 6시가 지나자 문상객이 몰려왔다. 형부가 속한 대학의 교수와 조교들이었다. 그중에는 여성도 많았는데 어디서 본 듯한 얼굴이 한 사람 있었다. 아무리 기억을 되살려도 누군지 떠오르지 않았다. 여자는 같이 온 동료보다 형부와 이야기를 자주 나누었는데 형부는 그 여자의 말을 듣는 둥 마는 둥 했다. 언젠가 우리 가족과 외식을 할 때도 형부는 상기된 얼굴로 말하는 언니 말은 듣지도 않고 창밖을 바라보았었다. 여자는 아는 사람과 마주치면 살짝 미소를 지었는데 다부져 보이는 입매 때문에 나는 그 여자가 누군지 기억해 낼 수 있었다. 잠깐 접대실까지 따라온 형부는 다른 문상객에게처럼 여자에게도 자리를 권하고 이야기를 나누었다. 나만 알 수 있는 친밀감이 두 사람 사이를 감돌았다. 나는 모든 사태를 짐작했다. 가슴속에서 뜨거운 불덩이가 치밀어 오르고 손이 떨려서 앉아 있기가 힘들었다. 도우미에게 집에 일이 있다고 말한 뒤 장례식장을 빠져나왔다.

아파트 현관을 들어서자마자 나는 택시에서 간신히 참았던 울음을 터뜨렸다. 텔레비전을 켠 뒤 언니를 부르며 마음껏 울었다. 자존심 강한 언니가 차라리 자신이 추락해 버린 것은 아닐까. 언니가 애처로웠다. 울다 지친 나는 언니가 이미 데린쿠유의 어느 모퉁이를 돌고 있는 듯한 환상에 빠져들었다. 언니의 실족사도 김치 맛과 함께 영원히 묻힐 것 같았다.

해설

일상의 기하학

장두영(문학평론가)

1. 퀼트의 시간

홍영숙의 소설집 『퀼트 탑』에 등장하는 인물들은 대개 무언가에 열심이다. 퀼트 강사, 건설 기능사, 아동복 디자이너, 영화감독 지망생, 역술가, 부동산 중개인 등 소설 속에 등장하는 직업도 각양각색이다. 다양한 직업을 가진 여러 인물들은 각자 자신에게 부여된 일을 수행하느라 여념이 없다. 그뿐만이 아니다. 직업적으로 하는 일이 아니더라도 소설 속 인물들은 자신의 일에 푹 빠져 있다. 요가 수련, 숭어 방생, 김치 담그기, 경매 입찰 등 그들이 하는 일도 가지가지다. 소설은 사소한 행동 하나라도 놓칠세라 그들의 작업 내용을 부지런히 문장으로 옮기고 있으며, 그러한 서술이 소설의 상당 부분을 차지한다. 소설 속 인물도 열심이고, 그것을 소설 속에 담아내는 작가도 무척이나 열심이다.

꼭짓점이 희미하게 보인다. 정삼각형의 두꺼운 종이 본을 다시 천 위에 올려놓고 모서리를 맞춘다. 한 변이 10센티미터인 첫 번째 조각의 꼭짓점이 머물고 있는 자리는 활짝 핀 빨간 장미 꽃잎이다. 연보라색 바탕에 빨갛고 노란 장미가 사방으로 이어진 무명천은 무늬 때문인지 재단 선이 선명하게 나타나지 않는다. 한 손으로 본을 누르면서 모서리 부분에 연필을 대고 힘을 준다. 순간 도톰한 면직물의 감촉이 뾰족한 연필심을 타고 올라왔다 사라진다. 노란 장미 삼각 하나와 연보라색 삼각 두 개를 더 그린 다음 종이 본을 상자에 넣는다. 상자에는 삼각과 사각, 마름모 같은 본이 가득 들어 있다. 바느질 순서대로 조각에 번호를 붙인 후 천 밑에 받쳤던 사포를 빼내고 시접 선을 따라 가위를 놀린다. 가위 끝에서 잘려 나온 삼각 조각이 바람결에 꽃잎이 떨어지듯 마루 위로 흘러내린다. 조각을 모아서 가지런히 포개 놓은 뒤 시침 핀을 찾아든다. 겉을 마주 댄 1번 조각과 2번 조각의 모서리에 못을 박듯 시침 핀을 꽂는다. 겹쳐진 조각의 가장자리도 핀으로 땀을 떠서 고정시킨다. 벌써 6시다. 아이가 일어나기 전에 블록을 완성하려면 서둘러야 한다. —「퀼트 탑」

「퀼트 탑」 서두를 보면 작가가 인물이 하는 일에 대해 얼마나 많은 관심과 노력을 기울이고 있는지 쉽게 확인할 수 있다. 소설의 문장은 천 조각을 오려 붙이는 바느질 작업을 세밀하게 따라간다. 각양각색의 천 조각을 이리저리 넘나들기를 반복하는 바느질 작업은 천 조각의 색깔이나 형태뿐만 아니라 '도톰한 면직물의 감촉'까지 놓치지 않는다. 어찌나 작업에 몰두하는지 바느질하는 주인공의 의지에 따라 작업이 이루어지는 것이 아니라 바느질 작업 자체가 주인공을 이끌고 가는 형국이다. 일체의 잡념이 사라진 고요하고 엄숙한 분위기 속에서 한 치의 흐트러짐도 없이 지속되는 바느질 작업은 흡사 절대자를 향해 올리는 수도승의 경건한 기도를 연상케 한다.

정교하고 치밀하게 이루어지는 것은 소설 속 바느질 작업만이 아니다. '주인공이 이른 시간에 바느질을 하고 있다'라는 평범한 진술에 경건하고 신성한 의미를 부여하는 것은 전적으로 작가의 글쓰기에 의존한다. 손끝에 느껴지는 천 조각의 미세한 촉감까지 문장으로 담아내는 섬세한 글쓰기 작업이 지향하는 바는 평범하게 보아 넘길 수도 있던 일상의 사소한 조각들에 묻어 있는 감각을 일깨우는 일. 이러한 작가의 글쓰기를 통해 요가 수련에 심오한 세상의 비의가 숨어 있는 것 같은 묘한 느낌을 가질 수 있고, 경매 입찰에 주인공의 꿈과 희망, 좌절이 고스란히 담길 수 있으며, 매일같이 식탁에 오르는 김치를 담그는 일에서조차 여자의 일생에 관한 묵직한 여운이 느껴질 수 있다. 홍영숙 소설에서 '등장인물이 하는 일'은 단순히 소설 속 사건에 그치지 않고 삶에 관한 감각을 담아내는 소설적 장치가 되는 셈이다.

모든 소설은 자전적이다. 작가의 자전적 경험에서 출발하여 섬세하고 치밀한 묘사가 가능할 수 있다. 이런 점에서 「퀼트 탑」 서두에 제시된 바느질 작업 역시 작가의 자전적 면모가 발현된 것이 아닌가 추측되기도 한다. 터키의 지하 도시를 관광한 경험을 소설화한 것이 「깊은 우물」이고, 어린 시절의 아버지에 관한 회상을 소설화한 것이 「치자꽃」이 아닐까 하는 추측도 가능할 듯싶다. 그러나 이러한 추측을 벗어나는 대목 역시 만만치 않다. 「숭어」는 건설 현장에서 미장 공사를 하는 남자를 주인공으로 내세우는데 이른 새벽 바느질을 하던 여자와는 꽤 거리가 멀어 보인다. 「마지막 비행」의 늙은 역술가의 일대기 역시 자전적 경험이라고 보기에는 어렵다.

소설은 자전적인 체험의 영역만으로는 이루어질 수 없다는 것 또한 당연한 이치다. 바느질이든 사주 보기든 작가는 소설 속 인물이 되어 그 인물의 체험을 상상해야 한다. 손끝에 느껴지는 감각을 상상하고, 한 땀 한 땀 바느질할 때의 고요하고 적막한 분위기를 상상해야 한다. 이때 성실한 취재가 뒷받침되어야 함은 물론이다. 건설 현장, 부동산 중개 사무소, 경매 입찰장, 요가 학원 등을 돌아다니며 그곳의 모습을 꼼꼼히 메모하고 스케치하는 노력 없이는 그처럼 다양한 직종과 작업을 다루지 못했을 것이다. 설령 다루었다 하더라도 「퀼트 탑」 서두에서 보이는 것과 같은 독특한 분위기의 형상화에는 미치지 못했을 것이다. 일부의 자전적 요소를 제외한 나머지 대부분은 취재하고, 상상하고, 문장으로 재현하는 글쓰기의 몫이라 보는 것이 옳을 듯하다.

다시 앞의 인용으로 돌아가자. 주목할 부분은 "벌써 6시다. 아이가 일어나기 전에 블록을 완성하려면 서둘러야 한다"라는 마지막 대목이다. 한참 동안 바느질 작업을 묘사하는 데 몰두하던 서술은 이제야 '6시'라는 시간적 배경을 알려 준다. 마법은 끝나고 이제 아이를 학교에 보내고, 자신은 퀼트 학원으로 출근하는 일상이 시작된다. 주인공의 일상은 초라하고 보잘것없다. 출근길에 마주치는 피곤한 얼굴들, 미스 김의 젊음과 대비되어 더욱 초라해 보이는 거울 속 까칠한 자신의 얼굴, 화장기 없는 푸석한 피부에 자신보다 5년은 더 늙어 보이는 친구 미연의 얼굴 등 꿈이나 희망과는 거리가 멀어 보이는 얼굴들로 가득한 일상이다. 일상은 경건하기까지 하던 바느질 작업과 선명한 대조를 이룸으로써 초라한 모습이 더욱 두드러진다. 자기 일에 몰두하는 인물에 관한 묘사는 초라한 일상을 이어 나갈 수밖에 없는 삶의 아이러니로 이어진다.

무언가에 몰두하는 인물들의 일상을 따라가다 보면 자연스럽게 그들이 걸어온 삶의 궤적이 펼쳐진다. 남편의 사업 실패로 생계의 곤란을 겪으면서 퀼트 작업을 하게 되었다는 것, 디자이너로서의 생활에 지쳐 알레르기 비염, 위염, 대인 기피 등의 상황에 이르렀고 이를 극복하기 위해 요가 수련을 하게 되었다는 것, 우울증을 앓고 있는 어머니에게 아늑한 보금자리를 마련해 주기 위해 경매에 뛰어들게 되었다는 것 등 순탄치 않았던 인물들의 삶이 엮여 나온다. 자칫 신산한 삶을 살고 있는 사람을 소설화하다 보면 이야기는 그저 그런 고생담이 되어 버릴 위험도 있다. 소설집『퀼트 탑』은 무언가에 열심인 인물을 소설의 전면에 내세우고, 그 인물의 일상을 살피는 과정에서 그간의 삶을 소개하는 방법을 취함으로써 그 같은 위험에서 벗어난다. 그 결과 홍영숙의 소설은 단편 형식의 미학에 충실하면서도 그 속에 일상의 다양한 국면과 신산한 삶을 살아가는 사람들의 생생한 얼굴을 담아내는 데 이르고 있다.

2. 균열된 삼각형

홍영숙의 소설에는 여러 개의 삼각형이 산재해 있다. 가령「퀼트 탑」에 나오는 삼각형의 작은 천 조각 같은 것들이 우선 눈에 띈다. 그러나 퀼트 작업이 그러하듯 개별적인 삼각 조각은 그것들을 이어 붙이는 바느질 작업을 거쳐 더 큰 삼각형을 이룰 때 의미를 지닌다. 바느질에서 삼각형은 이미 '완성'되어 있는 각각의 조각이라기보다는 희미하게 보이는 세 개의 꼭짓점 사이에 펼쳐지는 세 개의 변으로 만들어지는 '과정' 그 자체다. 꼭짓점을 향하는 바느질의 궤적은 때로는 흔들리기도 하고 비뚤어지기도 하는데, 그럴 때 삼각형은 깨어지고 사라질 수도 있다. 어느 한 변이라도 재단 선에서 벗어나면 서로 길이가 달라져 정삼각형이 유지될 수 없다는 퀼트 작업의 기본

원리가 가르쳐 주듯 삼각형은 조화와 균형이 관건이다.

> 언니의 배추김치는 남들이 흉내 낼 수 없을 만큼 맛이 독특했다. 많이 매운 고추를 쓰고 무채의 양도 평균치보다 줄였지만 국물은 적당히 달고 시원했다. 언니는 간수를 뺀 보송보송한 굵은 소금으로 배추를 절이고 간을 맞췄다. 나는 김치 국물에 기포가 생기고 배추가 위로 들리면 김치 통을 냉장고에 넣었다. 하루 이틀 뒤 배추가 가라앉은 다음 김치를 꺼내면 어머니의 김치 맛과 비슷하면서도 사이다처럼 톡 쏘는 맛이 났다. 총각김치도 마찬가지였다. 무와 잎을 소금에 절이지 않고 양념으로 간을 맞춘 총각김치는 무 본래의 맛이 살아 있어 먹고 나면 속이 개운했다. 1년 중 어느 때라도 언니의 총각김치가 상 위에 올라오면 입안에 군침이 돌았다. ―「깊은 우물」

조화와 균형이 중요한 것은 김치 담그기도 마찬가지다. 소금의 양, 배추 절이는 시간, 곁들이는 양념이 조화를 이루지 않으면 "어느 때는 국물이 넘쳤다가 그 다음번은 양념이 말라서 군내가 난"다. 이에 「깊은 우물」에 나오는 언니의 김치 담그기란 그녀 자신의 삼각형 만들기 작업이라는 점에서 「퀼트 탑」의 바느질과 동격이다. 육체와 정신의 조화와 균형을 되살려 일정한 자세를 유지하는 요가 수련 「중독」, 타당한 금액을 계산하여 입찰금과 입찰 보증금을 준비하고 적당한 시점에 입찰하여 경매 물건을 낙찰받는 일「오래된 집」, 타일을 붙일 때 타일의 간격을 적절히 맞추고 접착제의 양을 조절해야 알맞은 결과가 나오는 미장일「숭어」 등은 모두 조화와 균형이 관건인 삼각형 만들기 작업이다. 심지어 늙은 역술가가 짚고 있는 지팡이 역시 성치 못한 두 다리를 보완하는 하나의 꼭짓점이 되어 삼각형을 이루고 있다「마지막 비행」.

문제는 소설 속의 삼각형에는 크고 작은 균열이 발생한다는 점이다. 바느질은 자꾸 어긋나 삼각형의 다른 꼭짓점에 정확히 안착하지 못하고, 늘 자랑스럽게 주변 사람들에게 선물하곤 하던 언니의 김치는 본래의 맛을 잃었다. 충분히 낙찰받을 것이라던 예상과 달리 입찰 보증금과 입찰금을 잘못 기입하는 어이없는 실수로 '오래된 집'과의 인연은 멀어지고 말았다. 삼각형이 철저히 조화와 균형의 산물이라고 할 때, 삼각형은 안정적으로 유지되던 일상에 관한 하나의 비유다. 소설 속의 삼각형에 점차 균열이 생기고 급기야 허물어지듯이 인물들의 일상적인 삶은 각자의 희망에서 점점 멀어지고 있다. 이처럼 홍영숙이 구축하고 있는 일상의 기하학은 변화를 담아낸다는 점에서 정적이라기보다는 동적인 것이며, 그것도 우상향의 발전이 아니라 그와는 반대의 실패를 향한 변화이다.

실패로 귀결되는 삼각형은 무엇보다 주인공의 가족 관계에 생긴 변화에서 명시적으로 확인된다. 홍영숙 소설의 특징적인 가족 구도라고 할 수 있는 '아버지-어머니-자식' 혹은 '남편-아내-아이'라는 삼각형에서 꼭짓점들이 이탈하여 삼각형이 붕괴된다. 삼각형은 하나의 꼭짓점이라도 소실되면 더 이상 삼각형이 될 수 없다. 아니, 면적을 지닌 도형이 될 수 없다. 꼭짓점이 빠진 삼각형은 아무런 면적을 지니지 못하는 선분이나 점에 불과하다. 남편의 사업 실패로 아내와 아이만 남게 되는 상황「퀼트 탑」, 아버지가 사망하여 어머니와 자식만 남게 된 상황「오래된 집」,「스토리마케팅」, 혹은 그와는 반대로 아내가 자살하고 남편과 자식만 남는 상황「깊은 우물」, 왕따 당하는 아이의 교육 문제로 기러기 아빠 신세가 되는 상황「숭어」, 불임 부부라 아이 없이 남편과 아내만 있는 상황「중독」, 아버지의 병환 때문에 아버지와 어머니가 서울로 떠난 상황「치자꽃」등 모든 작품에서 가족 관계의 삼각형은 깨져 있다.

> 나는 지금 하고 있는 퀼트가 좋아. 바늘을 손에 쥐고 앉아 있으면 그 순간만큼은 아무 생각도 안 나. 어떤 날은 한 땀 한 땀 떴을 뿐인데 날밤을 새우기도 하고 작품이 완성돼 있기도 해. 그때의 희열이랄까 충족감은 어떻게 설명이 안 돼. —「퀼트 탑」

'나'는 새벽에 고요하게 이루어지는 바느질 작업 시간만큼은 아무 생각이 나지 않는다고 말한다. 그러나 이때 느끼는 희열과 충족감은 일상적 현실에서 감당해야 하는 괴로움을 일시적으로 내려놓을 때 누리는 만족감이다. 잠깐의 휴식 시간이 끝나면 그들은 다시금 차갑고 무거운 일상을 견뎌 내야 한다. 6시가 되어 다시 비루한 일상이 시작되면 그들은 자신의 희망과는 멀어진 현재의 처지 때문에 괴로워하게 될 것이다. 당장의 생계를 위해 옆을 돌아볼 여유 없이 살아내야 하는 일상의 부담에 이리저리 치이게 될 것이다. 현실의 일상과 대비를 이루는 일시적인 희열과 충족은 그것이 사라진 후 더 깊은 좌절감을 불러올 수도 있다.

이처럼 홍영숙 소설에서 전개되는 삼각형의 기하학은 두 개의 층위로 나뉜다. 인물들은 붕괴된 가족 관계로 대표되는 실패의 삼각형 속에서 또 하나의 새로운 삼각형 만들기 작업에 몰두하고 있다. 인물들이 "무언가에 열심이다"라는 문장은 그들이 "새로운 삼각형 만들기에 열심이다"라는 문장으로 바꿀 수 있다. 새로운 삼각형 만들기 작업은 비록 일시적이나마 그 일에 몰두하는 순간만큼은 희열과 충족감을 선사하기도 한다. 그러나 일시성이라는 한계 탓에 만족의 순간이 지나가면 실패한 삼각형을 재확인하게 될 수밖에 없다. 실패한 삼각형을 재확인하는 것은 좌절을 더욱더 가중시킨다.

『퀼트 탑』에 수록된 소설의 결말은 대개 실패로 끝난다. 실패로 끝나는 결말이 충분한 예고라든가 필연적인 과정의 결과로 제시되기보다는 다소 돌발적이고도 급작스럽게 이루어진다는 점은 소설적 형상화의 측면에서 아쉬움이 남는다. 주인공이 갑자기 교통사고를 당한다든가「마지막 비행」, 실수로 서류를 잘못 작성하여 경매에 실패한다든가「오래된 집」하는 설정은 극적인 개연성을 저해하는 것이 사실이다. 그럼에도 불구하고 그러한 결말의 아쉬움은 소설이 시작될 때부터 실패가 예정되었기 때문에 발생한 필연적 결과가 아닐까 하는 추측도 가능하다. 인물들은 처음부터 실패한 삼각형 속에서 새로운 삼각형을 만들고자 하였고, 그러한 시도는 애석하게도 실패의 재확인으로 귀결되고 만다는 것이 소설의 기본적인 서사 구성 원리이기 때문이다. 비루한 일상, 신산한 삶 속에서 여전히 무언가를 위해 발버둥 치고 있지만 그곳에서 헤어 나오지 못하는 자들을 향한 안타까움과 애처로움이 홍영숙 소설 전반을 감돌고 있는 페이소스이기 때문이다.

3. 꽃이 있는 정원

홍영숙 소설 속 인물들은 과거 한때 삼각형의 아늑함 속에 머무른 적이 있다. 비록 이제는 멀어진 시공간이지만 삼각형에 관한 향수는 여전히 남아 있다. 그것은 낙원에서 쫓겨난 인간이 그리워하는 신화 속 시공간을 향한 향수이며, 모든 인간의 마음속 깊이 자리하고 있는 원초적 고향에 대한 향수이다. 실패로 귀결되고 마는 홍영숙의 소설이 절망이나 허무에 빠져들지 않고, 일상에서 힘겨워하는 자들을 향한 공감으로 나아갈 수 있는 힘 또한 삼각형의 시공간에 관한 아련한 향수를 소설화하고 있기 때문이 아닐까. 그것은 그리움이라 부를 수 있고 복원을 향한 소박한 소망이라 부를 수도 있을 것이다.

> 어머니가 그리워하는 시간은 내가 초등학교 5학년 때였다. 처음 장만한, 마당이 있는 조그만 단층집에서 우리 세 식구는 모처럼 단란했다. 그 뒤 아버지의 월급을 모아 집을 늘리기도 했지만 어머니의 기억 속에 있는 우리 집은 처음 샀던 그 집뿐이었다. 그때 어머니가 아파트보다 추운 주택을 택한 것은 정원이 있는 집이 필요해서였다. 어머니는 꽃밭에 목련과 장미를 심고 여러 일년초들도 심었다. 꽃이 피면 어린 내게 꽃 이름을 가르쳐 주며 흐뭇해했다. 어느 해 장마철에는 어머니가 꽃밭 둘레에 테두리 삼아 뿌려 놓은 채송화 씨가 빗물에 대문 앞까지 떠내려가서 채송화 섬이 만들어지기도 했다. 대문 옆에는 나랑 같이 종로에 가서 사 온 감나무를 심었다. ―「오래된 집」

「오래된 집」은 안정적인 삼각형을 유지하고 있던 단란한 일상의 가족이 거처했던 시공간을 보여 준다. '나'는 교통이 불편하고 초라한 외관의 단층 기와집을 경매로 낙찰받기 위해 '열심'이다. '나'가 그 집에 '오래된 집'이라는 별칭을 붙이고 가슴에 담아 놓은 것은 그 집이 과거의 행복했던 시절을 떠올리게 하기 때문이다. 세 개의 꼭짓점, '세 식구'가 만들어 내는 화목한 가정은 홍영숙 소설이 그토록 갈망하는 안정적인 삼각형의 완성체가 아닌가. 어머니가 그리워하는 것은 안정적이었던 삼각형의 시공간이다. 세 식구가 단란하게 살았던 그 시절로 돌아가고 싶은 간절한 소망, 훼손되기 이전의 상태를 복원하고 싶은 욕망이 어머니가 가진 욕망의 실체다. 때문에 '오래된 집'은 돈이 부족하여 어쩔 수 없이 내린 선택이 아니라, 과거의 시절을 회복하고 싶은 어머니와 '나'의 소망이 고스란히 담겨 있다. 이에 경매로 집을 구입하는 이야기는 과거의 시절을 회복하려는 소박한 간절함에 관한 이야기로 해석되어야 한다.

회상 속 정원의 풍경은 어수선하고 시끌시끌한 경매장 모습과 대비를 이룸으로써 더 한갓지고 소담하게 그려진다. 경매장은 살던 집이 경매로 넘어가 마음 졸이는 사람과 조금이라도 더 싼 가격에 집을 낙찰받으려는 사람으로 가득 차 있다. 때로는 입찰을 방해하는 협잡꾼도 가세하여 더욱 소란스러워진다. 경매장에서는 조금이라도 더 많은 금액을 적어 내는 사람이 이기는 게임이 펼쳐진다. 건축주가 부도를 내는 바람에 살던 집을 졸지에 경매 당하게 된 주민들은 전세금보다 높은 입찰가를 적었지만 그보다 월등히 높은 금액을 써놓은 입찰자가 낙찰을 받는다. 낙찰에 실패한 아이 엄마나 중년 여자는 머지않아 자신들의 삼각형을 빼앗기게 될 것이다. 소중한 일상의 보금자리가 입찰 금액의 숫자로 환원되는 곳, 본래의 가치는 묵살당하고 돈으로 측정 가능한 가치만 지배하는 곳이 붕괴된 삼각형의 세계다.

'나'가 '오래된 집'을 낙찰받으려 했던 것은 무엇보다 정원이 있기 때문이었다. 어린 시절 어머니는 정원에 꽃을 심고 어린 아들에게 꽃 이름을 가르쳐 주며 흐뭇해하곤 했다. 값비싼 장식물로 치장한 정원이 아니라 그저 어린 아들의 손을 붙잡고 꽃향기를 맡기만 하면 족한 그런 정원이다. 소박한 정원 속에 은은하게 퍼지는 꽃향기는 「치자꽃」의 서사적 공간에서도 동일하게 반복된다. 강아지를 데리고 가는 동생과 함께 이름 모를 꽃향기가 풍기던 길을 걸어가던 그때 "어둑어둑한 길에 하얀 진돌이의 몸뚱이가 밤바다 위에 흰 돛단배가 떠가듯 출렁이며 가고 있었다" 「치자꽃」. 한 편의 동화를 떠올리게 하는 서정적 정취는 소녀의 집 마당까지 이어진다. 아버지와 함께 꽃망울이 맺히기 시작한 꽃밭을 바라보며 엄마를 기다리던 마당, 아버지와 '나' 그리고 곧 돌아올 엄마까지 세 개의 꼭짓점이 화목하게 삼각형을 이루는 꽃이 있는 정원이다.

> "치자는 꽃도 예쁘지만 향기는 더 좋단다. 향기를 간직한 사람이 되어야 한다."
>
> 나는 치자 향기에 대해 깊이 생각한 적이 없었으므로 빨리 치자꽃이 피기만 바랐다. 나중에 어떤 사람이 되는 것보다 아버지와 같이 치자꽃을 보고 향기를 맡는 일이 더 중요한 것 같았다.
>
> —「치자꽃」

「치자꽃」은 아버지가 병 치료를 위해 엄마와 함께 서울로 떠나고 남겨진 '나'가 집을 지키던 때를 회상하는 이야기다. 소설은 치자꽃의 개화에서 시작하여 낙화로 끝난다. 치자꽃 꽃망울이 맺힐 무렵 이야기는 시작되고, 치자꽃이 활짝 필 무렵 아버지가 오기 전에 치자꽃이 질까 봐 마음을 졸이며, 길고도 힘들었던 여름이 끝나고 치자꽃이 떨어질 때 아버지는 다시 돌아온다. 아버지가 집을 떠날 때 꽃이 피기 시작하고, 다시 아버지가 돌아올 때 꽃이 졌다는 것은 치자꽃에 아버지의 부재라는 의미가 덧씌워졌다는 것이다.

과거의 시절을 회상하는 서술자로서의 '나'는 지금쯤 고향을 떠나 서울 어딘가에 살고 있을 듯하고, 치자꽃 향기를 좋아하던 아버지는 이미 고인이 되셨을 듯하다. 홍영숙 소설에서 과거의 삼각형은 시간이 흘러 현재에 이르렀을 때 늘 어느 한 꼭짓점이 소실되어 있기 때문이다. 그러나 이러한 막연한 추측보다 중요한 것은 현재의 시점에서도 여름철이 되면 어딘가에서 치자꽃 향기가 풍겨 올 수도 있다는 것이다. 번잡한 일상 속에서 어쩌다가 치자꽃 향기를 느낀다면 그 순간 시간을 초월하여 무너졌던 삼각형은 다시 회복된다. '나'는 다시 어린 소녀로 돌아가고 향기를 간직한 사람이 되라고 말씀하시던 아버지가 꽃이 있는 정원에서 '나'의 옆에 서 있을 것이다.

「마지막 비행」의 복사꽃도 과거로의 비약을 가능하게 만드는 소설적 장치로 설정된다. 사무실을 나와 민 여사와의 약속 장소로 가는 길에 가로수의 벚꽃을 본 늙은 역술가는 벅차오르는 감정을 주체하지 못한다. 불구가 된 자신의 처지를 비관하여 다시는 돌아가지 않겠다고 결심했던 고향 산천이 떠오르고, 첫사랑 연옥의 얼굴이 머리를 스친다. 도화살을 타고난 민 여사를 만나러 가는 길에 마주친 복사꽃이라서 더욱 그러한지, 복사꽃은 젊은 시절 이성을 향한 충동을 다시금 맛보게 하는 묘한 생명력을 지니고 있다. 마치 마르셀 프루스트가 '마들렌'을 매개로 과거의 잃어버린 시간 속으로 비약했듯 홍영숙의 소설에서는 정원이나 길가에 핀 꽃이 동일한 역할을 한다. 결코 잊을 수 없는, 잊히지 않는 삼각형의 추억은 소설 속 인물이 처한 상황을 넘어 고향을 향한 인간의 보편적 정서에 가까이 다가가고 있다.

4. 다시 삼각형을 꿈꾸며

현재는 여전히 무너진 삼각형으로 남아 있다. 이따금 과거를 떠올리며 그리움의 향수에 젖어들기도 하지만 고개를 돌리면 여전히 초라한 일상적 삶이 펼쳐져 있다. 인간이 시간을 되돌릴 수 없다는 엄연한 진실은 홍영숙 소설에 있어서도 예외가 아니다. 삼각형의 복원을 소망하지만 현실은 그렇지 못한 상황은 「스토리 마케팅」에 나오는 앵무새 조 대리의 신세와 닮아 있다. 새장 속에서 갑갑증을 느껴 날갯짓을 해 보지만 견고한 새장을 탈출할 수 없는 앵무새의 처지는 일상의 굴레에 갇혀 벗어나지 못하는 소설 속 인물들의 상황을 대변한다.

무너진 삼각형이 내리누르는 중압감 탓에 간혹 절망의 나락으로 떨어지는 경우도 존재한다. 산행에 나섰다가 추락사한 「깊은 우물」의 언니는 절망의 깊이와 충격의 강도를 극단적으로 보여 주는 사례다. 언니는 소설집에 등장하는 여타의 인물과는 다른 삶을 살고 있었다. 대개의 소설 속 인물들이 일상에 지쳐 허덕이고 있을 때, 언니는 남들이 보기에 누구나 부러워할 만한 안정적인 삼각형의 정점에서 살고 있었다. 그러나 실상은 그녀 역시 불안하게 균열된 삼각형을 온몸으로 지탱하며 살아가고 있었음을 동생인 주인공은 뒤늦게 알아 간다. 언니의 사망 장소인 산속 나무 그늘을 확인하자 언니의 절망이 한꺼번에 느껴진다.

언니가 실족한 장소는 성벽 아래 낭떠러지였다. (……) 나뭇잎 사이로 햇빛이 비치는 그곳은 멀리서 봤을 때보다 훨씬 아늑하고 비밀스러웠다. 경사진 땅에는 높이 올라간 나무 밑으로 잡초가 무성했다. 나무 그늘에 몸을 숨기면 찾기가 쉽지 않을 것 같았다. 문득 허리를 굽히고 데린쿠유의 땅속 마을을 신기해하던 언니 모습이 생각났다.

"데린쿠유도 대단하지만 그것을 지키기 위해 많은 이들이 한 마음이 되었다는 것이 기적이 아니겠니."

어쩌면 언니는 나무 그늘 아래에서 데린쿠유를 떠올렸을지도 모를 일이었다. 그곳이 데린쿠유인 듯 그 품에 안긴 것은 아닐까, 나는 억장이 무너지는 것 같았다. —「깊은 우물」

외부의 침략과 박해를 당한 터키인들이 자신의 종교와 문화를 지키기 위해 깊은 우물이라는 뜻을 지닌 지하 도시 데린쿠유로 몸을 숨겼듯이, 언니도 나무 그늘 속으로 몸을 피했다는 것이 주인공이 내린 결론이다. 아니, 억장이 무너지는 느낌으로 체감한 진실이다. 언니의 장례식장에서 보여 준 시댁 식구들의 태도, 특히 형부의 낯선 모습은 주변 사람들에게 부러움을 사던 언니의 삼각형이 사실은 오래전부터 위태롭게 무너져 내리고 있었음을 보여 준다. 언니는 자신의 삼각형을 지키기 위해, 삼각형을 무너뜨리려는 외부의 위력을 피하기 위해 데린쿠유의 품에 안긴 것이다. 자살이라는 극단적인 선택이 비겁한 도피인가, 자유를 향한 불가피한 선택인가를 판정하기에 앞서 무너진 삼각형의 중압감과 절망감이 얼마나 무겁고도 무서운지 알 수 있다.

병에 걸린 인물이 빈번히 등장하는 것도 그들을 내리누르는 현실의 무게를 가늠하게 한다. 위염, 알레르기 비염, 폐쇄 공포증, 대인기피증, 우울증, 사소한 피부 가려움증까지 병명과 증상도 무척 다양하다. 한데 그것들은 한결같이 스트레스로 인해 발생한 것이라는 공통점이 있다. 불투명한 앞날 때문에 우울증에 걸리고, 부도 위기에 따른 불안감은 가려움증을 유발하고, 신제품 개발에 쫓겨 불규칙한 식사 습관 탓에 만성 위염에 시달린다. 사회는 사람들을 경쟁으로 내몰고, 그 속에서 사람들은 병들어 가고 있다. 몇몇은 자신이 건강하다 믿고 있지만 그들 또한 경쟁으로 몰아가는 일상에 이미 중독되어 감각이 마비되어 있을 뿐 어딘가 문제가 생기고 있다는 것이 홍영숙 소설이 우리 사회를 향해 내린 진단이자 경고다.

> 여자는 주위를 둘러본다. 어느 결에 집으로 가고 있는 지하철을 타고 있다. 사람들 사이에 꼭 끼여 앉아 있는데도 답답하지 않고 견딜 만하다. 마음도 허공에 뜬 듯 한없이 편안하다. 곁에서 경민의 음성이 들리는 것 같다.
>
> "병의 치유에 집착하는 것도 중독입니다. 중독은 또 다른 중독에 의해 치유되지만 우리는 그것을 뛰어넘어야 명상과 만날 수 있습니다."
>
> 여자는 다시 복식 호흡을 시작한다. 들숨과 날숨이 물 흐르듯 이어진다.
>
> ―「중독」

절대로 충족시킬 수 없는 것이 인간의 욕망이다. 결여된 것을 채우면 또다시 새로운 욕망이 생겨나 언제나 결여의 공허에 시달릴 수밖에 없다는 것이 욕망의 본질이다. 중독을 또 다른 중독으로 치유한다는 것은 욕망을 새로운 욕망으로 대체하는 것과 같다. 요가 강사 경민은 여자에게 욕심을 버리라고 충고한다. 병은 정지된 상태의 중독, 중독은 썩는 법, 변화해야 새로운 삶을 살 수 있다고 그는 강조한다. 욕심을 버리고, 중독을 뛰어넘는 것, 그가 말하는 것은 일시적인 치료 방법이 아니라 근본적인 극복 방법이다.

생각해 보면 「오래된 집」에서 작은 정원에 소담스럽게 핀 꽃을 보며 그 꽃의 이름을 어린 아들에게 알려 주는 것이야말로 그토록 갈망하던 삼각형의 순간이 아니었던가. 「마지막 비행」에서 길가를 걷다가 우연히 발견한 꽃을 보고 젊은 시절의 추억을 떠올리며 가슴 벅차 했던 것 또한 삼각형을 회복한 순간이 아니었던가. 욕심과 잡념을 버리고 '다시' 복식 호흡을 계속하는 것, 이어진 실이 삐뚤삐뚤하게 어긋나기만 하지만 패턴 속의 새로운 길을 만나기 위해 '다시' 무명천 위에 바늘을 꽂는 것이야말로 삼각형을 회복하기 위한 방법이라고 소설은 말한다.

「스토리 마케팅」의 결말은 삼각형 만들기를 포기하지 않는 사람들의 소박한 희망을 제시한다. 새장을 벗어나기 위해 아우성치는 앵무새 조 대리를 보며, 새장에 갇힌 운명에 순응하는 것만이 행복에 이르는 길이라 생각했던 주인공 '나'는 "언젠가 조 대리도 알게 될 것이다. 새장 밖을 향한 꿈을 품고 살았던 때가 행복했음을"이라며 자신의 생각을 번복한다. 신산한 삶을 살고 있기는 마찬가지인 김 실장도 "헛된 희망이라도 있어야 저 같은 놈도 이 험한 세상을 살지요"라며 화답한다. "나는 지금이야말로 진정한 스토리 마케팅이 시작되는 때라고 생각하며 특별 매물 공책을 끌어당겼다"라는 소설의 마지막 문장에서 그들은 '다시' 삼각형의 회복을 꿈꾼다. 그들은 포기하지 않고 '다시' 꿈꾸어야 한다고 다짐한다. 소박한 그들의 희망과 다짐 속에서 삼각형 회복을 위한 하나의 가능성을 예감한다.

5. 우리를 향한 위로

홍영숙 소설에서 그려지는 일상은 화사함과는 거리가 멀다. 소설 문장 곳곳에서 피로한 얼굴들이 떠오르고, 잃어버린 과거의 시절에 대한 아련함이 묻어난다. 회색이나 갈색의 느낌에 가깝다. 그렇다고 해서 소설이 절망과 분노, 울분으로 이어지는 것은 아니다. 소설 속 인물들은 신산한 삶을 살아가고 있지만 자신의 처지에 항변하지 않고 묵묵히 그것을 자신의 삶으로 받아들이고 있다. 그들은 중단하거나 포기하지 않고 계속해서 '다시' 삼각형 만들기 작업에 몰두함으로써 희망의 가능성을 체현하고 있다.

앞서 이 글 서두에서 소설 속 인물들은 무언가에 열심이고, 작가 역시 그러한 그들을 그려 내기에 열심이라고 밝힌 바 있다. 작가 홍영숙은 일상 속 사람들의 얼굴을 작품 속에 생생히 담아낸다. 새벽녘 바느질에 몰두하는 「퀼트 탑」의 주인공에서 작가의 모습을 연상했던 것도 그런 이유에서다. 그 결과 불안하고, 외롭고, 애처로운 이들이 느끼는 삶의 감각이 소설의 문장 곳곳에 오롯이 담겨 있다. 동시에 작가는 그들의 힘겨워 보이는 발걸음 하나하나에 함축되어 있는 은근한 생활력 혹은 생명력도 아우르고 있다.

영화에 관심을 가진 것은 재수생 때였다. 이과를 선택했으나 대학 시험에 떨어진 나는 목동에서 입시 학원을 다녔다. 다시 이과를 선택하려니 내 길이 아닐 것 같은 생각이 들었다. 울적한 마음도 가라앉힐 겸 극장에 갔다. 코미디 영화였는데 극장을 나설 때는 기분이 한결 가벼워져 있었다. 나도 사람에게 위로가 되는 영화를 만들고 싶었다. ―「오래된 집」

소설집『퀼트 탑』은 재수생의 울적한 마음을 위로해 준 한 편의 코미디 영화 같은 것이 아닐까 생각한다. 만약 당신이 가끔 일상 속에서 외로운 피로감을 느낀다면 이 소설집은 훌륭한 위로가 될 것이다. 당신이 한 번이라도 꽃향기를 맡으며 과거의 아련한 추억을 떠올린 적이 있다면 이 소설집은 공감의 장이 되어 줄 것이다. 무너져버린 일상의 삼각형 속에서도 부단히 삶의 발걸음을 계속 이어 가는 자들의 얼굴을 마주한다면 삶에 대한 경외감마저 느낄지도 모르겠다. 소설집『퀼트 탑』은 우리 모두를 향한 담담하고 잔잔한 위로의 메시지다. 포기하지 않고 일상의 삼각형을 다시 회복하려는 사람들의 소박한 희망을 향한 응원의 메시지다. 작가 홍영숙은 일상의 섬세한 촉감과 결을 제대로 어루만질 줄 아는 작가다.

퀼트 탑

초판 1쇄 인쇄일 • 2014년 7월 10일
초판 1쇄 발행일 • 2014년 7월 15일
지은이 • 홍영숙
펴낸이 • 임성규
펴낸곳 • 문이당

등록 • 1988. 11. 5. 제 1-832호
주소 • 서울시 성북구 동소문동 4가 83 청구빌딩 3층
전화 • 928-8741~3(영) 927-4990~2(편)
팩스 • 925-5406

전자우편 munidang88@naver.com

ISBN 978-89-7456-479-7 03810

값은 뒤표지에 표시되어 있습니다.

이 책은 서울문화재단 2013년 예술창작지원/문학지원사업의
지원을 받아 발간되었습니다.